대영제국에서 작가로 살아남기

대영 제국에서 작가로 살아남기 2

초판 1쇄 발행 2023년 9월 26일

지은이 | 고스름도치
발행인 | 최원영
편집장 | 이호준
편집 | 송영규 최종건 정재웅 양동훈 곽원호 조정범 강준석 김시언
편집디자인 | 한방울
영업 | 김민원

펴낸곳 | ㈜ 디앤씨미디어
등록 | 2002년 4월 25일 제20-260호
주소 | 서울시 구로구 디지털로 26길 111 JnK디지털타워 503호
전화 | 02-333-2513(대표)
팩시밀리 | 02-333-2514
E-mail | papy_dnc@dncmedia.co.kr
블로그 | blog.naver.com/gnpdl7

ISBN 979-11-364-4734-0 04810
ISBN 979-11-364-4732-6 (SET)

※ 저자와 협의하여 인지는 붙이지 않습니다.
※ 이 책은 ㈜ 디앤씨미디어(파피루스)가 저작권자와의 계약에 따라 발행한 것으로 본사와 저자의 허락 없이는 어떠한 형태나 수단으로도 내용을 이용할 수 없습니다.

대영제국에서 작가로 살아남기

고스름도치 대체역사 장편소설 **2**

PAPYRUS FANTASY HISTORY OF ALTERNATION

1장. 마크 트웨인 · 7

2장. 알렉산드리나 · 31

3장. 앨리스와 피터 재단 · 59

4장. 베어링스 스캔들 · 89

5장. 히어로물 · 141

6장. 턴브링어 · 179

7장. 아서 코난 도일의 출장 · 219

8장. 진한솔의 출장 · 249

9장. 다트무어 실종 사건 : 문제 편 · 275

10장. 다트무어 실종 사건 : 해결 편 · 299

마크 트웨인

"……미, 미국, 이요?"
"그래."
마크 트웨인이 무겁게 고개를 끄덕였다. 나는 멍하니 그를 보았다.
내가 영국에서 오래 살긴 했어도 한국인으로서의 정체성이 아직 완전히 사라지지는 않은 모양이다.
미국 오란 말을 듣자마자 떠오르는 게 '니가 가라 하와이'라니.
물론 저 양반이 그런 의미로 말한 건 당연히 아닐 테지. 무엇보다 하와이는 아직 미국 땅이 아니다.
……아니겠지?
아무튼.

"……말씀하시는 걸 보면 잠깐 오라는 얘기는 아닌 것 같군요."

"음, 아예 넘어오란 이야기 맞네."

뉴욕에 좋은 자리가 있다고, 마크 트웨인은 담담하게 말했다.

당장 필요한 게 없더라도, 작게는 생활용품부터 크게는 집이나 인맥까지, 자신이 지원해 줄 수 있다면서.

그거 자체는 꽹장히 구미가 당기는 이야기이긴 했다.

아니, 뉴욕 땅값 비싼 건 지금이나 미래나 그대로인데, 그 땅을 내 돈도 아니고 남의 돈으로 미리 선점해 둔다? 꼴리지 않을 수가 없다.

다만, 글쎄…….

갑자기 듣기엔 너무 좋은 이야기라, 솔직히 생각이 제대로 정리되지 않는 것도 사실이다.

"그."

그래서, 차분히 차를 마신 뒤에…… 그래도 이해가 되지를 않아서 물었다.

"왜요?"

"흠. 내가 설명이 부족했군."

그걸 이제 아셨수?

그렇게 쏘아붙이려던 것을 간신히 참았다.

마크 트웨인은 그 용광로 같은 성격에 걸맞지 않게, 머리를 긁적이며 천천히 말을 골랐다.

"흠…… 그래. 일단 첫 번째로는, 자네 글이 있겠군."
"제 글이요?"
"우선, 자네 글은 영문학이라기엔 너무 이질적일세. 그건 알지?"
"그야, 뭐…… 그렇죠."

나는 고개를 끄덕일 수밖에 없었다. 이곳에서도 여러 번 들은 말이니까.

인기와 별개로, 내 글의 형식은 여전히 웹소설의 그것에 가깝다.

전체적으로 주제 의식은 약하고, 묘사는 최소화했으며, 운율의 섬세함 따위는 대부분 생무시했다.

어떻게 보면 지금 시대의 영문학과는 상극이 맞다.

그런데도 불구하고 내 책을 사 주시는 독자님들껜 그저 감사할 따름이지만.

"하지만, 미국 문학은 다르지."

마크 트웨인은 팔을 벌리며 말했다.

"부끄럽지만 나는, 〈톰 소여의 모험〉과 〈허클베리 핀의 모험〉을 쓴 뒤 미국 문학의 아버지라고 불리고 있다네."

"혹시 자화자찬하시려고……."

"그럴 리가. 단지 내가 하고 싶은 말은, 미국 문학이 지금 창조의 과정에 있다는 걸세."

마크 트웨인은 설명했다.

경향이라는 것은 돌고 도는 법이다.

독자들이든 작가들이든 어떤 형식에 맛을 들이면, 그 형식에 해당하는 작품들이 한동안 대세가 된다. 유행을 타는 것이다.

"하지만 그 형식은 바뀔 수밖에 없지."

"사람은 적응하면 질리는 생물이니까요."

"바로 그렇지!"

먼저 질리는 건 작가일 수도 있고, 독자일 수도 있다.

하지만 확실한 건 언젠간 질리고, 그 유행하는 형식은 대개 그 전의 형식에 거스르는 형태가 된다.

"어찌 보면, 그런 형식의 앞 형식에 영향을 받을 수밖에 없다고 보네."

"패러다임(Paradigm) 말씀이시군요."

"범례 말인가? 뭐…… 크게 다른 의미는 아니지만 그렇다고 완전히 같다고 보기도 애매한데."

음, 이 시대에는 아직 안 나온 용어인가?

마크 트웨인은 아무튼, 이라고 운을 떼며 마저 말을 이었다.

"내가 본 예술사조의 역사는 대충 이렇네. 하지만 지금의 미국은 다르네. 그래, 언어만 같지 영문학과는 기질적으로 전혀 다른, 새로운 문학 형식이 태동하고 있다고 보고 있네."

"그래서 저를 미국으로 초대하시겠다는 말씀이십니까?"

"그래, 자네는 영국보다 미국에서 더 성공할 사람이야.

내 눈엔 그게 보여."

"……저 같은 황인종이요?"

"돈 많으면 그딴 소리 하는 놈들, 그냥 금괴로 후려 까 버리면 되네."

아니, 〈도금 시대(Gilded Age)〉 같은 책을 쓰신 분이 그런 소리를 하셔도 되나?

그 책이 그거 맞지? 아메리칸 프론티어를 이끄는 석유왕 록펠러, 금융왕 모건, 철강왕 카네기가 1황 자리 차지하려고 대강도 귀족 시대를 여는 그거.

그런 속내가 담긴 내 눈빛에 자기도 말해 놓고 멋쩍었는지, 마크 트웨인은 머리를 긁으며 말했다.

"뭐, 솔직히 나도 북부 강도 귀족(Robber Baron) 놈들이 남부 노예주 놈들만큼이나 마음에 안 들긴 하네. 급성장하며 번드르르하게 성공은 하고 있지만, 그 디트로이트 공업지대의 빈부격차와 노동인권은 얼마나 처참하던가."

"그런데 그런 말씀을 하셔도 돼요?"

"돈을 어떻게 버느냐가 문제지, 어떻게 쓰느냐는 문제가 아니니 말일세. 그리고 이게 두 번째 이유이긴 하네만…… 오히려 자네 같은 인물이 미국에서 성공하는 모습을 보여야, 우리 우둔하신 백인 하류층도 좀 대가리가 깨지지."

"무슨 말씀이신지는 잘 알겠습니다."

요컨대.

미국에 새로운 대문학 시대가 펼쳐지려는 지금, 나와 손을 잡고 원피스를 찾아보자! 같은 거다. 그리고 그 해적선에 유색인종인 명왕, 한슬로 진이 탄다는 거지.

기본 골자는 〈허클베리 핀의 모험〉과 크게 다르지 않다. 겸사겸사 자신이 원하는 사상의 사료로써 요긴할 테니까.

그의 말처럼 일종의 컬쳐 쇼크가 되기 충분할 것이다.

자체만 따지고 보면, 확실히 나쁘진 않은 제안이다.

미국에 간다고 해서 지금의 내 생활이 크게 바뀌는 것은 아닐 것이다.

이미 미국에서 내 글이 잘 팔리고 있다는 얘기는 충분히 들었고, 미래나 시장의 크기를 봤을 때 미국에 직접 파는 게 나을 것이고.

인구는 지금도 미국이 훨씬 많으니까.

사적으로 친해진 지인들과 멀어진다는 아쉬움이 있긴 하지만, 내가 뭐 돈이 없는 것도 아니고 성인인데 인제 와서 주머니 밖으로 나가는 걸 두려워할 이유는 없지.

게다가, 무엇보다…… 유럽에 있다 보면, 그것을 피할 수 없다.

세계 1차 대전.

유럽을 중심으로 4천만 명의 사상자를 발생시킬 대전쟁.

1914년이 이제 겨우 20년 남은 걸 생각해 보면, 일찌감치 미국에 건너가서 자리 잡는 게 나을 수도…… 있다.

하지만.

"죄송합니다."

"흐음, 싫다는 겐가."

"아직 영국에서 하고 싶은 것들이 많아서요."

나는 히죽 웃으며 말했다.

미국행의 장점이 크다는 건 사실이다. 하지만 영국에 있는 것도 만만찮게 크다.

미국의 문학 패러다임이 0에서 시작하는 거라면, 영국은 신구의 융합 속에서 장르문학이라는 매력적인 하이브리드가 태어나고 있는 셈이니까.

물론 나는 웹소설 작가고, 돈을 위해 글을 쓴다.

하지만…… 그것과 별개로, 돈만을 위해 글을 쓰고 있는 것은 아니다.

나도 셜로키언이었고, 앨리스와 피터 팬을 보며 자랐다. 〈반지의 제왕〉 영화를 보면서 가슴이 웅장해졌으며, 열차를 타고 터널을 뚫자 펼쳐진 호숫가의 마법 학교를 보며 꿈을 키웠다.

장르문학에 대한 나름의 가치관과 그걸 만들어 준 선인들에 대한 리스펙트가 있는 이상, 이 시대의 영국에서 아직 떠날 수는 없다.

뭐, 아직 밀러 씨에게 받은 호의를 다 갚지 못한 것도 있고, 내가 집 나간다고 하면 울고불고할 아이들이 눈에 밟히기도 한다.

요즘엔 메리도 많이 자라서 벌써 옹알이하며 몸을 뒤집고 있으니까.

이렇게 보니까 할 일이 참 많기도 하네.

그리고 아직 멀고 먼 이야기지만, 내가 할 수 있는 것이 있을 수 있으니까.

그 순간에 충실하고 싶을 뿐이다.

뭐, 대충 그렇다는 거다.

'그리고 보니 셜로키언이라고 한 주제에, 아직 아서 코난 도일도 못 만나 봤네.'

뭔가 그냥 찾아가자니 사생 같기도 하고 말이지…… 이러다 죽기 전에 만날 수나 있으려나?

그도 그럴 게 그 양반, 그새 홈스를 죽였더라.

그럴 낌새는 없었는데, 역시 홈스는 죽지 않으면 안 되는 운명인가…… 이게 역사의 복원력인가 뭔가 하는 것이려나? 나중에 만나면 '그래서 셜록은 왜 죽였니'라고 갈겨야지 진짜.

내가 그렇게 생각하고 있자, 마크 트웨인은 입맛을 다시면서 고개를 저었다.

"어쩔 수 없지. 자네가 싫다는 데 억지로 끌고 갈 수도 없고."

"좋은 제안을 해 주셨는데, 죄송합니다."

"아니, 아닐세. 내가 괜한 이야기를 했던 모양이군."

그렇게 말하면서도 마크 트웨인은 아깝긴 아까운지, 그

래도 혹시 모르면 연락하라고 자기 연락처를 건넸다.

난 그 연락처를 받으며 빙긋 웃어 보였다.

"사실, 위치가 중요한 건 아니니까요. 저희는 글로 이야기하는 사람이고, 지금은 '80일'이면 세계 일주도 할 수 있는 지구촌이잖습니까?"

"하하, 그래 그 말도 맞지. 흠, 지구촌이라…… 바로 옆 동네 같다는 건가? 하긴 전신(電信)이 깔리면 매일 목소리를 들을 수도 있으니…… 음, 생각할수록 재미있는 말이군. 마음에 들었네."

"하하…… 네, 아무튼 저희의 레이블 건도 있으니까요."

아, 이것도 아직은 없는 단어인가? 난 잠시 뒷머리를 긁적이다가 그가 건네준 종이를 품에 집어넣었다.

"그럼 앞으로도 잘 부탁드립니다."

뭐, 당분간은 쓸 일은 없겠지만 나중에 미국에 가게 되면 가이드라도 부탁드려 봐야지.

누가 뭐래도, 미국 문학의 아버지. 마크 트웨인의 친분은 무시할 수 없으니까.

* * *

대영 제국의 '공식적인' 권력 구조는 내각책임제 의회 입헌군주정이다.

하지만 세상 모든 권력기관이 그렇듯, 이런 공식적인

구조는 크게 의미가 없었다.

삼권분립? 몽테스키외? 그거, 달팽이 새끼 아닌가. 신성한 대영 제국에서 그런 무엄한 자의 이름이 나올 이유가 없었다.

그래서 행정부의 일과 의회의 일이 섞였고, 의회와 추밀원의 일이 섞였으며, 추밀원과 행정부의 일이 섞였다.

구축한 지 겨우 30년밖에 안 된 관료제가 멀쩡히 돌아가길 바랐다면 그게 진짜 도둑놈 심보다.

하물며 권리 장전 같은 낡은 제도로, 연합왕국 역사상 최초의 황제 폐하의 권력을 제한할 수 있을 리 없었다.

그리고 그렇기에. 외교와 군사 문제에서 가장 강경한 매파가 바로 빅토리아 여왕이었으며, 그렇기에 의회는 의회대로 잘 돌아가고 있긴 했지만 그렇다고 절대왕권에 눈치를 보지 않을 수도 없는, 그런 기묘한 관계에 있었다.

때문에.

재무부 산하 국세청(Inland Revenue)에 전달된, 같은 서머셋 하우스 내에서 오고 간 문건을 빼돌려 입수하는 것쯤은, 이름도 호적도 없는 어느 해군 장교…… 왕실의 직속 비밀 정보 요원들에겐 일조차 아니었다.

"문학회에서 벤틀리 출판사의 탈세를 고발하려 했단 말이냐."

"예, 그러하옵니다. 정확히 말하자면 이제 하려고 작당하는 중이겠사옵니다."

허. 여왕은 헛웃음을 지었다.

구색은 맞춰야 해서 살려 두고 있었더니만, 이런 가당찮은 짓을 하고 있었나.

"그래, 그래서 그 출판사는 진짜로 탈세를 하고 있었나?"

여왕이 서늘하게 말했다.

가당찮은 건 가당찮은 거고, 탈세는 탈세다.

여왕 자신이 국가의 심장이라면, 세금은 국가의 호흡이다.

세금을 먹지 않으면 국가는 말라 죽는다. 동서고금을 막론하고 국세청이 가진 강제 집행력이 무조건 다섯 손가락 안에 들어가는 이유였다.

그리고, 이번 기회에 그 회사를 아주 박살 내고 그 잔망스러운 잔나비를 왕실 직속으로 들여올 수 있다면······ 여왕이 그렇게 생각하고 있을 때였다.

"해석하기에 따라 탈세라 해석할 수 있는 금액을 빼먹긴 하고 있다 하옵니다. 하오나 그 액수가 오차 범위라고 인정할 수 있을 정도로 매우 적고, 그에 상응하는 기부금도 매년 내고 있사옵니다. 특히나 올해는 그 기부금의 액수가 상당한지라······ 아마 재판으로 넘어간다면 출판사 측의 승소 확률이 매우 높사옵니다."

"요컨대 흑도 백도 아니라는 건가. 재미없군."

그 정도 탈세는 어느 회사고 조금씩들 하고 있다.

심지어 올해 냈다는 기부금이 치명적이다. 그 금액은

여왕인 자신이 보더라도 결코 적은 금액이 아니었으므로.

'게다가…… 그 사용처가 참, 얄밉군.'

꼬투리를 잡으려면 충분히 잡을 수 있겠지만, 아마 런던의 금융가가 들썩이겠지.

빈대 하나 잡자고 초가삼간 태울 수도 없는 노릇이라, 아쉬움에 입맛을 다신 빅토리아는 고개를 저으며 말했다.

"그러면 국세청에 그대로 전달하고 쓸데없이 움직이지 말라 이르라."

"분부대로 따르겠나이다. 하면, 문학회는 어찌하오리까?"

"내버려 두라. 어차피 자리만 차지하는 패배자들 아니더냐."

"받들겠나이다."

"그리고."

빅토리아 여왕은 문득 미소를 지었다. 이야기가 나온 덕에, 떠오른 것이 있었다.

"채비하라."

"어디를 이르시옵니까."

"오랜만에 재밌는 구경을 하고 싶구나."

감히, 할망구라고 했겠다.

나이가 들어 완고해진 여왕은, 은혜를 잊을지언정 사소한 원한은 결코 잊지 않았다.

* * *

"그러면 작가님, 다음에 뵐 때까지 건강 잘 챙기십쇼."
"하하하! 걱정 말게. 나는 핼리 혜성 아래 태어났으니, 내가 죽을 때도 혜성이 마중을 와 줄 게야. 그 전엔 절대 죽지 않지!"

아니, 그거 미신이잖아. 명색이 계몽주의자라는 양반이 그런 점성술을 믿어도 되는 거야?

하지만 마크 트웨인의 모습은 그 누구보다 당당했고, 그 모습은 비과학적인데도 불구하고 묘하게 사람에게 확신을 주었다.

하긴, 생각해 보니 누가 점성술이니, 비과학이니를 운운하는 건지…… 나만 해도 어엿한 시간 난민이 아닌가.

초자연적으로 따지면 내가 더 해괴한 케이스다.

난 그렇게 고개를 끄덕이며 점성술을 신봉하는 계몽주의자를 배웅했다.

정말이지, 미국인이라서 그런가? 마지막까지 폭풍 같은 양반이었다.

아무튼, 그러면.

"이제 과학은 확보가 된 셈이고……."

나는 주머니에서 노트를 꺼냈다. 그 위에는 5개의 단어가 쓰여 있었고, 그중 둘에 동그라미가 그려져 있었다.

당연히 하나는 수학, 하나는 과학이다.

이제 문제는 남은 셋인데…… 내가 필기구를 물고 고민하자, 벤틀리는 옆에서 보며 말했다.

"역사, 언어, 경제군요."

"그렇죠."

이건 한국에서도 잘 먹혔던 학습만화 과목들이다. 이 시대라고 안 먹히진 않겠지.

물론 역사, 그중에서도 극동아 쪽은 당연히 내가 맡을 예정이다.

나도 전부를 다 아는 건 아니지만, 적어도 이 시대에 나보다 이 둘을 잘 다룰 수 있는 사람은 없을 테니까.

"문제는 경제인데……."

이 시대에 경제학에 밝은 소설가가 누가 있지? 아니, 있긴 했나?

고심하는 나에게, 함께 마크 트웨인을 배웅하러 나왔던 벤틀리 씨가 다가와 물었다.

"전 아직도 이해가 가질 않습니다. 문학은 왜 빼신 겁니까?"

"사람들이 안 봐요."

나는 당당하게 말했다.

벤틀리는 글쟁이가 할 말이냐는 눈으로 어이없어했지만, 진짜다.

본디 학습 도서의 핵심은 얕고 넓게 파는 거다.

경제가 대표적이다. 경제 학습만화에서 케인즈나 하이에크, 프리드먼까지는 가볍게 훑았지만, 그레고리 멘큐나 존 내쉬 같은 양반들까지 다루진 않지.

그런데 문학은 그렇게 얇고 넓게 다루기가 어렵다.

애초에 시든 소설이든 관심 있는 사람이 아니면 잘 안 본다는 것도 있지만, 정확히는 뭘 다뤄야 할지도 애매하다는 게 제일 문제다.

교과서에 나오는 거 위주로? 아니면, 역사의 터닝 포인트가 된 사람으로? 저작권은 어떻게 하지?

무엇보다, 잘못하다간 중고등학교 때 배운 것처럼 아이들이 문학을 감상이 아닌, 암기로 외울 수 있다는 점이다.

그놈의 암기 위주로 돌아가는 문학 교과서로 만든 수능 문제가 어떤 꼴이 났던가, 원작자도 못 푸는 문제가 되어 암기 위주 교육의 폐단만 드러내 버렸지.

본디 한 작품에는 작가가 의도한 내용을 그대로 받아들이는 의도 주의, 그리고 그것을 보고 받아들이는 독자의 해석에 더 비중을 준 반의도주의 등, 여러 감상이 나올 수 있고, 그래야만 하니까.

……뭐, 정말 굳이 어떻게든 만들고자 한다면 방법이 없진 않겠지.

대충 문학가들 모아다가 이름만 딴 캐릭터로 만들어서 자기 작품으로 이능력 배틀 같은 걸 시킨다든지, 버스에 태우고 시계를 돌려서 부활시킨다든지…….

하지만 그랬다간 들어갈 수고가 어마어마한데다, 아마 나 아니면 쓸 수 있는 사람은 없을 테니 이건 일단 뒤로 미루기로 했다.

"아무튼 뭐, 차차 넓혀 보자고요. 수학이 성공했다고 과학이, 그리고 과학이 성공했다고 다음도 성공한다는 보장은 없잖아요?"

"음, 너무 보수적인 사업 확장이 아닐까요, 작가님."

"그럼 제가 지금 쓰는 원고는 멈춰 놓고, 여기에 집중할까요?"

"음, 너무 탁월하신 생각이십니다, 작가님! 역시 사업은 하나하나 키워 나가는 맛이지요!"

사업가다운 빠른 태세 전환이다. 손을 싹싹 비비는 편집장을 보며, 난 씨익 웃으며 '역시 그렇죠?'라고 동의해줬다.

어쨌든 학습 도서라는 건 그저 필력만 뛰어난 작가라고 할 수 있는 게 아닌 만큼 까다롭다.

그 분야에 대한 개괄적인 지식이 베이스로 깔려 있어야 할 수 있는 일이니까.

이 둘을 동시에 만족시키는 전방위적 인재는 흔치 않다.

정확히 말하면 없진 않은데, 그런 사람들이 내 스카우트에 걸릴 정도로 만만하지 않다는 게 문제.

루이스 캐럴과 마크 트웨인이 해괴한 인간상이라고 해야겠지.

그러니까 뭐, 천천히 하자. 천천히.

아직 〈피터 페리〉도 고작 3+a권째. 완결 내려면 한참 남았지.

"그러고 보니 벤틀리 씨, '그' 재단 쪽은 어떻게 됐나요?"

"아, 말씀하신 대로 준비 중입니다."

재단이란 건 이번 〈아서 왕과 수학의 기사〉를 팔며 생긴 인세의 일부로 만들게 된 교육 자선 복지 재단을 의미했다.

전체적으로 고아와 저소득 가정의 교육을 위한 기부가 중심이고, 차후 천천히 이스트엔드 쪽에 유치원이나 초급 교육기관까지 세울 예정인 대형 프로젝트.

물론 내가 처음부터 이걸 하자고 한 건 아니다.

루이스 캐럴과의 계약…… 아니지, 부탁이라고 해야 하나? 그걸 이행하는 것에 가깝겠지.

애초에 그쪽도 이쪽도 이걸로 큰돈을 만지려는 생각은 없었기 때문에 생긴 것이긴 한데…….

하여튼 그 양반도 사람이 너무 좋아서, 날 믿겠다면서 계약서도 안 쓰고 그냥 믿고 맡기겠단다.

내 참, 성인 혐오증이라는 사람이 그렇게 남을 잘 믿어도 되는지 모르겠다.

―자, 자네는, 미, 믿을 수 있어.
―아니, 저도 다 큰 어른인데요.

마크 트웨인 〈25〉

―하, 하지만…… 아이를, 지킬 줄 아는 사람이지.

―…….

―자네를, 믿겠네. 한스.

은근슬쩍, 점점 말 더듬는 것도 조금씩 없어졌었지.

아무튼 기왕 시작한 거, 제대로 해 보기로 마음먹었을 뿐이다.

그래서…….

"미리 이야기했던 광고는 어떻게 됐나요?"

"하하, 말씀하신 것처럼 진행 중입니다. 원래 애들 교육하겠다는 데는 내 편, 네 편이 없는 법이니까요. 데일리 텔레그래프도 타임즈도 몸이 달아서 기부 넣겠다고 안달입니다."

"좋네요."

"그나저나, 자선기금 마련이라니. 어떻게 그런 생각을 하신 겁니까? 루이스 캐럴 작가님은 방법까지 제시하진 않으셨잖습니까? 심지어 작가님의 인세까지 더하시다니……."

"그래봤자 전부도 아니고 일부잖습니까."

"그래도요. 실제 판매량을 생각한다면…… 그 금액은 정말 어마어마하지 않겠습니까."

벤틀리는 마치 성인군자나 위인을 바라보듯이 초롱초롱한 눈빛으로 나를 바라보았다.

어우, 부담시러.

나는 어깨를 으쓱이며 말했다.

"뭐, 별거 아닙니다. 애초에 이건 투자지요."

"투자요?"

내 말에 벤틀리 씨가 무슨 말인지 모르겠다는 듯 고개를 갸웃한다.

아아, 모르는 건가?

제아무리 상재가 있는 그라고 할지라도 여기까지는 생각을 하지 않았던 모양이다.

아니, 이 시대에는 이게 디폴트일지도 모르겠다. 가난이 온전히 개인의 책임이라고 생각하던 시대니까.

그래서 난 벤틀리 씨가 이해하기 쉽게, 아무렇지도 않다는 듯 가볍게 이야기를 꺼냈다.

"솔직히 런던, 특히 이스트엔드의 문맹률은 높지 않습니까?"

"뭐, 그건 그렇지요."

산업 혁명 이후, 런던의 문맹률은 상당히 줄어들었다.

발달한 인쇄술이 책값을 낮추고, 도시 중심으로 모인 대규모의 노동자들을 위한 값싸고 단락적인 문화가 형성된다.

마술쇼, 영화 등, 더 다양한 사람들이 여가 시간에 즐길 만한 '문화생활'의 개념이 탄생한 시대인 것이다.

하지만 그것도 어디까지나, '18세기'에 비해서의 이야기.

이러니저러니 해도 먹고 살기 힘든 사람들은 기차역에

서 파는 키오스크의 1페니짜리 문고조차도 읽지 못하는 게 현실이다.

돈이 없는 것도 있지만, 모음과 자음은 물론, 음소들의 언어학적 자질(資質)도 제대로 구분이 안 되는 낡은 문자도 원인이다.

아무튼 이런 높은 문맹률이 만들어낸, 잘하면 고객층이 될 수도 있는 '잠재 고객층'은…… 대중 문학가인 내 입장에선, 참으로 놓치기 아까운 고기란 것이다.

"세 살 버릇 여든 간다고, 책도 읽어 버릇해야 읽을 거 아닙니까. 지금도 많은 이들이 글자조차 모를 정도인데, 그럼 저희는 그만큼 많은 잠재 고객들을 잃는 셈이지요."

내가 살던 21세기가 딱 그랬다. 문맹률은 낮지만, 책보다 영상매체에 더 많은 시간을 보내느라 독서율이 뚝 떨어졌고, 긴 글을 읽지 않는 사람들이 넘쳐 났지.

현대 영국에서도 인구의 20% 정도가 문맹이라는 점을 생각하면 이보다 심각한 것은 당연한 이야기일 것이다.

게다가 나아지기는커녕 이는 점점 심해져만 갔다. 아무래도 경쟁자가 너튜브며 딕독, 넷플렉스 같은 것들이다 보니…… 그 탓에 이쪽 시장도 엄청나게 줄었지.

그러니 이 기금과 자선은 일종의 펌프 속에 마중물을 넣는 것이나 마찬가지다.

글을 읽기 버릇하면. 아니, 글자를 알아볼 수만 있어도 잠재 독자를 늘리는 데 훨씬 수월할 것이며, 그 체감은 미래보다 더 클 것이다.

르네상스 시대처럼 1%의 귀족에 후원을 받으며 살 것이 아닌, 99%의 대중을 위해 글을 쓰는 사람이라면 당연히 대중을 생각할 수밖에 없지.

"허, 잠재 고객이라니…… 대단합니다. 그런 건 생각도 못 해 봤군요."

벤틀리 씨는 마치 계시라도 받은 것처럼 고개를 주억였다.

"무엇보다. 런던 시민들께 받은 사랑이니, 그 정도는 보답해도 되겠죠."

"……작가님!"

"라고, 광고에다가 꼭 적어 달라고 해 주세요."

"작가님……."

벤틀리가 식어 버린 눈으로 나를 보았지만, 난 그저 고개를 돌렸다.

뭐, 왜? 다 밥 먹고 살자고 하는 짓이잖아?

위선도 엄연한 선이고, 받는 입장에서는 움직이지 않는 선보다 움직이는 위선이 더 나은 법 아니겠나.

"아무튼 돈은 무한한 게 아니니까요. 그러니 우리만이 아닌, 하나의 사회 현상으로 만들어야 합니다. 때릴 수 있는 광고는 전부 때려서 기부를 최대한 받아 주세요."

"물론입니다. 이미 미끼 문 사람들이 많습니다."

"좋군요."

대표자로서의 명분도 챙기고, 돈도 아끼고, 심지어 그

결과가 시장의 확대로 인한 원활한 수금이라니!

이게 꿩 먹고 알 먹고지.

역시 '애들을 위해서'라는 핑계에는 안 낚이는 사람이 없다니까.

그렇게 싱글거리는 나에게, 벤틀리가 슬쩍 말을 걸어왔다.

"그러고 보니 작가님. 작가님께서 조금만 도와주시면, 금방 기부금을 채울 수 있을 법한 방법이 하나 있습니다만."

"예? 그런 게 있어요?"

나는 눈을 크게 떴다.

아니, 그런 방법이 있는데 왜 입을 다물고 계셨대?

그러자 벤틀리 씨는 뭔가 기묘한 웃음을 지으면서 나를 보았다.

"다만 그, 방법이 작가님께 조금 폐가 될 수 있을 것 같아서……."

"빨리 채울 수 있는데 그게 무슨 상관이겠어요. 그, 얼굴 드러나는 것만 아니면 됩니다."

"아, 그런 건 아닙니다."

벤틀리가 히죽, 아주 밝은 웃음을 지었다.

"얼굴은 절대 드러나지 않을 겁니다."

나는.

그 말을 제대로 들었어야 했다.

알렉산드리나

 극장이라…… 솔직히 말하면 그다지 좋은 기억은 없다.
 일단 연극 문화 자체가 한국에서는 비주류다 보니 내가 굳이 찾으러 다니지도 않았던 것도 있고, 어렸을 적 좋아했던 만화영화의 극장판인 줄 알고 보러 간 게 아마추어스러운 어린이 뮤지컬이어서 굉장히 실망했던 적이 있거든.
 차라리 친숙하기로 따지면 영화 쪽이 더 친숙하다.
 아무튼, 이런 얘기를 왜 했냐 하면…… 내 눈앞에 그 거대한 극장이 있었기 때문이다.
 "허어어."
 [사보이 극장(Savoy Theatre)].
 나는 21세기 한국에서도 보기 힘든, 르네상스 시대와 빅토리아 시대의 양식을 고풍스럽게 조화시킨 건물을 보

며 한 번. 그리고 그 앞에 걸린 〈피터 페리 제4권. 피터 페리와 금이 간 시계(Peter Perry's the Cracked Clock) 발간 기념 및 자선기금 조성을 위한 공연〉이라는 현수막을 보며 또 한 번 감탄했다.

"극장을 빌려서 자선기금 마련을 위한 공연을 연다라…… 괜찮은데요?"

"하하, 그렇지요. 작가님?"

벤틀리 씨의 말에 나는 고개를 끄덕였다.

이러니저러니 해도 이 시대에는 연극이야말로 가장 잘 팔리는 미디어믹스이자 눈길을 확 잡을 수 있는 전시 공연이니까.

없던 연극에 대한 애정까지 무럭무럭 자라는 것 같다.

그중 내가 놀란 건, 벤틀리 씨가 무려 웨스트엔드 한가운데에 있는 극장을 전세 냈다는 점이다.

"단 하루뿐이라지만…… 여기, 보통 극장이 아니죠?"

"하하, 말씀대로입니다. 전표 매진 흥행 성적을 몇 번이나 갈아치운 극장이기도 하지요."

사보이 극장.

이름 그대로, 한때 사보이 왕국의 왕가가 쓰던 건물을 통째로 사들여 극장으로 꾸민 건물이다. 이 시대에 제일 큰 극장 중 하나인 만큼 그 명성도 어마어마했다.

"그런데 그걸 어떻게……."

"아, 그게."

벤틀리 씨는 잠시 주변을 두리번거렸다. 그러더니 내 귀에 몰래 속삭이듯 말했다.

"전속 극본가들이 파업했답니다."

"……아."

"게다가 그 이후로 다른 작가들에게 극본을 받았는데, 줄줄이 망해서……."

요컨대 영락한 명가를 저점일 때 잘 매수했다는 거구만.

음, 그래. 그것도 능력이지.

나는 헛헛한 웃음을 지으면서 고개를 끄덕였다.

"뭐, 기금만 잘 모이면 되죠."

"하하, 그렇죠. 작가님."

"그런데 벤틀리 씨, 그러고 보니까 오늘 공연이 무슨 공연이었죠?"

"아, 설명을 안 드렸군요."

나는 벤틀리 씨가 품에서 무언가를 꺼내는 것을 보았다.

화려한 털이 잔뜩 달리고, 뒤로는 긴 끈이 달려서 묶을 수 있는 데다, 가운데에는 구멍 둘이 숭숭 뚫린 이건……

가면?

"작가님. 그러면 잘 부탁드립니다."

"……뭘요?"

"전 작가님을 믿습니다!"

"아니 그러니까! 뭘 하는 건데!?"

내 절규를 듣지 않고, 벤틀리 씨는 나를 극장 안으로

밀어 넣었다.
 그리고.

* * *

 [……그리고 피터는 다시 한번 숲을 돌아보았다.]
 여기서 잠시, 숨을 고른다.
 [숲은 여느 때와 다를 바 없었다.]
 축음기에서 바람 소리가 불길하게 흘러나온다. 그와 동시에 숨을 죽이는 관객들의 탄성이 귀를 스쳤다.
 나는 천천히 다음 대사로 이어 갔다.
 [평화로웠고, 아름다웠다…… 하지만 피터는 생각했다.]
 남배우가 우수에 찬 눈을 그윽하게 뜨며, 어두운 숲을 섬세하게 그린 점묘화를 보았다.
 암막 속의 선명한 조명은 오로지 둘만을 비추었다.
 나는 그것을 보며 마지막 대사를 내뱉었다.
 [이번 여름은, 지난여름보다 더욱 잔인한 여름이 될 것이라고.]
 그와 동시에 막이 내려갔다.
 박수가 드문드문 시작되더니, 이내 온 무대를 흔들었다.
 짝짝짝짝-!!
 브라보—!
 우레와 같은 박수 소리가 치솟는다.

그러자 막이 다시 올라가며, 배우들이 나와 고개를 숙였다.

나는 그들에게 박수가 쏟아지는 틈을 타, 은막의 뒤편으로 숨어들었다.

그렇게 고함이 터지고 비명과 휘파람 소리가 가득 차는 무대에서 도망쳐, 가면을 벗고 정체를 드러냈다.

"하아……."

어후, 긴장돼.

역시 난 성향이 E가 아닌 I인 거 같다. 무대는 저어엉 말 체질이 아니라니까.

대학 다닐 때도 무슨 일이 있어도 최대한 조별 발표 없는 수업으로 들어가려 했었지 아마.

그렇게 생각한 나는 지친 한숨을 쉬며 완전히 무대 밖으로 빠져나갔다.

그러자 마치 기다리고 있었다는 듯, 명색이 사장인 벤틀리가 다가와 직접 물통을 건넸다.

"수고하셨습니다, 작가님!"

"벤틀리 씨, 이게 그 '조금 폐'입니까?"

"하, 하지만 성공하지 않았습니까!?"

그야 물론 성공했지. 단번의 목표 금액의 280%를 돌파했으니까.

나는 깊은 한숨을 쉬며, 벤틀리가 건네는 식힌 차를 받아 마셨다. 새큼하고 쌉싸래한 풍미가 입을 적셨다.

크윽. 시다, 셔.

지금 내가 하고 나온 건, 다름 아닌…… '낭독회'다.

낭독회. 쉽게 말해 책 읽는 행사다.

사실 웹소설 쪽보단 순문학, 그중에서도 서유럽권 문학계에서 작가들이 종종 열던 이벤트였다.

작가가 직접 자기가 쓴 책을 읽고, 그 책을 쓸 때의 감상을 독자들과 공유하는 것.

모르는 사람은 모르겠지만, 의외로 서적에 있어서는 유서 깊은 판촉 방법 중 하나다.

실제로 이 시대에 작가들의 주 수입원 중 하나가 바로 낭독회였고, 찰스 디킨스 같은 경우엔 열정적으로 전국 콘서트처럼 영국 전역을 돌아다니며 공개 낭독회를 하다가 과로사했다.

현대 순문학 쪽에서도 종종 한다. 영화 원작 소설이나 해외 유명 작가를 초청한다거나.

하지만 순문학 쪽이 늘 그렇듯, 워낙 인지도가 약하지만. 심지어 코로나가 온 세계를 휩쓰는 데 낭독'회'?

질병관리청이 갈(喝)!! 하고는 어딜 감히 관의 행사를 방해하려 드냐며 대가리를 부수러 올 일이다.

아무튼 웹소설 작가인 나하고는 거리가 먼 행사였고, 그것은 이 시대에도 크게 다르지 않았다.

일단 나는 마케팅 상 신비주의니까.

그래서 낭독회도 피하고 있었는데, 벤틀리 씨는 아무리

생각해도 그게 아까웠던 모양이다.

―작가님, 딱 한 번만! 딱 한 번만 해 주시면 됩니다! 작가님의 인기를 생각하면 학교 하나 더 세울 수 있는 돈을 간단하게 모을 수 있어요!

그래서 이번에 기금도 모을 겸, 특별 낭독회를 기획한 것이다.
물론 내 정체가 드러나지 않게, 일종의 공연 비슷하게 말이다.
스포트라이트도 낭독에 맞춰 연기하는 배우들을 조명하다 보니, 이게 마치 표현 예술 같은 느낌으로 됐는데…… 정말 이래도 되나 싶다.
그러거나 말거나, 벤틀리 씨는 만족한 듯 고개를 끄덕이며 말했다.
"역시, 처음 작가님과 뵀을 때부터 느꼈는데…… 작가님은 이런 쪽에도 재능이 있으시군요. 딕션(diction)이 확실하면서 과장되지 않고 차분한 말투가 왠지 모르게 집중하게 만드는 점에서 누구보다 훌륭한 바드(Bard)십니다."
"……그런 입에 발린 말은 됐어요."
지금 말하는 처음 봤을 때라는 것은, 아마 매지와 몬티에게 이야기를 들려줄 때를 말하는 건가 보다.
물론 그렇게 애들한테 읽어 준 경력은 좀 되긴 하지.

하지만 그래도 전문적인 변사(辯士)나 성우(聲優)에 비하면 형편없을 게 분명하다.

그런데도 불구하고 나를 억지로 띄워 주는 것을 보면, 나름 말려들게 한 양심의 가책은 있는 것 같다.

아니면 설마…… 지난번 출판사가 불탈 뻔했을 때의 복수를 이렇게 하는 건 아니겠지?

"아니, 정말입니다. 정말로 작가님의 글에는 작가님의 목소리가 제일 어울릴 거라 생각해서 그랬다니까요? 저기 보십시오. 관객들도 환호성하고 있잖습니까."

뾰로통하게 쳐다보는 내 눈빛에서 그런 기색을 느꼈는지 황급히 변명하는 벤틀리 씨.

뭐, 의도가 뭐든 간에 어쩌겠는가. 이미 끝난 일인데.

"됐습니다. 그렇다고 치죠. 차나 한잔 더 주세요. 목이 좀 많이 타네요."

"알겠습니다! 잠시만 기다려 주십쇼!!"

그 말에 벤틀리가 부리나케 떠나갔다.

나는 혀를 차며 적당히 앉을 만한 자리를 찾아 나섰다.

어휴, 진짜 입이 마른다, 말라.

이런 걸 매번 하고 다니니까 과로사로 죽지.

'그건 그렇고, 여기 휴게실이 어디였더라?'

나는 주변을 두리번거리면서 벤틀리가 돌아올 때까지 적당히 쉴 만한 곳을 찾았다.

그러던 순간, 눈앞이 검게 변했다.

"이런."

"아, 죄송합니다. 앞을 확인하지 못했네요."

갑자기 내 앞을 가로막은 거구를 피하지 못하고 그대로 부딪혀 버렸다. 난 황급히 물러나 고개를 숙이며 서둘러 사과했다.

나도 어디 가서 체격이 작다는 소리를 듣지 못했는데, 훨씬 크고 다부진 몸이다.

나는 나도 모르게 신기한 마음에 앞에 서 있는 인물을 살펴보았다.

짙푸른 감색 재킷과 함께, 왕관 아래 금색 월계관으로 감싼 닻 모양의 장식. 영락없는 영국식 해군 장교의 모습이었다.

그리고 그 옆에는 그의 어머니로 보이는, 눈에 띄지 않는 분홍색 외출용 드레스를 입은 키 작고 푸짐한 귀부인이 있었다.

이번 낭독회에 온 분들이신가?

"아, 괜찮소. 신경 쓰지 마시길."

그렇게 생각하는 사이, 장교는 생긋 웃으면서 그렇게 친절할 수가 없을 정도로 정중하게 답해 왔다.

뭐지, 왜 이렇게 정중해?

친절이 지나치면 오히려 위화감이 든다고 하던가? 지금 내가 딱 그런 상황이었다.

내가 얼떨떨해하고 있자, 그사이 옆에 있던 귀부인이

내게 다가왔다.

그러고는.

"청년."

"예?"

"짐…… 아니, 내가 어디를 좀 찾고 있는데, 혹시 안내 좀 해 줄 수 있소?"

"어, 글쎄요."

뭐지? 왜 내 팔을 잡아? 나는 뭔가 쎄한 기분에, 할머니가 잡은 팔을 빼려고 했다.

하지만…… 이상하다. 분명 그냥 할머니한테 잡힌 것뿐인데, 마치 바위틈에 끼인 것마냥 꼼짝도 움직이지 않는다.

"저도 이 근처는 잘 모르는……."

"안내해 주겠다고? 그래, 고맙네그려."

어, 어? 뭐야, 이 할머니 왜 이렇게 힘이 세?

나는 순식간에 할머니에게 끌려 나왔다.

"아니, 저기요!"

내가 뭐라 호소했지만, 귀부인은 들은 척도 안 하고 내 팔을 강하게 당겼다.

이상할 정도로 강한 할머니다.

물론 온 힘을 다해 뿌리치면 뿌리칠 수도 있을 것 같긴 한데, 그 거리낌 없는 태도에서는 어째서인지 사람을 항거할 수 없게 만드는 묘한 카리스마가 느껴졌다.

그렇게 내가 우물쭈물 끌려가는 사이, 노부인은 나를

건물 밖으로 끌고 나왔다.

그와 동시에 예의 장교가 갑자기 나를 뒤에서 확 밀쳤고, 나는 어어 하는 사이에 좁다면 좁고 넓다면 넓은…… 여기 뭐야, 상자인가?

아니, 쿠션 달린 좌석에 화려한 창문까지 달린 걸 보니 그냥 상자는 아닌 모양인데.

모양새를 보아하니…… 마차?

내 생각이 틀리지 않았다는 듯, 나를 따라 마차에 올라탄 할머니가 푹신한 좌석에 앉으며 말했다.

"출발하게."

"예, 마담(Madam)."

말 우는 소리와 함께 편자가 도로를 걷어차는 소리가 내 정신을 일깨웠다.

나는 어이를 잃고 노부인을 향해 소리쳤다.

"아니, 할머니. 이게 대체 무슨……!"

"알렉산드리나(Alexandrina)."

그 순간, 그 푸짐한 얼굴이 어째서인지 거인의 그것처럼 보였다.

"그렇게 불러 주시게나."

* * *

뭐지?

나는 지금 돌아가는 상황이 도통 이해가 되질 않았다.

분명 나는 자선기금을 위한 낭독회(의 탈을 쓴 연극 겸 콘서트)에서 나왔다.

그런데 갑자기 웬 할머니랑 장교한테 끌려 나와 갑자기 마차를 탔고. 그리고, 그리고…….

음…….

'나, 혹시 납치된 건가?'

그런 내게 납치범, 마치 드워프 대족장처럼 생긴 할머니…… 알렉산드리나 씨가 내게 말했다.

"흠, 꽤 긴장했나 보군요."

"어, 음. 예."

"뭐, 걱정할 거 없어요. 이 할망구가 성질은 더러워도 애꿎은 사람을 해코지하진 않으니까."

"에…….."

뭐지 이 사람? 왜 나한테 은근히 화가 나 있는 거 같지?

내가 그렇게 생각하고 있을 때, 알렉산드리나 씨가 내게 슬며시 몸을 숙이더니…… 말을 걸어왔다.

"그래서, 피터는 왜 죽이셨죠? 미스터 한슬로 진?"

……뭐요?

"쿨럭, 쿨럭!"

"저런. 여기, 물 좀 가져와요."

그 말에 장교라고 생각했던 남자가 맑은 물을 쪼르르 따랐지만, 나는 도저히 그것을 받아 마실 정신이 없었다.

아니, 설마 피터 죽인 것 때문에 날 납치한 거야? 그보다 내가 한슬로 진인 건 어떻게 안 거고?

'이거, 그거지? 코난 아서 도일이 겪었다는 그거.'

와, 내가 이걸 겪게 될 줄은 상상도 못 했는데…….

아니 그보다 난 착실히 부활시켜 줬잖아? 애초에 죽은 것도 아니고 그냥 죽기 직전인데 살아난 거잖아? 그거면 된 거 아닌가?

"혹시나 해서 말이지만, 사경에서 간신히 살아났으니 된 거 아니냔 핑계는 대지 않았으면 좋겠네요. 그때 이 늙은 몸에 줬던 충격은 아직도 잊히지 않으니까."

"딸꾹."

"아, 손주 며느리가 한동안 울었단 것도 추가해야겠군요. 순진한데 이상한 부분에서 고집이 강한 아이라, 달래는 데 고생을 많이 했다는 것도요."

"그…… 면목이 없습니다…….'

"그럼 설마 있으리라 생각한 건가요? 그냥 쓰던 대로 쓰면 될 걸 왜 그런 헛짓을 했나 몰라."

코웃음을 치며 그렇게 말한 노파의 그 말에 나는 서서히 고개를 들었다. 그녀에게서 느껴지는 위압감은 그대로였다.

그러나 나는…… 여기서 물러서면 안 된다는 생각이 들었다.

이것만큼은 말해야 할 부분이었다.

그리고 그런 내 눈빛을 보며 노부인 역시 흥미롭다는 듯이 눈을 빛냈다.

"흐음? 혹시 할 말이 있으시오?"

"예, 그렇습니다."

"면목이 없으면서 할 말은 있다?"

"……."

"좋아. 한번 들어보죠."

"크흠, 그러면."

운은 띄웠는데 어쩐다…… 나는 나를 납치한 납치범의 행색을 살폈다.

내가 비록 탐정은 아니지만, 적어도 상류층과 오래 교류하면서 대충 눈치는 충분히 길렀다고 자부한다.

그리고, 그런 내 눈에…… 이 할머니는 보통 상류층이 아니다.

이런 상황에서도 아주 자연스럽게 말하는 데다 말하는 단어 하나하나에서 묻어 나오는 에고(ego)가 상당히 강한 편이다.

심지어 무례하진 않으면서도 하대가 능한 것을 보면…… 얼마나 높으신진 모르겠지만, 아마 꽤 높으신 집안의 뒷방에서 부처님마냥 앉아 계신 분이겠지.

그리고 그 손 위에서 손오공이고 뭐고 다 놀려 먹고 계실 거고.

즉, 아주 완고하고, 아주 높은 사람이며, 사람 말을 더

럽게 안 들어 처먹는 부류다.

이런 부류엔 전문적인 얘기는 할 필요가 없다. 어차피 안 들을 테니까.

그러니까, 그냥 다이렉트하게.

내가 하고 싶은 얘기를 그냥 때려 박는 게 최선이다.

"저는, 그게 제일 재미있다고 생각해서 그렇게 썼습니다."

"흐음."

됐다.

콧김을 불긴 했어도 말을 끊지는 않는 것을 보면, 일단 들어는 주겠다는 얘기.

나는 차분하게, 옷매무새를 정돈했다.

"말씀하신 대로 주인공을 죽여서 독자분들께 너무 큰 충격을 드린 건 죄송합니다. 하지만 전, 설사 그 원고를 쓰기 전으로 돌아간다고 해도 아마 똑같이 쓸 겁니다."

"자신만만하군. 왜지?"

"말씀드린 대로, 그게 제 글을 제일 재미있게 살릴 수 있다고 생각했기 때문이죠."

노파, 알렉산드리나가 눈살을 찌푸렸다.

지팡이를 쥘 듯한 손이 울긋불긋해지는 걸 보니 당장이라도 휘두르고 싶은 모양새였다. 나는 다시 이야기의 맥을 이었다.

"저는 제 글은 쉽고 가볍다는 걸 알고 있습니다. 그런 글은…… 제가 말하기도 뭐 하지만, 휘발성이 매우 강합니다."

"휘발성?"

"쉽게 말해, 금방 잊힌다는 겁니다."

"잠깐, 그건······."

노파는 무어라 반박하려 했지만 금세 입을 다물었다. 나는 그런 그녀를 보며 고개를 끄덕였다.

아마 내 책의 어느 장면, 어떤 문장을 읊어 보려고 했을 것이다.

하지만 당장 기억나지 않았겠지.

피터가 어떤 성격이고 어떤 장면에서 어떤 행동을 보였는지는 기억나지만, 그게 대사나 문장까지 완벽히 출력되긴 힘든 것이다.

어쩔 수 없다. 이건 등가교환이니까.

쉽게 머릿속에 들어온 것은 쉽게 머리에서 빠져나간다.

어렵게 들어온 것은 늦게 빠져나간다.

공부할 때도 적용되는 법칙이다.

괜히 문제집 풀 때 자기 실력보다 조금 더 어려운 걸 풀라고 하는 게 아니다.

나만 해도, 내가 감명 깊게 읽었던 웹소설의 문장들을 다 기억나지 않는다.

순문학은 아니냐고 할 수 있는데, 순문학은 기억시킨다. '박제가 되어 버린 천재'라거나, '시간아, 멈춰라. 너 참 아름답구나!' 같은, 역사에 길이 남은 문장을 생각해 보면 명확하다.

단순히 명장면의 명대사라서가 아니라, 문장 하나하나가 잘 짜인 예술이라 그렇다.

어휘 하나하나 공들여서, 마치 화강암을 깎아 내듯 문장을 벼리고 또 벼려 낸다. 그렇기에 오래 인상에 남는다.

퇴고(推敲)라는 말이 괜히 있는 게 아닌 것이다.

하지만 웹소설은 그런 문장을 짤 시간도, 주입시킬 시간도 부족하다.

그렇기에 웹소설은 이를 대신해 장면을, 그리고 캐릭터를 깎는다. 그리고 주입한다.

"주인공을 죽이는 것도 그 일환입니다."

충격적인 장면은 잊히지 않는다.

3화 만에 죽어 버려 전설이 되어 버린 마법 소녀와 비슷하다.

실제로 그 마법 소녀는 그 뒤에도 계속 나온다. 회상이든 다른 시간대였든. 하지만 3화에서 매우 충격적으로 죽어 버렸기 때문에, 대중에게 그 캐릭터는 '3화에서 죽은 애'로 기억에 남는다. 잘 짜인 임팩트라는 게 그렇다.

물론 웹소설이라 할지라도 진짜 잘 쓰는 사람들은 장면도, 대사도, 캐릭터도 기억에 남게 할 수 있지만…… 아쉽게도 난 그 정도 경지는 아니라서.

다행히 알렉산드리나 씨는, 내가 무슨 말을 하는지 대략 이해가 간 눈치였다.

"그렇기에, 쓰던 대로 썼다간 금방 잊힌다는 건가요?"

"예. 그래서 죽였습니다."

잊히지 않기 위해.

죽음으로서 불멸이 된다는 게 참 아이러니하긴 하지만, 그게 사실이니 어쩔 수가 없다.

"……참 자랑스럽게도 말하는군요. 결국 당신이 무능하기 때문이란 것 아닙니까."

"예, 맞습니다."

"뭐라……."

"근데, 무능한 놈은 살면 안 됩니까?"

나는 당당하게 말했다.

"어차피 소설이란 건 근본적으로 환상을 파는 직업입니다. 특히 저처럼 요정 같은 허구의 산물을 주제로 하는 경우는 더더욱 그렇지요."

"……그래서?"

"제가 제 부족한 문장력을 포기하고, 빠른 전개를 선택한 것 역시 누군가에겐 허구일 수 있습니다. 하지만 허구를 파는 직업이, 그 무능을 숨기는 허구조차 기술로 삼는다면, 그것은 그것대로 또 하나의 능력이 아니겠습니까?"

"허!"

"무엇보다…… 그래서 제 글은 재미없으셨습니까?"

이에 말문이 막혔다는 듯 노파, 알렉산드리나는 고개를 저었다.

안다. 나도 이게 헛소리인 거.

하지만, 그 헛소리를 참으로 바꾸어 주는 것이 바로 매출이 아닌가.

나는 이미 주간지와 월간지에서 수십만 부를 팔고 있었고, 매출로서 내 능력을 증명했다.

대중이 인정해 주고 있다는 것이다. 나의 방식을.

노부인도 그것을 알고 있는 모양인지, 그저 말없이 나를 노려볼 뿐이었다.

한숨을 푹 쉰 그녀는 마차 등받이에 등을 기대며 지친 듯 물었다.

"……그러면, 그 아서 코난 도일인가 하는 놈은? 그놈도 자네와 같은 생각이란 건가요?"

"그, 아뇨. 직접 만나진 못했습니다만, 그 작가는 진짜 죽여 버리고 싶어서 죽인 걸 겁니다, 아마."

애초에 순수하게 역사 소설을 쓰고 싶던 인간이었고, 셜록 홈스라는 명작을 만든 주제에 이를 지독히도 싫어했던 양반이니…….

"후, 이해가 안 되는군요. 이해가…… 하여간 이래서 예술가란 것들은, 쯧."

아니, 그건 예술가라서 이해가 안 되는 게 아니라, 늙어서 그런 것 같긴 한데.

흔히 요즘 사람들이 말하는 꼰…….

물론 입 밖으로 냈다간 진짜로 화낼 테니 참았다.

알렉산드리나 〈51〉

머리에 피가 올라서 두다다다 쏘아낸 기분이긴 하지만, 왠지는 몰라도 이 할머니한테 거스르면 진짜 주옥될 것 같다는 불안감이 싹 돋단 말이지.

"그럼, 내 한 가지만 물어볼게요."

"아, 예. 하십시오."

"잘 쓰는 걸 도외시하고 그토록 열심히 '파는 방법'을 연구했다는 건, 그만큼 돈을 많이 벌고 싶다는 뜻일 텐데."

"뭐…… 그렇죠."

"그런데 왜 이번 기부 재단을 조성한 거죠? 게다가 돈까지 그렇게 많이 들여가면서."

"아, 그건."

"그렇게 열심히 써서 번 돈이잖아요? 그 돈을 얼굴도 모르는, 전혀 다른 나라의 비렁뱅이들에 뿌린다는 건…… 좀 아깝지 않나요?"

거참, 말이 심하시네.

나는 어이가 없어서 노파를 보았다. 이러니 영미권 억만장자들이 자본주의가 낳은 괴물이란 소리를 듣지.

이것만은 참을 수 없지. 난 얼굴을 찌푸리면서 답했다.

"말씀이 과하시군요. 그거야 당연하잖습니까."

"허, 과해……?"

"당연히 제 글을 좋아해 주는 독자들이니까 그렇죠."

그 당연한 것에, 큰 의미를 둬야 하나?

무엇보다.

"게다가 원래 작가란 자기 욕이 강한 생물입니다. 그리고 전 그 욕심이 아주 그득그득합니다."

"욕심이라고요?"

"이스트엔드엔 가 보셨습니까?"

내 맥락 없이 내뱉은 말에, 노파는 눈살을 찌푸렸다.

"딱 봐도 고귀하신 분인 만큼 그런 적은 없을 거 같은데……."

"그래요. 내가 왜 그런 더러운 곳에 가야 하죠?"

"그래서 드리는 말씀입니다."

나는 지그시 눈을 감으며 말했다.

지금 내가 눈앞에 두고 있는 사람은, 영국인 노파 알렉산드리나가 아니었다.

낄낄거리며 발을 걷어차던 누군가였고.

그런 거 볼 시간 있으면 문제 하나라도 더 풀라던 누군가였으며.

귀찮음을 숨기지 못해 그저 쓴웃음으로 일관하던 일개 공무원 아무개였다.

그때 나를 위로해 준 것이 바로 소설이었다.

그래서 만들고 싶었다.

아주 잠시라도 재미있다, 궁금하다. 내일도 보고 싶다…… 라고 말할 수 있는 글. 그런 글을.

그리고.

"더 많은 사람에게 보여 주고 싶습니다."

나는 말했다.

"글을 못 읽는 사람에게도, 글을 읽을 시간이 없는 사람에게도…… 그러면서 돈까지 벌 수 있다면, 저는 더 바랄 게 없습니다."

"……대중을 사랑하는가?"

"나고 자란 땅을 사랑하는 건 사람으로서 당연한 일이라고 봅니다."

나는 담담히 내 나름의 대중론을 설명했다.

대중 문학가가 대중을 위하고, 대중이 생육하고 번창하게 하려는 건, 결국 스스로를 위하는 길이라고.

내 얘기를 다 들은 노부인은 이제까지완 다르게, 진지한 얼굴로 고개를 끄덕였다.

"그래서, 책을 사 줄 대중 자체를 늘리고 싶다, 라."

노부인은 나를 똑바로 바라보았다.

"그렇게 성장한 뒤에는 그대를 버릴 수도 있는데?"

"그건 제 능력 문제죠."

나는 당당히. 아니, 스스로 광오하다 느껴질 정도로 강하게 말했다.

"저는 버려지지 않을 겁니다. 버릴 수 없을 정도로 재미있는 글을 쓸 겁니다. 설령 버려지더라도…… 제 발로 기어 올라와서 어떻게든 성공할 겁니다."

"하하, 하하하, 하하하하!"

노부인이 마치, 천둥이라도 치는 것처럼 시원하게 웃었다.

마치 무척 재미있는 것을 보았다는 듯, 혹은 확신을 얻었다는 것처럼.

미혹 하나 남기지 않은, 무척 시원하면서도 거침없는 웃음이었다.

그렇게 한참을 웃던 노부인은 이윽고 금박이 장식되어 있는 손수건을 꺼내 눈가를 닦아 내더니 천천히 이쪽을 바라보며 답했다.

"그래, 그건 그나마 마음에 드는 말이군."

뭐지. 말투가 뒤바뀌었다.

지금까지로도 부족한 카리스마는 아니었지만, 마치 숨기던 것마저 집어치웠다는 듯.

나는 침을 꿀꺽 삼켰다.

"가, 감사합니다……."

"왜 갑자기 그렇게 떨어 대나? 이미 소리도 치면서 할 말 안 할 말은 다 한 것 같다만."

아니, 뭐…… 그거야 잠깐 머리에 피가 올라서 그랬던 거고요. 저도 후회라는 것을 할 줄 아는 사람이거든요?

그때였다.

"세우게."

"예!"

노부인이 말하자마자, 귀신같이 마차가 멈춰 섰다.

그 앞은…… 어라? 여기 원래 있던 그 낭독회장이네? 그러면 거 뭐냐, 그냥 주변을 뺑뺑 돈 거야?

"아주 재밌는 팬 미팅이었소. 한슬로 진 작가님."

"아, 음. 예. 저도 무척 재밌었……."

"흰소리 말고."

노부인은 그렇게 말하면서 품에서 새하얀 종이 한 장을 꺼냈다. 그러더니 만년필로 그 위에 무언가를 휘적이더니, 내게 내밀었다.

"갖고 가게."

"예?"

"갖고 가라고. 그리고 어디 한번 열심히 해 보시게나."

아니, 이게 뭔데…….

그렇게 생각한 순간, 날 이 마차에 던지듯 넣었던 그 해군 장교가 날 끌어내렸다.

그리고.

"그럼, 다음에 또 보길 기다리고 있겠네. 출발해."

"예!"

바람과 같이 사라졌다.

대체 뭐야…… 뭔가 귀신에 홀린 기분이다.

그렇게 얼떨떨해하던 내게 굉장히 익숙한 누군가가 다가왔다.

"자, 작가님! 괜찮으십니까!"

"벤틀리 씨?"

"아이고, 예! 저 리처드 벤틀리 주니어입니다! 갑자기 실종되셔서 정말 크게 놀랐습니다!"

실종이라…… 실종이라면 실종이지.

잠깐이나마 팬에게 납치당했던 거니까.

가만, 나 진짜 위험한 상황이었나? 혹시 '미저리' 당할 뻔했던 거 아냐?

"그러고 보니 작가님, 손에 들고 계신 그건 뭡니까?"

"어…… 글쎄요?"

팬레터인가? 하고 내가 그것을 펼친 순간.

"……뱅크 오브 잉글랜드(Bank of England)?"

"자, 작가님! 이, 이거!"

"설마…….'"

나는 입을 벌렸다. 그리고 다물 수가 없었다.

그도 그럴 게, 그것은 수표였다.

그것도 납치당한 것에 불만을 품기에는, 지나치게 많은 금액이 적힌 수표였다.

앨리스와 피터 재단

"진짜일세, 틀림없군."

"세상에……."

나와 벤틀리 씨는 서로를 보았다. 밀러 씨 역시 미심쩍다는 듯 나를 보았다.

"이런 금액을 거리낌 없이 수표에 적을 수 있는 사람이라면 분명 보통 사람이 아닐세. 한슬, 자네 정말 그 사람이 '알렉산드리나'라고 했나?"

"예, 밀러 씨."

"가명인가, 그도 아니라면…… 본명인가."

밀러 씨는 고개를 저으며 중얼거렸다.

"설마, 그럴 리는 없겠지. 그 고귀하신 분께서 애들용 동화를 읽을 턱도 없고, 설령 읽는다고 해도 마음에 들어

할 리가 없으니……."

뭔가 잘 안 들리는데, 아무튼 아는 사람은 아닌 것 같다.

그러고 보니 특이한 이름이긴 했다. 보통 알렉산더(Alexander)의 여성형은 알렉산드라(Alexandra)일 텐데.

아무튼.

"그, 어떤가요. 밀러 씨."

"……써도 되겠느냐는 말인가?"

"예, 아무래도."

"으으으음."

밀러 씨는 팔짱을 꼈다. 그를 나름 오래 본 나로서는 진풍경이라 하지 않을 수가 없었다.

세상에. 밀러 씨가 크리켓 구단 구매하는 것 외의 일로 이렇게까지 고민하다니!

"……이건 사용하는 게 맞겠지."

"그래도 괜찮을까요?"

"어쨌든 들어온 돈 아닌가. 그러면 쓰는 게 맞지."

그렇다면, 자선기금 쪽으로 사용하는 게 맞을 것이다.

밀러 씨는 그렇게 말했다. 나 역시 고개를 끄덕였다.

터무니없는 금액이긴 했다. 갓물주가 뭐야, 갓물주 할아버지 싸대기를 갈겨도 될 정도의 금액이었으니.

나라고 아깝지 않을 리가 있나.

인간인 이상, 거금이 눈앞에서 아른거리면 참을 수 없는 게 정상이다.

하지만 저건 그냥 용돈이나 하라고 던져 준 게 아닌, 누가 봐도 내 이야기를 듣고 '투자'의 개념으로 준 느낌이었다.

'뭐, 영업 한번 잘 뛰었다고 치자. 건수 하나에 이 정도 영업 이익이면 그게 어디야.'

그렇게 생각하니 마음도 한결 편해진다. 그래, 내 실적인 거잖아?

보너스나 그런 건 없다지만.

"그러면 벤틀리 씨, 부탁드릴게요."

"아, 예. 알겠습니다. 작가님. 그리고 밀러 씨, 부탁드린 것은 어떻게 되었습니까?"

"로스차일드 가문 쪽에서 기꺼이 응하겠다는 답변을 받았소. 조만간 사람을 보내 주겠다더군."

"다행이군요."

그 말에 나와 벤틀리 씨는 안도의 한숨을 내쉬었다.

밀러 씨를 통해서 로스차일드 가문 쪽에 요청한 것은 다름이 아니라, 우리 재단에서 재무를 담당해 줄 회계사였다.

밀러 씨네 회화상은…… 아무래도 밀러 씨가 취미로 하는 것인데다, 소수 정예이다 보니 이쪽으로 사람을 빼기 참 곤란했다.

규모도 훨씬 크고 세세하게 조율해야 하지 않는가.

그래서 기왕 이렇게 된 거 이쪽의 전문인, 그리고 친분이 있는 회계사를 구하게 된 것이다.

돈놀이하면 유대인, 유대인하면 로스차일드잖아?

인맥이라는 게 원래 이럴 때 쓰라고 있는 거지.

개쩌는 인맥을 아꼈다가 국 끓여 먹을 것도 아니고.

아무튼, 이쪽은 이런 식으로 밀러 씨에게 일임하기로 했다.

기금 모집이라는 게 상류층 인사들을 다루는 거다 보니, 이번 일은 평소와 반대로 내가 밀러 씨를 경영 고문으로 고용하는 형태가 되었으니까.

"하여튼 핸슬, 내려가면 두고 보세나. 감히 고용주님께 말도 안 하고 마구잡이로 이런 일을 벌이다니."

"하, 하하."

이런, 할 말이 없네.

나는 솔직히 고개를 숙였다. 사실 내가 가기로 한 곳은 루이스 캐럴 작가님이 계셨던 서리 주 길퍼드뿐이었는데, 거기서 뜬금없이 학습 도서 사업을 하겠다고 런던까지 올라왔던 거니까.

"미안하면 나중에 쇼핑이나 해 오게. 아이들이 핸슬은 왜 안 오냐고 엉엉 울어 댔으니까."

"앗. 넵."

"끙. 내가 출장 나갔을 땐 그렇게까지 슬퍼하지 않았던 것 같은데……."

"……."

나와 벤틀리는 그저 슬픈 가장에게서 눈을 돌릴 뿐이었다.

이런 건 원래, 위로받을수록 더 슬퍼지는 법이니까.

"그러고 보니 벤틀리 씨, 제가 납치되었던 동안 낭독회는 어떻게 됐나요? 분명 추가 요청이 있었을 텐데."

"뭐, 있긴 했지요. 우선 시간을 끌다가 전속 오페라단의 테너(Tenor : 노래 부를 때 가장 높은 음역을 내는 남성 성악가 또는 그 음역대의 목소리)를 대타로, 급하게 10분가량 진행하긴 했습니다."

"아하, 그나마 다행이네요."

원래 이런 일은 항상 뒤처리가 더 중요한 법이니까.

언제나 고객 만족이 우선이지!

……잠깐, 그렇다면 애초에 그 대타라는 사람에게 부탁했으면 내가 이럴 고생을 할 필요도 없던 거 아닌가?

그렇게 생각하며 항의하려는 순간, 벤틀리 씨가 먼저 선수를 치며 말했다.

"아 참, 작가님. 실은 사보이 극장에서 한 가지 부탁이 들어왔습니다만."

"뭔데요?"

"실은, 이번 일을 통해서 피터 페리를 제대로 연극으로 만들어 보면 어떨까…… 하는 제안입니다."

"연극이요?"

그러니까.

미디어믹스(Media Mix), 아니 상업화(Merchandising)

얘긴가?

* * *

사보이 극장은 원래 1881년, 웨스트엔드 사보이 백작궁에 새로 지어진 극장이었다.

처음에는 흥행했다.

소위 '코미디 오페라'라는, 위트 섞인 대중적인 오페라 장르를 주력으로 내세웠던 사보이 극장은 순식간에 인기 극장이 되었고, 극장주 리처드 도일리 카르테는 매일 매일 웃음꽃이 피었다.

……하지만 그것은 얼마 가지 못했다.

"길버트, 설리번!! 이 더러운 자식들. 결국 한꺼번에 날 배신해!?"

사보이 극장의 스타 극작가 콤비'였던', 윌리엄 길버트와 아서 설리번.

두 사람은 점차 배분을 늘려 달라, 정극을 하고 싶다 등의 예술 협업체에서 흔히 있을 수 있는 이유로 자기들끼리 싸웠고, 또 극장주인 카르테와도 다투기 일쑤였다.

카르테는 이 삐걱거리던 조합을 어떻게든 유지하며, 〈유토피아, 리미티드(Utopia, Limited)〉라는 신작을 올리기는 했지만…… 그는 막이 올라가자마자 알 수 있었다.

이건 망했다.

진짜 대차게 말아먹었다고.

"땜빵이라고 업어 온 것들은 그거대로 망해 버리고…… 진짜."

카르테는 두통약을 씹어 먹으며 그렇게 말했다.

⟨노치의 소녀(The Nautch Girl)⟩, ⟨제인 애니 또는 선행상⟩.

그가 어떻게든 길버트와 설리번 콤비를 대신할 극작가를 키우기 위해 만들어 본 연극들이었다.

특히 후자의 경우는, 제법 유명한 소설가 둘을 협업시켜서 만들어 봤는데…… 독창적이기만 했지 결과는 그야말로 끔찍했다.

줄거리는 천박했고 가사는 어울리지 않았으며, 음악은 무난했지만, 딱히 매력적이지도 않았다.

그의 다른 쪽 수입인 호텔 쪽이 성공 가도를 걷고 있기에 망정이지, 이대로 가다간 극장 사업은 완전히 파탄이다.

"남은 방법은 하나뿐이다."

아들이자 후계자, 루퍼트 도일리 카르테 앞에서 리처드 도일리 카르테는 말했다.

"광고비가 필요 없을 정도로 대중들이 잘 알 작품! 그리고 높으신 분들, 특히 왕실에서도 잘 알고 있어서 후원비를 알아서 따박따박 내밀 만한 작품! 그런 작품을 연극으로 만들어서 시연하는 거야! 그거밖에는 없어!"

"그, 무슨 말씀이신지는 알겠는데요……."

루퍼트는 떨떠름하게 중얼거렸다.

그런 그의 시선은 탁자 위에 올려져 있는 두 권의 책, 〈피터 페리와 요정의 숲〉과 〈빈센트 빌리어스〉에 닿아 있었다.

"꼭 이 작품들일 필요가 있나요? 그, 뭐랄까…… 인기도 있고 왕실에서도 주목하고 있는 건 잘 알겠는데……."

"그럼 뭘 하자는 거냐?"

"그야 당연히 하던 거나 하자 이거죠."

〈카르멘(Carmen)〉이라든지, 〈이올란테(Iolanthe)〉라든지, 아니면 〈미카도(The Mikado)〉라든지…… 특히 뒤의 둘은 이미 사보이 극장에서 대대적으로 흥행했던 타이틀이 아니던가.

새로운 연극을 한다는 것은 그것만으로도 엄청난 정력이 소모된다.

이보다 귀찮은 일이 있을까?

그러나 카르테(父)는 그런 아들의 맥아리 없는 말이 매우, 매~우 마음에 들지 않았다.

"그런 고정 레퍼토리만 줄줄이 올리는 굴욕을 감수하라는 거냐! 절대, 절대 그럴 수 없어!!"

"하지만…… 한슬로 진은 아무리 생각해도 너무 수상쩍잖습니까."

그렇게 말하는 루퍼트의 시선 한편에는, 한슬로 진의

정체에 대한 날조에 가까운 기사를 담고 있는 얇고 작은 신문들이 있었다.

대부분은 하프 엘프설이나 숨겨진 미모의 왕자라는 등의 호의적인 내용이었으나, 개중에는 이번에 잡힌 잭 더 리퍼의 숨겨진 공범자라느니, 인간 문명을 현혹시키는 악마의 하수인이니 하는 부정적인 것들도 있었다.

물론 루퍼트도 이게 안티-한슬로 진 세력에서 내보내는 것이라는 건 어느 정도 알고 있다.

안 그래도 〈빈센트 빌리어스〉로 인해 귀족가에 단단히 미운털이 박힌 작가가 아닌가.

사교계는 넓은 듯 좁다.

왕립 문학회에서 한슬로 진을 잡아먹지 못해 안달이라는 소문은 이미 런던 내에 쫙 퍼져 있었으니.

"뭐, 악마니 천사니 하는 거야 그렇다 쳐도 잭 더 리퍼의 이야기는 꽤나 그럴듯하지 않아요? 실제로 잭 더 리퍼가 사라지고 얼마 지나지 않아 한슬로 진의 책이 출판되기 시작했고요. 작가가 여태껏 자기 정체를 밝히지 않는 것도 수상쩍잖아요."

폴란드인 미용사 애런 코즈민스키가 진짜 잭 더 리퍼라고?

그간 잭 더 리퍼랍시고 스코틀랜드 야드가 잡아간 사람이 한둘이었던가.

게다가 〈빈센트 빌리어스〉를 보라.

마치 뒷골목을 직접 걷는 듯한, 섬세하면서도 거칠고, 거친데도 섬세한 그 묘사를 보면 아무리 봐도 거길 한두 번 다닌 사람이 아니었다.

확인해 보지 않았지만, 작중에서 묘사되는 비밀 통로도 분명 거기 있을 거다.

그리고…… 그게 더 흥미롭지 않은가!

루퍼트는 자기도 모르게 고개를 주억거렸다.

한슬로 진, 진한솔이 봤다면 '어느 시대든 음모론자는 존재하는구나'라면서 한탄했을 광경이었지만, 불행히도 여기에 그는 존재하지 않았다.

그사이 루퍼트는 상상의 나래를 계속해서 펼쳐 나갔다.

"낮에는 글을 쓰고, 밤에는 뒷골목을 누비며 작품의 소재를 찾는 거죠. 그러다 매력적인 글감을 찾아내면, 품에 든 나이프를…… 악!"

"하여간 쓸데없는 말만 골라서 하는구나."

하지만 그런 루퍼트의 아버지, 리처드 도일리 카르테는 아들의 뒤통수를 치며 말했다.

"애초에, 살인마면 어떻고, 왕족이면 어떠냐? 멍청한 녀석, 지금 우리가 호밀빵 흰 빵 가릴 처지더냐?"

"아니, 그렇게 말씀하시는 건 좀 비겁하잖아요."

"시끄러워! 이건 우리 오페라단의 존속을 위해서라도 필요한 일이다."

설령 살인자라 하더라도, 돈만 잘 벌어 오면 그 사람이

구세주다. 카르테는 당당하게 말했다.

"생각해 봐라. 이게 얼마나 로우 리스크에 하이 리턴일지."

이미 인기작이니, 홍보도 많이 안 해도 된다.

각색이니 굳이 스타 극작가를 쓸 필요도 없다.

요정의 의상은 품이 좀 들 것 같지만, 그것도 이번에 낭독회 겸 콘서트에서 사용했던 걸 그대로 써도 된다.

심지어 이거, 딱히 사보이 오페라단에서 만들었던 것도 아니다. 예전, 왕세손 부부의 결혼식에서 왕가가 사용한 걸 출판사가 회수하여, 이번에 쓴 것에 불과하다.

〈피터 페리〉에서 나오는 배경?

아카데미는 대충 햄릿 때 쓰던 성 배경을 쓰면 되고, 호수나 숲은 〈로엔그린〉에서 쓰던 배경을 쓰면 충분하다.

게다가 〈피터 페리〉는 기본적으로 인물 단위로 벌어지는 일이다 보니, 한 번에 쓸데없이 많은 배우가 나올 일도 거의 없다.

마음만 먹으면 의상 제작과 배경 제작에서도 충분한 예산을 세이브할 수 있다는 소리.

"무엇보다! 이 작품은 왕세손 부부가 제일 좋아하는 작품이 아니냐!!"

어쩌면 연극을 제작한다는 것만으로도 왕실의 후원을 받을 수 있을지도 모른다.

모르지만.

'끙, 귀찮은데…….'

루퍼트 도일리 카르테는 머리를 벅벅 긁으며 생각했다.

아직 앳된 나이인 그는, 일하기가 귀찮았다.

그냥 재미난 음모론 그득한 신문이나 읽으면서, 배 긁고 적당히 돈 놓고 돈 먹으면서 탱자탱자 놀면서 안전하게 살고 싶은 게 솔직한 생각이었다.

그리고, 그런 그의 심성은 아버지인 리처드 도일리 카르테가 제일 잘 알았다.

'하여간 자식이라고 있는 게.'

이대로 카르테 가(家)의 미래를 저 게으름뱅이에게 맡겨야 하나.

어쩌면 신작보다 저 놈팡이의 패기부터 살리는 게 우선이 아닐까? 란 생각이 종종 들 정도다.

"아무튼!"

아니, 일단은 극장부터 살리고 보자. 어쨌든 자신이 당장 죽을 것도 아니니까.

성공하고 나서 혼내면 된다, 성공하고 나서.

"이건 놓치기 아까운 고기다. 해리스(Augustus Harris)나 윈덤(Charles Wyndham) 같은 다른 놈들이 채가기 전에 우리가 먼저 가서 계약해야 해!!"

루퍼트는 가능성이 있다고 여겼다.

왕립 드루리 레인 극장(Theatre Royal, Drury Lane)의 아우구스투스 해리스나, 크라이테리온 극장(Criterion Theatre)의 찰스 윈덤 모두, 부친 못잖은 극장계의 거물들이니.

물론 지금까지 카르테가 그래 왔던 것처럼, 사교계 눈치를 보면서 침만 질질 흘리고 있을 가능성도 있다.

하지만 그렇다면 더더욱…… 어떻게든 조건을 짜내서 계약을 걸어야 하는 것 아니겠는가.

"어떤 가수를 원하든, 어떤 연출가를 원하든 상관없어."

리처드 도일리 카르테가 으르렁거리며 말했다.

"무슨 수를 써서라도 한슬로 진을 잡는다! 그게 우리 사보이 극장이 살길이다!!"

* * *

"그렇게 된 겁니다."

"그쪽도 혼돈의 카오스로군요……."

나는 감탄 반, 어이없음 반을 섞어 중얼거렸다.

어, 음…… 상당한 욕망남이시네. 개인적으로 자신이 하는 일에 의욕적인 것은 싫어하지 않는 편이긴 한데…… 그건 그거고.

"그러면 잘 만들 가능성이 낮지 않아요?"

"그건 걱정하지 않아도 될 겁니다. 일단 사보이 극장주 본인도 꽤 괜찮은 연출가고, 결국 실패의 원인은 극본 자체가 애매해서 흥행하지 못한 거였으니까요. 저희와는 상관이 없을 겁니다."

"아니, 대체 그 극본 쓴 사람들이 누구길래……."

"아서 코난 도일 작가님이랑 제임스 매슈 배리 작가님입니다."

"……어."

그 양반들이었어? 그러고 보니 비슷한 일화를 들어본 적이 있는 것 같긴 한데, 설마 이 극장이 그 극장이었나?!

아무튼, 벤틀리 씨는 넘어온 계약서를 뒤적거리며 말했다.

"솔직히 말씀드리면, 사보이 극장이라면 작가님 글과도 잘 맞을 거로 생각합니다. 작가님은 모르시겠지만, '사보이 오페라(Savoy opera)'라고 하면 본디 가볍고 대중적인 코미디 오페라가 세일링 포인트였으니까요."

"코미디라……."

그거, 설마 개그 콘서트란 뜻은 아니겠지?

혹시나 해서 그렇게 물어보니, 약간 익살과 풍자가 섞이긴 했을지언정 해피엔딩으로 끝나는 정극(正劇)이라고 한다.

흠, 그거라면 괜찮으려나?

"작가님이 원하시는 배우나 가수가 있다면 최우선으로 섭외하겠다고 하는데, 혹시 바라시는 캐스팅이 있습니까?"

"전 그런 거 잘 몰라서요."

나는 어깨를 으쓱이며 말했다.

전에도 말했지만 난 연극 쪽은 전혀 몰라서 말이다. 그게 19세기 말 영국이라면 더더욱 그렇지.

"대신 나중에 중간에 한 번 불러나 달라고 좀 해 주세요. 잘 되는지 안 되는지는 확인을 해야 할 것 같으니까."

"아, 예. 알겠습니다. 그러면 계약하시는 걸로 하겠습니다."

"진짜, 꼭 불러 달라고 해 주세요."

"아…… 예."

솔직한 심정으로, 벤틀리 씨를 통해 신신당부하고 나서도 안심할 수가 없었다.

어쩔 수 없다. 이건 내가 웹소설 작가로서 웹소설의 미디어믹스에 관련해 업계 선배들이 겪은 괴담을 너무 많이 들었던 탓이다.

경력 괜찮은 중견 만화가를 각색가로 썼다더니 연출을 개판 쳐 놓지를 않나, 드라마화하겠다더니 노맨스 작품에 뜬금없는 로맨스를 넣어 인간관계를 개판으로 만들지 않나.

사실 그러고도 최악은 따로 있었지. 마지막은 엔딩이 진짜…… 하. 떠올려 봤자 머리만 아파지니 여기서 끊자.

물론 그런 희대의 쓰레기가 이 영국에도 있을 리는 없겠지만.

그래, 그렇게 믿자.

"근데 왜 〈피터 페리〉를 하겠다고 했대요? 연극으로 만들기엔 현대극인 〈빈센트 빌리어스〉가 낫지 않나?"

"아, 하하. 그, 글쎄요."

눈 피하시긴…….

나는 벤틀리 씨가 왜 그러는지 대충 알 수 있었다.

뻔하지, 〈빈센트 빌리어스〉가 귀족 층에서 싫어한다는 것쯤은 나도 밀러 씨 통해서 대충 듣고 있으니까.

물론, 밀러 씨는 호탕하게 '내가 그런 걸 왜 신경 쓰겠나? 실제로 빈센트를 도와주는 젠트리나 귀족도 있잖나? 난 개인적으로 애스쿼스 백작이 좋았다네.'라면서 쿨하게 넘겼지.

실제로 나도 그런 걸 의도했고.

빌런은 왕족도 우습게 보는 반란 분자 빌리어스 공작가 뿐이다. 아, 암튼 그렇다!

"그러면 언제부터 올린답니까?"

"계약 성공하고 제작 시작하면 최소 몇 개월은 각본 짜고, 캐스팅하고, 거기에 맞춘 음악 작곡하고…… 하여간 반년이면 빠르다고 알아주시면 됩니다."

"꽤 기간이 걸리네요."

"오히려 의상 작업할 시간이 절약되니 빠르다고 보셔도 될 겁니다."

영화랑 똑같구면. 아니, 영화 쪽은 CG라든지 이런저런 작업이 많다 보니, 오히려 더 늦게 나오는 편이었던가?

뭐, 그쪽은 문외한이니 어쩔 수 없지.

나는 어깨를 으쓱이며 말했다.

"그쪽하고 논의하는 건 벤틀리 씨가 알아서 해 주세요. 믿고 있겠습니다."

"작가님……!"

벤틀리 씨가 감격에 찬 눈으로 나를 보았다.

뭐, 사실 나로서는 그냥 런던에 상주할 수가 없으니까 적당히 대리인을 세우는 느낌에 더 가깝지만.

아니, 솔직히 이 상황에서 담당 편집자, 심지어 사장을 안 믿으면 누굴 믿으라고?

그리고 그때 뒤에서 밀러 씨가 어깨를 툭툭 두드리며 마무리를 했다.

"연극까지 된다는데, 더 열심히 써야겠군. 안 그런가?"

"아, 하하. 그, 그렇죠."

쓸데없이 돌아다니지 말고 애들 좀 돌보라는 부모님의 압박이었다.

네, 빨리 돌아갈게요.

* * *

화이트채플, 올드 스트리트.

잡화점을 하고 있는 월터는 최근, 이스트엔드의 분위기가 이상해지고 있다는 것을 느끼고 있었다.

그것도 피부로 직접!

그것은 〈피터 페리〉의 유행 이후 느껴지고 있었던 훈풍도.

그 희망의 별과 같았던 소설이 운석이 되어 가차 없이

사람들의 마음을 파괴하여 불어오던 싸늘한 바람도.

그리고 피터가 살아난 뒤, 다시금 느껴진 따뜻한 바람도 아니었다.

뭔가, 마주치는 사람들에게서 한층…… 죽음의 기운이라고 해야 하나? 그런 불길한 것이 다섯 걸음 정도 떨어져 나간 듯한, 상쾌하면서도 기이한 분위기였다.

"그럼 좋은 거 아녜요?"

"물론 좋은 거지."

월터는 상담을 받아 준 딸, 엘리의 질문에 고개를 끄덕였다.

그리고 한편으로는 안쓰러운 마음도 느꼈다.

원래 엘리의 머리라면 1882년부터 여학생을 받기 시작한 케임브리지라도 충분히 진학할 수 있었다.

하지만…… 그곳은 엘리가 다니기엔 너무나도 멀었다.

거리가 멀다는 것은 그 자체만으로 어마어마한 금전적인 부담이 된다.

하숙을 구하기도 힘들고, 공부할 책을 구하기도 어려우며, 그렇다고 학비 자체가 그다지 싸지도 않다.

이 모든 게 돈인 것이다.

그래서 엘리는 별수 없이 대학을 포기하고 월터를 도와 일을 시작하게 됐다.

이 거리에선 흔하디흔한, 그 누구에게 하소연하기도 민망할 정도의 사연이었다.

하지만 현실은 현실인 거고, 월터가 아버지로서 씁쓸해하는 것은 별개일 수밖에 없었다.

자신이 조금만 더 돈이 있었다면. 그랬다면, 딸애가 원하는 선생님이 될 수 있게 공부를 실컷 시켜 줄 수 있었을 텐데…….

그리고 그런 부친의 마음을 눈치챈 듯, 엘리는 얼굴을 찌푸리며 일부러 당차게 말했다.

"에이, 괜찮다니까요. 아빠."

"하지만, 엘리."

"됐어요! 난 지금 생활이 좋아요. 어차피 여자가 대학을 가 봤자 정식 학생으로 등록시켜 주는 것도 아니고, 대부분은 그냥 귀족가의 높으신 분들이 지들 몸값 올리는 데 쓰는 거 아녜요? 그런 거, 줘도 안 받아요."

거짓말이다.

월터가 그걸 모를 리가 없었다.

하지만 여기서 그걸 부정한다고 해서 뭐가 달라지겠는가…… 딸이 더 크게 상처받을 뿐이다.

월터는 그저 말없이 고개를 주억거리면서 말을 돌렸다.

"아무튼, 요즘 분위기가 이상하게 좋은 건 확실하다. 나쁜 건 아니라지만…… 어쩐지 궁금하지 않으냐?"

"뭐…… 그야, 그렇긴 한데요."

엘리는 어깨를 으쓱였다.

그녀는 그래도 학교에 다녀서 그런지, 이스트엔드에서

만 살아온 아버지보다는 좀 더 다른, 밝고 여유로운 분위기를 조금이라도 맛본 적이 있었다.

때문에 알고 있었다. 애초에 이 이스트엔드의 밑바닥 분위기가 비정상이라는 것 정도는.

"애초에 맘대로 횡행하던 살인범이 잡혀갔잖아요? 그래서 그런 건 아닐까요?"

"글쎄다, 어차피 그놈이 없었어도 죽을 사람들은 죽어가던 거리니까……."

그렇게 말하던 순간이었다.

잡화점의 방울 소리가 들려왔다.

그와 동시에 언제나처럼 예전엔 한 달에 한 번뿐이었다면, 이젠 주마다 드나드는 단골인 딕이 들어왔다.

"여, 월터! 오늘은 엘리도 있군."

"어서 오게, 딕."

"안녕, 아저씨!"

그리고 보니, 하고 월터는 딕을 유심히 보았다.

이스트엔드의 분위기가 달라졌다는 것을 가늠할 때, 딕만한 인재는 없었다.

어쨌든 딕은 전 런던을 돌아다니는 마부였으며, 그것도 이스트엔드에서도 제일 밑바닥인 한섬 캡(Hansom cab)의 일용직 마부였으니까.

그리고 그런 월터가 딕을 쭉 훑었을 때, 이전과 가장 다른 점은…….

"딕, 자네."

"응? 무슨 일인가. 설마 이번 주 〈위클리 템플〉이 없다는 건 아니겠지?"

"아니, 그건 있네."

월터는 이제는 아예 수십 권 단위로 구매해 놓고 있는 〈위클리 템플〉을 내밀었다.

그러고는 희희낙락하면서 잡지를 펼치는 딕에게 물었다.

"그러고 보니, 딕."

"왜? 읽느라 바쁘니 빨리 말하게."

"자네, 요즘 끼니 제대로 챙기고 있나?"

"응?"

그 말에 딕이 고개를 들었다.

딕은 답을 하진 않았지만, 그 몸짓만으로도 충분한 답이 되었다.

전에는 제대로 보였던, 딕 특유의 움푹 팬 볼 그림자가 전혀 보이지 않았다.

그건 즉, 평소 하루 한 끼도 챙기기 힘들던 일용직 마부가 제대로 밥을 먹고 다닌다는 뜻이었다.

"아, 그러고 보니 자네는 몰랐겠군."

"무슨 말인가?"

"요즘 회사 앞에 무료 급식소가 생겼네. 인근의 아이들과 회사 소속 마부면 누구나 하루에 빵 하나씩 받아 갈 수 있지."

"무료 급식소요?"

"회사에서 말인가?"

깜짝 놀라는 딸 엘리처럼 월터는 저도 모르게 감탄했다.

세상에, 세상천지 어느 회사가 그런 돈도 안 되는 짓을 한단 말인가. 그것도 이 이스트엔드에서?

하지만 딕은 멈추지 않고, 더 놀라운 이야기를 들려주었다.

"아니, 회사에서 내준 급식이 아니네. 뭐라더라? 무슨 자선재단에서 운영하는 급식소라고 하더군."

"자선재단?"

그런 게 존재할 수가 있었나? 아니, 가능은 하겠지.

하지만 월터는 기쁨보다 불안함이 먼저 앞서, 저도 모르게 주먹을 불끈 쥘 수밖에 없었다.

"……설마 빨갱이들의 짓인가?"

기본적으로 이 이스트엔드에 사는 이들치고 나라의 높으신 분들을 좋아하는 사람은 없었다.

그들은 '보이지 않는 손'이니 하는 별 해괴한 것을 신봉하면서, 가난한 이들을 '노오력이 부족하다'며 경멸했기 때문이다.

하지만 그렇다고 그들이 높으신 분들의 반대쪽에 서 있는 '빨갱이'들을 지지하는 것도 아니었다.

그들이 하는 말이야 달콤하긴 했지만, 결론은 다 때려 부수자는 것으로 끝나는지라. 일하는 공장의 기계를 부수고 불을 지르는 일이 허다했다.

그렇게 되면 복구될 때까지는 하루 벌어서 하루 먹고 사는 것도 힘들어지는 거다.

그런 만큼 월터는 양쪽 중 어느 쪽도 좋아할 수 없었다.

그랬는데…… 이것들이 갑자기 무료 급식소를 열었다고? 대체 무슨 속셈인 거지? 이번엔 전처럼 틈을 노려서 옴니버스라도 불태울 속셈인가?

월터는 자신도 모르게 눈을 가늘게 떴다.

그런데.

"아니, 빨갱이들은 아닐세."

"아저씨, 그럼 누군데요?"

"그 뭐더라, 〈앨리스와 피터 재단(Alice & Peter Foundation)〉이라던가?"

"……뭐?"

뭐지, 그 근본 없어 보이는 재단 이름은?

어이를 잃은 월터의 얼굴에, 딕은 천진난만한 얼굴로 놀라운 것을 발견했다는 듯 소리쳤다.

"가만, 그러고 보니 〈피터 페리〉 주인공 이름도 피터인데? 이거 대단한 우연이군!"

그렇게 생각했던 그때였다.

딸랑—!

월터는 딕에 이어 또다시 누군가가 문을 열고 들어온 것을 보았다.

앨리스와 피터 재단 〈83〉

그건 이스트엔드에서는 보기 드문, 굉장히 잘 차려입은 신사였다.

"무슨 일로 오셨소?"

"반갑습니다. 엘라이라 스미스 양을 찾아왔는데, 혹시 계십니까?"

"예? 저요?"

부녀는 물론, 딕도 놀란 눈으로 신사를 보았다.

신사는 사람 좋아 보이는 미소를 지으며 명함을 내밀었다.

"안녕하십니까, 스미스 양. 저는 〈앨리스와 피터 재단〉에서 온 변호사입니다."

"벼, 벼, 변호사요?!"

설마 어디서 고소라도 당한 건가?!

엘리는 불안한 마음에 벌떡 일어섰다.

이스트엔드에서 살기 위해 부득이하게 괄괄한 성격이 된 그녀에겐 짚이는 점이 너무 많았다. 월터 역시 그런 그녀를 보호하기 위해 슬쩍 앞으로 나서려 했다.

그때였다. 변호사가 다급히 말했다.

"아, 이상한 일로 온 게 아닙니다. 그저 스미스 양을 고용하러 왔을 뿐입니다."

"……고용이요?"

"스튜어트 선생님께 이야기를 들었습니다. 성적은 매우 우수하신데, 집안 사정으로 대학을 포기하셨다고요."

"스튜어트 선생님이……."

예상치 못한 곳에서 고등학교 시절 은사의 이름을 들은 엘리의 눈의 눈이 똥그랗게 커졌다. 그 사이 변호사는 빠르게 말을 이었다.

"이미 기본 교육이 가능한 수준이라고 들었습니다. 저희 재단에선 이곳, 이스트엔드에 아이들을 위한 야간 학교를 신설하려 하고 있거든요."

"야간 학교요?"

"네, 아마 저보다 잘 알고 있으시겠지만…… 이곳은 아무래도 낮에는 일을 하지 않으면 안 되는 아이들이 많다 보니 말입니다."

"……아하."

1833년 공장법이 제정된 이후, 아동 근로율은 많이 줄어들었다. 이후 초등 교육에 대한 여러 입법이 이어졌긴 했으나…… 그것도 어디까지나 양지의 이야기.

다른 데도 비슷하지만, 이스트엔드엔 하루 벌어 하루 먹고 사는 이들이 특히나 많다 보니, 그런 혜택을 받지 못하는 경우가 허다했다.

많은 이들이 방직 공장, 염색 공장은 물론, 시내로 나가 구두닦이를 하거나 그나마 운이 좋으면 연줄을 통해 가정집에 들어가 홀 보이(hall boy)나 스컬러리 메이드(Scullery maid)로 일할 수 있었다.

가난은 성별도, 나이도 따지지 않는다. 그런 만큼 시작이 야간 학교가 되는 것도 어쩔 수 없는 선택일 수밖에.

"그렇다는 말씀은……."

"예, 그렇습니다. 스미스 양, 당신을 저희 야간 학교의 교사로 고용하기 위해 왔습니다. 그리고 야간 학교인 만큼, 원하신다면 낮에는 대학의 교육학 과정을 이수하실 수 있도록 지원도 하겠습니다만…… 어떠실까요."

아무래도 이 근처에 사는 분이 맡는 것이 제일 좋을 거 같아서요 라며 신사는 말을 덧붙였다.

그 말에 엘리와 월터는 단번에 이해해 버렸다.

앞서 말했듯, 출근 거리가 멀어지는 것은 그것만으로도 돈이 든다.

게다가 이곳은 이스트엔드.

이런 외진 곳에 다른 지역의 이들이 쉽게 오가리라 생각되진 않는다. 최근 살인마가 잡혔다곤 하지만 엄연한 우범 지역이었으며, 설사 온다 해도 그들이 이곳의 아이들에 쉽게 적응할 수 있을까도 미지수다.

즉, 현재로서 엘리만큼 조건에 부합하는 사람이 없다는 소리였다.

이 지역에서 나고 자랐으며.

날 때부터 머리가 좋았고, 좋은 선생을 만난 덕에 나이에 비해 높은 고등 교육을 받을 수 있었던 인재.

"맙소사……."

내게 이런 행운이 찾아오다니.

엘리는 두근거리는 가슴을 진정시키기 위해 자신도 모

르게 양손을 가슴께로 모아 꾸욱 눌렀다.
 그리고는.
 "알겠어요. 할게요. 아니, 하게 해 주세요."
 "탁월한 선택이십니다. 환영합니다. 스미스 양."
 엘리는 밝은 웃음을 지으며 변호사의 손을 잡았다.

4장
베어링스 스캔들

베어링스 스캔들

"밀러 씨, 솔직하게 말씀해 주세요."

나는 더없이 진지한 표정과 목소리로 말했다.

내가 그의 밑에서 일한 이래, 이렇게 진지했던 적은 이제껏 없었다.

"정말로…… 아이들 줄 선물은 이거면 충분할까요?"

"나보다는 자네가 더 잘 알지 않나."

스스로를 믿으라는 말이 이렇게 무책임하게 느껴질 줄은 몰랐다. 나는 밀러 씨의 표정을 보았다.

큭, 틀림없다. 저 아재. 분명히 내가 없는 사이 오랜만에 애들이 놀아 줬다고 자신만만해하는 거다! 어른스럽지 못하게시리!!

두고 보자. 내가 애쉬필드에 내려가기만 하면, 동생들

놀아 주기 경력 10년 차의 위엄을 아낌없이 보여 주리라. '아빠가 좋아, 삼촌이 좋아?'라는 질문에서 '삼촌이 좋아!'라는 말이 나오게 하리라!!

부모와 다르게 삼촌은 아이들에게 큰 어드벤티지를 가지고 있다.

그건 바로 뒷일은 생각지도 않고 원하는 것들만 마구마구 해 주는 것!

'가자마자 달콤한 사탕과 장난감으로 눈도 못 돌아가게 만들어 줘야지. 거기다 몰래 썼던 단편 신작도 읽어 주면 그걸로 게임 셋이지!'

절대 지지 않을 완벽한 전략을 가진 채, 난 물건을 사 모았다.

하지만 나는 생각지도 못한 이유로 런던에 좀 더 묶여 있어야만 했다.

"어, 그러니까…… 스코틀랜드 야드에서 한슬로 진 '작가'에게 수사의 협조 요청을 위한 공문을 보냈다고요? 출판사로요?"

"하하…… 네, 딱 그렇습니다."

"심지어 그 내용이 주가 조작에 대한 거라고요?"

"……네."

그 말에 결국 참다못한 인내심의 끈이 끊어지고 말았다.

사유는 어이없음이다.

"아니, 무슨 경제학자도 아닌 '작가'한테 자문을 구한답니까!?"

이게, 이게 대체 무슨 일이고?

* * *

"이런, 멍청한 것들이!!"

그레고리 빌리어스가 미친 듯이 날뛰었다.

그 직속 수하, 존과 해럴드는 침을 꼴깍 삼키며 고개만 숙여야 했다.

아니, 진짜로 미쳤을지도 모른다.

그리고 그럴 만했다.

아무리 대영 제국 최고의 공작가인 빌리어스 가문에서도 결코 가벼이 넘어갈 수 없는 거금이 허공으로 날아갔으니.

"어디야, 어디서 정보가 샌 거야!!"

그레고리는 그렇게 생각할 수밖에 없었다.

이른바 해가 지지 않는 나라, 대영 제국은 현재 세상에서 제일 빛나고 있는 게 맞다.

하지만 그 기원인 브리튼 섬은, 그리고 그곳의 1차 산업은 이 해가 지지 않는 나라의 식량 사정을 온전히 감당하기엔 너무나 빈약했다.

그래서 영국은 자국 내에서 소모되는 식량 대부분을 중남미의 값싼 플랜테이션 농장, 특히 아르헨티나에서 수입해 오고 있었다.

내부에서 안 되면 외부에서. 참으로 영국스러운 판단이 아닐 수 없다.

그리고 이는 모두 베어링스 투자은행(Barings Investment Bank)의 이름으로 행해지고 있었다.

사람이 돈 없이는 살아도 밥 없이는 못 사는 만큼, 이 베어링스의 가치는 국책 사업에 준할 만큼 중하다. 즉, 이 은행을 손에 넣으면 무소불위의 권력을 쥘 수 있다.

그래서, 그레고리는 터트렸다.

아르헨티나의 쿠데타를.

마침 운 좋게 밀도 흉작이었다.

베어링스 은행는 그 자산을 대부분 아르헨티나의 국채로 갖고 있었고, 쿠데타로 식량 수급 역할을 하지 못하게 되자 자연스럽게 주가가 나락으로 떨어졌다.

그레고리는 알고 있었다.

어차피 영국 정부는 식량 문제 때문이라도 베어링스 은행을 살려야 한다.

아마 어마어마한 세금이 들어가겠지만 그건 그가 걱정할 사항은 아니니까.

그렇다면 지금, 여기서 나락으로 떨어진 베어링스 은행의 주식을 주워 담는다면!

―하하하하! 모든 게 계획대로 되고 있군! 이걸로 찰스

와 에이더, 그 성가신 놈들도 더는 신경 쓸 필요가 없겠지!

그는 그때 오랜만에 아껴 두던 프랑스산 와인을 따며 자축하였다.
이대로, 이대로 진행되면 그의 권력은 단숨에 급부상하게 된다.
같잖은 차남이나 삼촌을 제치고 순식간에 후계자로 우뚝 설 수 있게 된다.
그래…… 그렇게 생각했던 때가 그레고리에게도 있었다는 거다.
"대체 뭐 하는 놈들이야, 이 개 같은 놈들은!!"
그는 손에 든 고블렛(Goblet)을 던져 버렸다.
쨍그랑— 하는 소리와 함께 유리 조각이 사방으로 튄다.
그럼에도 그는 쉬이 흥분을 감추지 못했다.
그의 예상과는 다르게 정부가 순식간에 아르헨티나의 대체재를 찾아 버렸기 때문이다.
"동남아시아라니! 동남아시아라니!!"
상정하지 못한 흐름이었다.
그도 그렇게 동남아는 영국과의 거리가 먼 만큼, 운송비용이 남미국가인 아르헨티나의 배 이상이다.
문제는…… 원가였다.
어마어마한 인구에서 뿜어져 나오는 생산력은, 제대로

된 루트가 뚫리자마자 마치 막힌 댐이 터지듯 그 유통이 폭발적으로 늘었다.

마치 여태껏 팔 길이 없어서 못 판 거지 팔 게 없던 게 아니라는 듯이 말이다.

그리고 본디 가격이란 생산과 수요에 맞게 설정되는 법.

이런 상황이니만큼 그 가격은, 안 그래도 크리올(Creole : 중남미에 정착한 백인) 인건비 때문에 치솟았던 아르헨티나 상품에 비하자면 그야말로 헐값이나 다름없을 정도였다.

경쟁이 안된단 소리다.

"으아아아아아아!"

그뿐이랴? 타이밍이 안 좋게도 베어링스 은행의 방만한 경영을 지적하는 내부고발자가 줄줄이 튀어나오며, 베어링스는 영국은행조차 구제할 수 없는 상황으로 치닫고 있었다.

결국 베어링스의 주가는 밑바닥에도 더 밑바닥이 있다는 것을 증명하듯, 끝없는 나락으로 떨어지고 있을 뿐이다.

그리고 이 모든 흐름을 이끌어 낸 자는······.

콘키스타도르 스페인 투자은행(Conquistador Spanish Investment Bank).

정작 스페인에선 형체도 찾아볼 수 없는 유령회사가 그

정체였다.

"당장 꺼져!! 이 개 같은 새끼들이 누군지 찾아내기 전엔 그 누구도 들어올 생각하지 마!!"

"예, 엡! 알겠습니다!!"

존과 해럴드는 부리나케 밖으로 나갔다. 하지만 그들이 그 정체불명의 유령회사의 뒤를 캘 수 있을 턱이 없었다.

그리 달려간 곳에 저들이 원하는 정보는 하나도 없을 테니까.

오히려 그들이 출발한 빌리어스 저택에서 잘 눈에 띄지 않는 구석진 방.

그곳에 답이 있었다.

"아, 굉장히 시끄럽네요. 혼자 사는 집인 줄 아는 건가?"

"……막내 도련님."

빌리어스 가문의 막내, 빈센트 빌리어스.

그 누구도 공작가의 후계자가 되리라 예상하지 못하는 막내.

그렇기에 스페인 회사의 차명을 이용해 런던 증권가에 평지풍파를 일으키고 있는 그 소년은, 차가운 눈으로 밖을 향해 달려 나가는. 전생에 자신을 죽인 두 하인을 조용히 내려다봤다.

그리고 이내 고개를 돌려 자신을 기다리는 이와 눈을 맞대었다.

"자, 제가 말했죠? 이렇게 될 거라고."

"……."

"이제 어쩌실 거죠, 애쉬번 선생님? 한때 제 가정교사셨던 분께, 기회를 충분히 드렸다고 생각하는데요."

"……."

"가라앉는 그레고리에게 끝까지 충성하겠어요. 아니면."

내 손을 잡겠어요.

마치 악마처럼, 매혹적이게.

마치 천사처럼, 아름답게.

소년의 목소리는 한낱 경제학자의 마음속을 깊게 파고들었다…….

* * *

런던 증권 거래소(London Stock Exchange).

오랜만에 따스한 햇볕이 쏟아지는 돔 안, 그 구석에 앉은 남성들은 입에 파이프를 물며 사담을 나누고 있었다.

"이번 달 〈템플 바〉는 보았는가?"

"아아, 〈빈센트 빌리어스〉 말하는 거지?"

"그래, 그거."

"당연하지. 자, 난 여기 아예 가지고 왔네."

한 사람이 품에서 쏘옥 책 한 권을 꺼냈다.

런던, 아니 세계의 경제를 쥐락펴락하는 이들이 모여

있는 곳인 만큼. 〈빈센트 빌리어스〉는 이곳에서도 화제의 작품이었다.

그도 그럴 게 일단 자극적이지 않나, 게다가 작품의 특성상 나오는 인물들도 묘하게 그들과 연관이 많았기에 더더욱 그러했다.

"햐, 어떻게 이렇게 썼나 몰라……."

잡지를 가지고 온 직원, 해리슨이 감탄하며 중얼거렸다.

물론 그는 흔히 사람들이 동경하는 것 같은 증권거래소의 펀드 매니저도 아니었고, 은행원처럼 하루 종일 돈을 관리하는 것도 아니었다.

그저 대기업이라면 흔히 있는 총무행정직에 불과했다.

하지만 학교 강아지라도 3년이면 '왔노라 보았노라 이겼노라(Vēnī. Vīdī. Vīcī).' 정도는 안다.

주워들은 풍문이 있다 보니 돈이 굴러가는 모양새가 어떤지는 대강 알고 있었고, 그 대강 아는 지식으로 보기에 〈빈센트 빌리어스〉는 제법 일치하는 구석이 있었다.

그리고 그게 그의 흥미를 더욱 증폭시켰다.

아는 만큼 보인다던가?

직원들은 다른 사람들은 모를 법한 소설 속의 현실 반영을 보며 지식적인 우월 욕구를 충족했고, 그래서 남들보다 배는 더 즐기고 있다고 자부할 수 있었다.

해리슨은 동료들을 향해 신나게 입을 털었다.

"지난번 밀을 공매도했던 것도 그렇거니와, 이번에 나온 것도 참 괜찮았어."

"그래그래. 그 덕에 그레고리, 그 개자식의 계획을 물먹여 주기도 했고 말이야."

"자신들의 이익을 위해서 전쟁을 일으키다니, 악마도 안 할 발상을 쉽게도 하더군. 천벌 받을 놈이지."

아편전쟁? 그건 뭐야. 먹는 건가?

이제 겨우 30대 언저리인 그들은 50년 전, 40년 전에 지구 반대편에서 일어난 전쟁 따위 알지 못한다.

안 그래도 개미들 말려 죽이느라 바쁜데 그런 거 신경 쓰면 먹고살기 힘들다.

그래서 해리슨은 그렇게 동조하는 동료들의 모습에 신이 나 더욱 떠들기 시작했다.

"무엇보다 역시 그거 아니겠나? 이번 일을 통해서 애쉬번을 자신의 휘하로 데리고 온 것!"

"그래. 애쉬번은 나이가 있지만, 역시 재계에서 닳고 닳은 경제학자인 만큼 앞으로 빈센트의 사업에 큰 축이 되겠지. 아아~ 부럽군, 나도 그런 부하가 있으면 좋겠어."

"크크 우습지도 않은 소리를. 그런 유능한 부하가 자네 밑에 있겠나? 바로 승진해서 널 부리고 있겠지."

"뭐? 이 자식아?"

"왜? 이번 보고서나 제때 내라고."

그들은 낄낄거리며 구석에서 〈템플 바〉의 페이지를 앞

으로 돌리며 자신들의 예측을 이야기 나누었다.

그래서, 눈치채지 못했다.

희희낙락하며 잡지를 넘기는 그들의 뒤에서, 어느새 상사가 부리부리한 눈을 뜨고 뒤통수를 갈기고 있음을.

따악—!

"아이고, 내 머리!!"

"해리슨. 팔자가 늘어졌구나, 아앙?"

"부, 부장님!"

"내가 말한 서류는 올리지도 않고 여기서 이러고 있었단 말이지?"

잡지에서 눈을 떼고, 대머리 부장과 눈을 마주친 해리슨은 부장의 화난 악마 같은 얼굴로 그의 잡지를 빼앗아 갈 때까지 아무 말도 하지 못했다.

"아하하, 그럼 이야기 나누십시오."

"아이쿠, 시간이 벌써…… 저흰 그만 들어가 보겠습니다."

X됐구나.

눈치 빠르게도, 동료들은 서둘러 파이프를 끄고는 빠르게 자리에서 빠져나갔다.

혼자 남은 해리슨이 그들을 향해 원망의 눈빛을 보내는 사이, 그의 상사가 해리슨의 잡지를 흔들어 보이며 말했다.

"이건 퇴근할 때 돌려주지. 그리고, 이번 달 월급은 감봉이야!"

"세상에, 부장님, 너무하세요!"

"업무 시간에 놀아 놓고는 그게 할 말인가! 징계 안 들어가는 것만으로도 감사하게!!"

부장은 코웃음을 치며 그렇게 말했다.

결국 기세가 꺾인 해리슨이 다시 업무로 돌아가자 부장은 고개를 젓고는 빼앗은 잡지, 〈템플 바〉를 펼쳤다.

"쯧. 하여간 집에 가서나 볼 것이지. 요즘 것들은 쉽게쉽게 살려 한단 말이지."

누군 안 보고 싶은 줄 아나.

물론 그 덕에 좋은 핑계가 생겨서 이렇게 퇴근길이 아니라 회사에서 볼 수 있는 거지만.

부장은 남몰래 천천히 잡지를 넘겼다.

그리고 내심 어째서 해리슨이 그 난리를 쳤는지 납득해 버렸다.

확실히, 이번 화도 재미있었다.

해리슨이 가진 것이 학교 근처 강아지의 지식이었다면, 그가 가진 것은 교장이 기르는 고양이의 그것이다.

그 풍부한 지식은 더욱 깊은 맛이 우러나게 만들었다. 그렇게 점점 다가오는 절정으로 페이지를 넘기던 도중.

'……어?'

그는, 무언가 기시감을 느꼈다.

방금 말했듯 그는 해리슨은 따위라 칭할 수 있을 정도로 긴 시간 런던 증권거래소를 뒤에서 지탱해 왔고, 부장이라는 자리의 무게만큼의 지식과 정보를 가지고 있었다.

"이거, 설마……."

그렇기에 그의 눈에는 해리슨 이상의 무언가가 보여 왔다.

작중에서야 가볍게 아르헨티나의 현지 상황이 나오고 있지만. 이거 완전히…….

'아르헨티나. 그렇다면 이 일이 그레고리가 아니라 깁스 앤 선스(Gibbs & Sons)…… 라면.'

최근 업무를 보면서 높으신 분들과의 이야기에서 흘러나왔던 내용이 머릿속을 스쳐 지나간다.

1890년부터 이어진 경제 공황.

영국은행에서의 구제금융.

무엇보다 쿠데타…….

만약, 아주 만약에 소설에서 나온 이 이야기가 현실에서도 가능하다면. 아니…… 이미 일어났다면?

"서, 설마!?"

일 났다.

부장은 황급히 그것을 들고 '위'로 향했다.

"부장님! 어디 가십니까?"

"이쪽은 신경 끄고 하던 일들이나 마저 마무리하게나! 난 급해서 잠시 위에 들렸다가 바로 퇴근하겠네!"

만약 그의 추론이 맞던다면, 이건 런던 증권가가 발칵 뒤집힐 만한 일이었다. 그는 발에 땀이 날 정도로 빠르게 뛰었다.

베어링스 스캔들 〈103〉

그리고 잠시 후.

런던 증권거래소 증권위원회(Securities and Exchange board)는 윌리엄 러더데일 영국은행 현 총재와 헨리 헉스 깁스 전 총재에 대한 전면적인 거래 금지령을 선언했다.

* * *

뜬금없이 주식거래가 막혀 버린 대영 제국 중앙은행 총재, 윌리엄 러더데일은 억울했다.

"아니, 내가 고작 주식 몇 주 받아 처먹으려는 사익(私益)으로 이런 짓을 했겠소?!"

"그렇지만 총재님, 헨리 헉스 깁스(Henry Hucks Gibbs) 전 총재님의 가족회사인 안토니 깁스 앤 선스(Antony Gibbs & Sons)가 컨소시엄을 구성할 때, 영국은행의 조직력을 사적으로 운용했다는 논란이 있습니다만……."

"그럼, 내가 총재로서! 대영 제국의 식량 위기를 불러올 수 있는 사태를 그냥 눈감고 넘겨야 했단 말이오!?"

런던 증권위원회에 직접 출석하여, 위원들과 직접 논박하며 억울함을 호소할 정도로.

올해 나이 만으로 62.

환갑의 개념이 없는 영국에서도 충분히 장수라 판단할 나이에, 러더데일은 고혈압이란 게 뭔지 직접 경험해야 했다.

객관적으로 봐도, 그가 내린 결정이 딱히 문제 있는 행동은 아니었다.

우선, 베어링스 은행은 단순히 투자은행이라고 보기 힘들었다.

'여왕 폐하의 은행(the Queen's Bank)'이란 말까지 붙을 정도로 영국 정부와 연관이 깊은 곳이었고, 섬나라인 대영 제국 본토의 식량 안보를 책임지는 매우 중요한 고리다.

문제는, 그 식량 안보가 흔들리고 있었다는 것.

1890년, 아르헨티나의 쿠데타로 인해 촉발된 식량 공급 중단은 베어링스 은행의 실적을 단숨에 곤두박질치게 만들었다.

거기에 연이은 밀 흉작에 순식간에 대영 제국이 수입해야 할 식량이 반 토막이 나 버린 것.

그러니 베어링스 은행이 이에 대한 책임을 져야 하는 것도 사실이었다.

하지만 이런 상황에서 리더데일, 그리고 영국은행이 대체 무슨 일을 해야 했단 말인가?

신성하고도 불가침한 '보이지 않는 손'의 자생적 질서만을 믿고, 베어링스 은행이 파산하든 말든 그냥 넘어가야 했단 말인가?

주가 폭락으로 인한 런던발 경제 공황이 미국까지 퍼졌

는데? 이대로면 우리 다 굶어 죽는데?

애초에 그놈의 '보이지 않는 손'. 그거 그냥 복지 하기 싫어서 핑계 대던 개소리 아니었던가?

빨갱이들의 논리에 반박하기 위한 칼을 아군을 찌르는 데에 쓰면 대체 어쩌자는 것인가?

오히려 사기업인 안토니 깁스 앤 선스의 자금을 끌어온 덕에 최대한 구멍을 메울 수 있었고, 결국 구제에 성공하며 국가의 세금도 최대한 아낄 수 있었다.

호미로 막을 것을 가래로 막은 게 아니라, 역으로 가래로 막을 것을 호미로 막은 격(A stitch in time saves nine)인 셈이다.

그는 당당히 말할 수 있었다. 그가 한 일은 찬사를 받았으면 받았지, 욕을 먹을 만한 일은 절대 아니었다고.

그러나.

이번에 거기에 당당히 중지를 올린 사람이 너무나도 거물이었다.

―영국은행의 베어링스 은행 구제는 베어링스의 방만한 경영을 국민의 혈세로 때워 준 것이나 다름없다. 영국은행은 그런 무책임한 투자 계획을 세울 게 아니라, 마치 〈빈센트 빌리어스〉가 했던 것처럼 다른 방향으로 식량을 수입할 방법을 찾아와야 했다…….

알프레드 마셜(Alfred Marshall).

대영 제국의 지성을 책임지는 케임브리지의 정치경제학 교수이자, 노동가치론의 학살자.

마르크스 경제학이라는 마룡을 맨손으로 토벌한 경제학계의 '성 게오르기우스'로 추앙받고 있던 경제학자가, 자유주의 경제지 〈이코노미스트(The Economist)〉에 투고한 사설이 영국을 뒤흔들었다.

―물론 우리 대영 제국의 존경받는 중앙은행 총재와 전 총재께서, 설마 그레고리 빌리어스와 같은 사악함으로 베어링스 은행을 사익화하기 위해 이런 짓을 저질렀다고는 결코 생각하지 않는다.
―하지만 국민의 혈세가 아르헨티나 하나에만 목매달았던 베어링스 은행의 게으르기 짝이 없는 투자로 인한 손실을 메워 주기 위해 쓰이는 것 또한! 결코 바람직한 방향이라고 할 수 없다! 하물며, 그 혜택이 깁스 앤 선스와 같은 사기업으로 흘러가는 것이라면 더더욱 그러하다!!

그가 내뱉은 강한 주장에 후속 기사를 쓸 겸 직접 취재한 이코노미스트의 기자는 물론, 이를 본 영국 시민들. 특히 리더데일 총재와 깁스 전 총재는 당혹스러울 수밖에 없었다.

평소 알프레드 마셜이 하던 주장이 무엇인가?

베어링스 스캔들 〈107〉

영국 경제학계의 거두인 건 그렇다 치자, 그런데 그 사람의 교수 사무실 명패에는 뭐라고 적혀 있던가.

[차가운 머리, 뜨거운 가슴(Cool head and warm heart).]

언제나 실생활과 빈민구제를 외치며, 보이지 않는 손을 주장하며 시장 경제를 자율에 맡기는 정부를 비판하던 그였다.

그런데 그러던 그가, 이제는 망해 버릴 은행을 살렸다고 역으로 정부를 비판하고 있었다.

이에 놀란 영국은행 직원들은 마셜을 달래기 위해 서둘러 그의 사무실로 달려갔다.

그리고……

"교수님, 대체 왜 이러십니까?"

"베어링스 은행이 망했다면 우리 런던의 빵 물가는 천정부지로 치솟았을 겁니다. 그걸 아시는 분이 왜 이러십니까!"

"난 그런 거 모르오."

"교수님!!"

"은행이 망하고 싶지 않았다면 더 잘했어야지! 왜 베어링스가 투자를 조져 놓고 그걸 국민 혈세로 채워야 하나? 그게 당신들이 말하는 그 잘난 '개인의 선택' 아니었소?"

"아니, 하지만 국민 혈세는 거의 안 쓰이고 깁스 앤 선스의 투자가 더 큰 비중을……"

"아, 그렇소? 그럼 깁스 앤 선스가 그레고리 빌리어스였던 모양이군!"

그 말에 공무원들의 얼굴이 새파랗게 질렸다.

말 까딱 잘못하다간 이상한 데 엮이게 될 거라는 직감이 번뜩인 것이다.

그야말로 가드 불가인 이 상황에서, 영국은행은 알프레드 마셜이 이끄는 학계의 맹공에 그저 속수무책으로 당할 수밖에 없었다.

심지어 시간이 지나며, 여기에는 점차 조지 버나드 쇼와 같은 좌파 인사들의 지지까지 뒤따르게 되었다.

"마셜 교수가 옳다. 영국은행은 그렇게 '보이지 않는 손'을 운운하며 복지에는 게으르게 굴더니, 왜 기업이 망할 때는 그렇게 아낌없이 손을 벌렸는가?"

"베어링스 은행의 대주주가 된 깁스 앤 선스는 전 총재의 족벌들이 운영하는 사기업이다! 이는 리더데일이 〈빈센트 빌리어스〉의 그레고리 빌리어스처럼 베어링스를 사유화하려는 깁스 전 총재에게 포섭된 결과가 아닌가?"

"깁스 전 총재는 해명하라!! 정말로 아르헨티나의 쿠데타를 뒤에서 사주했는가? 사적인 이익을 위해 국민의 식탁을 위협한 게 사실인가!?"

"야 이, 그게 말이 되냐!! 그런 능력이 있으면 내가 왕을 하고 있지, 대체 뭐 하러 일개 은행 총재에 머물렀겠냐!!"

하나하나가 열불이 터지는 일들 천지였다. 하지만 이는

시작에 불과했으니…….

다음 날, 헨리 깁스 전 총재는 '깁스 전 총재, 쿠데타 음모 자백!'이라는 황색 언론의 1면을 보고 결국 뒷목을 잡아야 했다.

"총재님, 이러다간 우리가 덤터기 씁니다."

"까딱 잘못하면 지금 경기 침체가 전부 우리 탓이라는 오명까지 뒤집어쓸 수도 있습니다!"

"아니, 그게 왜 우리 때문인가? 내가 대체 뭘 했다고!"

다시 말하지만, 윌리엄 리더데일은 진심으로 억울했다.

아르헨티나 쿠데타와 그에 따른 식량 가격 폭등. 그리고 이어진 경제 침체는 당연하지만 그는 물론, 영국의 그 누구도 예상하지 못한 일이었다.

심지어 베어링스 은행마저도 그랬다.

만약 지금 미래에서 트립해 온 게 웹소설 작가가 아니라 경제학자, 혹은 국제정치학자였다면 베어링스 은행이 아르헨티나에서 무분별하게 불공정 거래를 해 왔다는 점과, 그에 따른 반정부 여론의 확산이 있었다는 등의 내용을 논리정연하게 설명할 수 있었을 것이다.

추가로 '이래서 앵글로색슨 해적놈들 무식한 건 종특이다.'라고 시니컬하게 방점까지 찍을 수 있었겠지.

하지만 넘어온 것이 소설가였기에, 이 복잡하고도 여러 이슈가 섞여 있는 내용이 흥미 본위의 소재거리로 전락하였고, 쓸데없이 디테일한 내용 탓에 어중간하게 핵심만 찔러서 당사자들을 곤란하게 만들었을 뿐이다.

이 역시 시대상과 엮인 불행한 사고에 불과했다.

어쨌든 그들은 아무 말도 하지 못한 채 두들겨 맞는 수밖에 없었다.

실제로 〈빈센트 빌리어스〉에 나온 해답은, 겉보기엔 그럴싸했기 때문이다.

'젠장, 한슬로 진. 그는 대체 내게 무슨 원한이 있다고…… 설마, 지난번에 파티에서 왕립 문학회 멤버와 함께 욕했다는 걸 들었다든지 그런 건 아니겠지?'

그렇다면 그 자리에 함께 있었다는 거 아닌가.

순간 그의 모골이 송연해졌다. 한슬로 진…… 무서운 아이!

오해는 깊어져만 간다.

그리고 여기서.

알프레드 마셜의 진의가 드러났다.

―우리가 깨달아야 할 것은 다름이 아니다. 애초에 애덤 스미스가 '보이지 않는 손'을 주장한 것은 시장의 완전한 자율이 아니라, 기업이 정치와 결탁하지 말고, 스스로의 자기 향상성에 이기심을 기울일 때만 작용할 수 있다는 점이다.

―하지만 우리는 어떤가? 정치와 기업이 편의에 따라 손을 잡고, 때로 경쟁자를 자의적으로 배제하며, 정경유

착과는 전혀 관계가 없는 것에 편의적으로 '보이지 않는 손'을 전가의 보도처럼 휘두르고 있다!

―정부는 베어링스 은행에 했던 것과 비등한, 아니 그 이상의 복지정책을 펼쳐야 한다! 더 많은 가계의 위기를 베어링스처럼 구제해야 한다!!

결국, 윌리엄 리더데일은 백기를 들 수밖에 없었다.

물론 그게 그가 사임했다거나 그런 의미는 아니다.

알프레드 마셜이 아무리 거물이라 할지라도 일국의 경제를 책임지는 중앙은행 총재가 그걸 곧이곧대로 따를 수는 없었다.

하지만 바꿔 말하면.

그보다 높은 사람에게라면, 얼마든지 자존심 다 접고 무릎을 꿇을 수 있다는 소리다.

"아이고, 장관님!!"

"총재님, 왜 이러십니까."

"제가 억울해서 못 참겠습니다. 대체 제가 뭘 잘못했다고!!"

"허허, 진정 좀 하세요."

윌리엄 하코트(William Harcourt)는 내심 웃음을 참지 못하며 그렇게 말했다.

글래드스톤 내각에서 프림로즈 내각까지 연임한 만큼, 친자유당 성향인 그는 보수당의 전진기지나 다름없던 영국은행이 설설 기는 그 모습이 못내 기쁘지 않을 수 없었다.

'좋은 기회다.'

이번에 빚을 지어, 앞으로 하는 일에 중앙은행이 발목 잡지 않기만 해도, 자유당 내각의 자유도가 얼마나 보장될 것인가.

하코트는 그렇게 생각하며 구제책을 내려 주었다.

"자자, 일단 문제의 시발점은 런던 증권거래소가 총재님의 거래를 금지시키면서 촉발된 주가 조작 의혹 아닙니까."

"그, 그렇습니다. 장관님."

"그러면 그 문제부터 해결해야죠."

"아……!"

리더데일은 그제야 광명이 비치는 듯했다.

그리하여 런던 행정법원에는 윌리엄 리더데일과 헨리 깁스의 런던 증권거래소의 거래금지 명령에 대한 행정처분 소송이 제출되었다.

그리고 당연히.

행정법원에서는 스코틀랜드 야드를 통해 런던 증권거래소가 제시한 소설의 작가, 한슬로 진에게 자료의 제출을 요구하게 된 것이다.

* * *

"……그렇게 된 거라는군."

"아니, 그래서 제가 대체 뭘 했다구요."

나는 억울하게 중얼거렸다.

이야기의 전말을 전해 준 밀러 씨는 떨떠름하게 나를 보았고, 벤틀리 씨도 벌벌 떨면서 나에게 물었다.

"그, 작가님. 정말 아무것도 모르셨죠?"

"당연히 몰랐죠."

나는 당당하게 말했다.

물론 아무것도 모른 건 또 아니긴 하다.

다만 내가 아는 건 최근 영국 경제가 침체라는 거랑 아르헨티나 쿠데타, 베어링스 은행 파산 위기 정도.

되려 난 밀러 씨 쪽으로 시선을 향했다. 애초에 내가 이걸 아는 것도 어찌 보면 밀러 씨 덕분이잖아요.

미술품 경매 졸졸 따라다니면서 주워들은 상류층 정보가 좀 됐으니까.

그 정보들을 적절히 각색해서, 재벌물의 흔한 클리셰인 '경제를 뒤에서 주무르는 악의 경제인'과 회귀물의 국밥인 '정보를 미리 캐치해서 뒤통수치기'를 적절히 섞은 것뿐이라고.

근데 왜 거기에 영국은행 현 총재랑 전 총재가 얽혀? 애초에 그놈의 가족회사는 또 왜 끌어들여서 두들겨 맞나?

"어찌할 셈인가? 이렇게 된 거, 스코틀랜드 야드에 협조해야 할 것 같은데."

"일단 협조는 해야죠."

난 이래 봬도 대한민국의 준법 시민이었다. 그렇기에 일단 필요하다면 최대한 협조는 해 줘야 한다는 생각은 하고 있었다.

 아니, 솔직히 다시 생각해도 어이없긴 하네.

 내가 쓴 글이 대체 왜 이렇게 영국 경제 침체의 책임을 묻는 기폭제 같은 게 된 거냐고?

 난 평범한 시민답게 이런 거에 총대 메는 거 싫어한다. 잔 다르크 같이 화형당하라고?

 그런데 세상이 가만두질 않는다…… 소설과 현실을 구분 못 하는 놈들이 왜 이리 많아?

 "일단 서면으로, 저는 그저 현실에서 일어났던 일에 상상력을 덧붙였을 뿐 아는 바는 전혀 없다고 보내 두겠습니다."

 "그걸로 괜찮을까요, 작가님?"

 "……글쎄요. 일단 이걸로 넘어가 줬으면 좋긴 하겠는데."

 당연하지만.

 전혀 괜찮지 않았다.

※ ※ ※

 〈빈센트 빌리어스〉의 작가, 한슬로 진이 제출한 성명서는 스코틀랜드 야드를 거쳐, 런던 증권위원회로 올라갔다.

하지만 당연히 이것만으로 해결될 리는 없었다.

오늘도 리더데일 파벌과 마셜 파벌로 나뉘어 버린 증권위원회에서는 고성이 오갔다.

"몰랐다?! 이게 말이나 되는 소리요!? 이런 상황을 일으켜 놓고 몰랐다고!?"

"애초에 애꿎은 일개 소설가는 왜 괴롭힙니까? 지금 문제는 총재가 아닙니까!"

"보통 수상한 게 아니잖소! 애초에 한슬로 진이라는 게 누구요? 영국인은 맞나? 혹시 독일인이라는 소문도 있던데, 우리 대영 제국의 내분을 조장하려는 크라우트 놈들의 음모 아니요?!"

"할 말이 없으니 음모론이나 꺼내는 건가? 정말 독일 프락치였다면 아예 구제금융이 실행되기 전에 까발렸겠지! 그런데 이미 구조 조정이 다 끝난 다음에 이랬다는 건 정말 아무것도 모른다는 뜻이잖소!"

"그럼 이게 전부 우연이라고?! 그걸 지금 믿으라는 뜻이요!?"

물론 아주 완벽히 우연까진 아니었다.

인간의 욕심은 끝이 없고 같은 실수를 반복한다는 격언처럼, 이 시기 영국인들은 예상도 못 하고 있겠지만, 먼 미래 미국에서도 현재와 상황과 비슷한 일이 벌어지니까.

서브프라임 모기지 사태와 이에 따른 리먼 브라더스에 대한 금융 구제.

전 세계 경제에 어마어마한 파급력을 행사한 이 사태는, 20년 가까이 씹고 뜯고 맛보는 주제가 되었고, 한국에서는 기업물 웹소설의 전형적인 클리셰로 정착하게 됐다.

즉, 미래에서 튀어나온 유탄이 과거로 잘못 흘러 들어온 결과였으며.

"아, 그래서 어쩌자는 겁니까!"

"어쩌긴 뭘 어째요!! 이번 기회에 민간 은행이니 사기업이니 하는 놈들의 기강을 아주 제대로 잡아 버립시다! 애초에 그 새끼들, 투자는 투자대로 받아 놓고 일도 제대로 안 하는 게 꼴사나웠어!!"

"지금 제정신인가? 사기업의 자유로운 경제활동을 침해하자고!?"

"그놈의 자유! 그렇게 치면 마셜 교수님 말마따나, 망해 버리는 것도 그놈들 자유 아닙니까!?"

"아니, 그렇다고 기업이 망하는 걸 그냥 두고만 보고 있잔 소리요!!"

애당초, 이는 근본적으로 자본주의라는 개념이 제대로 성장하지도 못한 성장기였기에 일어난 문제다.

이론과 현실이 맞지 않아 국가가 편의적으로 취사선택을 하는 모순이 켜켜이 쌓이던 것이, 미래인에 의해 조금 이르게 까발려진 것에 불과한 것이다.

어찌 보면 예방 주사라 할 수 있겠지만, 예방 주사 맞는 아이들이 으레 그렇듯 영국인들도 이에 대해 딱히 감사해하진 않았다.

오히려.

"애초에 그냥 넘어갈 수 있었던 일이 까발려진 건, 결국 전부 한슬로 진 때문이오."

보름 가까이 이어지는 지리멸렬한 말다툼.

그것에 질린 영국은행 총재, 윌리엄 리더데일은 이를 빠득 갈며 말했다.

물론, 진짜 원흉이라고 할 만한 이들은 다름 아닌 런던 증권거래소가 맞다.

그들의 터무니없는 착각이 없었다면, 그가 이런 고초를 겪을 일도 없었으니까.

하지만 가재는 게 편이라고, 중앙은행이 진심으로 증권거래소와 싸울 수는 없었다.

다 같이 망하자는 게 아닌 다음에야 그럴 수는 없다.

증권거래소의 수뇌부도 그것을 잘 알고 있다. 그들이 리더데일의 거래 금지 명령을 해제하지 않고 있는 것은, 오롯이 알프레드 마셜의 눈치를 보고 있기 때문이었다.

증권위원회는 학계의 입김이 강하게 작용하는 조직이었고, 마셜은 그 학계의 거두 중 하나니까.

따라서, 여기서 원만하게 상호합의하고 무승부로 끝내기 위해 필요한 것은 하나.

그럴듯한 번제물(燔祭物)이다.

"스코틀랜드 야드에 전하시오! 단순히 협조 요청만 보

낼 게 아니라, 아예 체포해서 조사하라고! 감히 대영 제국의 금융권을 우습게 본 대가를 치르게 해야 하오!!"

하지만. 저들은 모르고 있었다.

그 제물은, 런던 증권거래소만큼이나 적으로 돌려선 안 될 뒷배를 두고 있었다는 것을.

"터무니없는 스캔들에 너무 진을 많이 빼고 계시는구려, 총재."

"……로스차일드 남작?"

페르디난드 드 로스차일드.

가주는 아니다. 그는 오스트리아 출신이며 영국 로스차일드 분가와는 별개의 직위와 입지를 갖고 있었고, 영국 분가 가주인 네이선 메이어 로스차일드(Nathaniel Mayer Rothschild)의 행보에도 크게 관여하고 있지 않았다.

하지만 이는 바꿔 말하면, 입을 열면 얼마든지 힘을 발휘할 수 있는 실력자라는 뜻이기도 하며. 영국 로스차일드 가문의 숨은 실세라는 뜻이기도 하다.

결국, 영국은행 총재가 가볍게 대할 수 없는 것은 확실했다.

"내가 런던 증권거래소와 중재를 해 드리리다."

"진심이시오?"

"물론, 우리 로스차일드 가문 입장에서도 런던 경제계가 이렇게 계속 시끄러운 것은 바람직한 일이 아니오."

틀린 말은 아니었다.

페르디난드 개인은 자유당 의원이고, 유대인을 필두로 소수민족 보호를 천명하는 인물이지만, 부자들이 늘 그렇듯 빈민구제나 시장규제에 찬성할 위인은 절대 아니었기 때문이다.

무엇보다 베어링스 은행 구제금융 당시, 윌리엄을 뒤에서 민 것도 영국 로스차일드 분가 가주인 네이선이었으니까.

그렇기에 윌리엄도 은근슬쩍, 고개를 끄덕일 수 있었다.

"남작께서 그리해 주신다면 더 바랄 것이 없겠소만……."

"대신, 이번 일은 전부 불문에 부치지요. 그, 소설가? 한슬로 진이란 인물까지 함께."

"……무슨 말이오."

그 말에 윌리엄 리더데일은 눈을 가늘게 뜨며 페르디난드를 보았다.

그리고 단숨에 알아 버렸다.

아, 이거 중재를 겸한 경고구나. 한슬로 진, 그에게 접근하지 말라는…….

아니 고작 소설가 한 사람 때문에, 그 로스차일드 가문의 숨은 실세가 직접 영국은행 총재를 찾아왔다고?

'설마…….'

한슬로 진이 로스차일드 계 유대인인가?

윌리엄으로서는 꽤 그럴듯한 추측이었다.

원래 유대인들은 금융업으로도 유명하지만, 그에 못지않게 많이 종사하는 것이 예술계다.

법적으로 땅을 가질 수도, 조합에 가입할 수 없는 그들이기에 그러했다.

스페인의 경우이긴 하지만 그 유명한 세르반테스도 유대인 아닌가.

'만약 그렇다면……'

……이거, 꽤 괜찮은 장사하는 거 아닌가?

아무리 로스차일드가 금융계를 꽉 쥐고 있다 하더라도, 영국의 귀족가에서는 여전히 이방인이며 고작 남작 수준.

그런 로스차일드가 소속의 애송이가 귀족가에 대놓고 싸움 거는 소설을 쓰고 있다는 게 알려진다면, 다른 귀족들의 십자포화를 맞고 런던에서 빠져나갈 수밖에 없을 터.

'여기서 내 곤경에서도 빠져나가면서 로스차일드의 약점도 잡고, 자유당에 진 빚까지 없앨 수 있다면……'

그야말로 일석이조, 아니 일석삼조(Three birds with one stone)가 아니겠는가.

그렇게 기대감에 윌리엄 리더데일이 행복한 미소를 지으려던 그때였다.

"흠, 뭔가 오해가 있는 거 같은 표정이군."

"예? 그게 무슨 말이시오."

"그는 딱히 이쪽과 연관이 없소. 단지, 이번에 연줄을 통해서 그쪽 사업의 회계를 우리 쪽에서 맡게 됐을 뿐. 자기 밥그릇은 알아서 지켜야 하지 않겠소."

뭐 은행과는 다르게 말이오.

누가 봐도 그의 아픈 상처를 파내는 듯한 말에 윌리엄이 발끈하려는 찰나.

"총재님."

"으음. 무슨 일인가?"

"실례지만, 어느 해군 장교분께서 이 쪽지를 전해 주라고……."

이건 또 무슨.

윌리엄은 물론, 페르디난드까지도 불쾌감에 눈살을 찌푸렸다.

무려 영국은행 총재와 현 로스차일드가의 실질적인 가주가 회동하고 있는데 이런 식으로 메시지만 턱 전달하고 가다니.

해군 장교? 누군진 몰라도 실로 무례하기 짝이 없는 작자가 아닌가…… 싶었으나.

'아니, 그러실 수도 있지!'

윌리엄은 쪽지에 당당히 찍힌, 사자와 유니콘의 직인을 보고 생각하기를 그만두었다.

모든 법률과 예의의 상위에 존재하는 자에게, 무례라는 개념은 존재할 수 없으므로.

'도대체 무슨 일이길래.'

리더데일은 그렇게 두려워하며 쪽지를 열었다.

그리고, 그 간단한 명령에 식은땀을 주륵 흘려야 했다.

―한슬로 진은 건들지 마시오.

아.

X됐구나.

윌리엄 리더데일은 하얗게 재가 되었다. 그리고 하얀 재는 어리둥절하고 있는 페르디난드에게 말했다.

"……로스차일드 남작."

"말씀하시오."

"중재를 부탁드려도 되겠소?"

"아, 물론. 그걸 위해 왔으니…… 그보다, 괜찮으시오?"

"하하, 괜찮소…… 이젠 다 포기했으니."

"……."

잠깐 사이 10년은 더 늙은 듯한 노인을 보며, 페르디난드 드 로스차일드는 그저 고개를 갸웃거릴 수밖에 없었다.

'뭐, 신경 쓸 부분은 아니려나.'

어쨌든 그는 원하던 것을 얻었다.

페르디난드는 힘을 주며, 며칠 전 그의 집에 찾아온 남자를 떠올렸다.

* * *

며칠 전, 버킹엄셔.

"경매장 밖에서 뵙는 건 오랜만이구려. 프레데릭."

"이런 기회가 자주 있었어야 할 텐데 말입니다. 하하하."

프레데릭 알바 밀러는 버킹엄셔의 명물, 워데스던 저택(Waddesdon Manor)을 둘러보았다.

페르디난드 남작의 취향이 한껏 반영된, 프랑스 성곽의 개별적인 특징을 모방한 신르네상스 스타일의 멋들어진 성과 정원이 눈을 즐겁게 하는 곳이었다.

역시 이런 곳엔 클라라나 애들 넷을 데리고 구경을 와야 하는 건데…… 프레데릭은 매우 아쉬워하면서 응접실로 들어갔다.

"그래, 예까진 어쩐 일이시오."

"우선 뜬금없는 요청을 받아 주신 것에 감사드립니다."

"하하하. 친구끼리 왜 이러시오. 좋은 일을 하겠다는데 우리가 한발 걸칠 수 있는 것만으로도 영광이지요."

서로 사람 좋은 미소를 지으면서 안부를 묻는 듯한 대화.

하지만 밀러는 로스차일드 쪽에서 이미 모든 것을 눈치채고 있다는 것을 모를 정도로 바보는 아니었다.

"앨리스와 피터 재단이라. 하하하, 우리 사무엘이 참 많이 놀랄 거 같소."

"하긴, 너무 노골적으로 지은 이름이기는 하지요."

깊은 한숨을 쉰 밀러가 고개를 저으며 말했다.

"좋은 일을 하는 건 좋은데, 너무 열심히 하다가 쓸데없는 지뢰까지 밟은 듯하니 문제지요."

"후후후. 그런 것치고는 꽤 즐겁게 보고 있는 듯하오만?"

"뭐, 사고뭉치 막냇동생을 보는 듯하여 즐겁긴 합디다."

"사고뭉치라…… 하긴, 이번 사고는 좀 거하더군. 런던 증권거래소가 그리 발광하는 건 또 오랜만이었소. 좋은 구경이라면 좋은 구경이었다만. 하하하!"

"하아."

프레데릭 알바 밀러는 씁쓸히 웃으며 고개를 저었다.

확실히, 그거 자체는 좀 재밌는 구경이었지만…….

"불똥이 이상하게 튄 결과지요. 내 직원은 아무 잘못이 없습니다."

"뭐, 그건 동의하오."

오스트리아 출신인 페르디난드에게, 영국의 민주주의란 참으로 해괴한 정치체계였다.

모든 국민에게 1표라는 점도 그러했지만, 자본주의로 계층을 대놓고 가르려 하고 있으면서도 그 둘을 양립시키려 한다니…….

도대체 무슨 생각으로 저런 시스템을 유지하고 있는 걸까?

물론, 지금 중요한 건 그게 아니지만.

"하나, 잘못이 없다 하여 책임까지 뒤집어쓰지 않을 정도로 이 세상이 그리 쉽게 돌아가진 않지."

"그래서 부탁드리러 온 것입니다. 로스차일드 남작 각하. 각하께서 중재하신다면, 이 유치하기 짝이 없는 촌극을 일단락할 수 있지 않겠습니까?"

"흐음."

페르디난드는 턱을 긁었다.

확실히, 그가 중재한다면, 자존심과 체면 때문에 굽힐 수 없는 두 금융기관이 고개를 숙일 터.

하지만.

"그래야 할 이유가 있소?"

단순한 친분 때문에 굳이 그 귀찮은 소꿉놀이에 끼어야 할까?

페르디난드는 그렇게 물었고, 밀러는 깊은 한숨을 쉬며 그를 똑바로 바라보았다.

그리고 묵직하게 한 단어를 내뱉었다.

"시오니즘(Zionism)."

"……흠."

페르디난드가 숨을 들이켰다.

시오니즘. 시온주의.

갈 곳 없이 떠돌아다니는 유대민족의 유토피아를 건설하자는 야심 찬 계획.

"작년, 빈이었던가요. 대학생치고 참 글을 잘 쓰더군요."

"하고 싶은 말이 뭐요."

로스차일드는 돈으로 기득권에 편입하였음에도…… 아

니, 오히려 그렇기에 더더욱 유대인들이 받는 핍박과 탄압을 잘 알았고.

은밀히 그들을 후원하고 있었다.

돈으로 무엇이든 살 수는 있으니, 이제는 나라마저 사고자 하려는 남자에게.

사랑을 위해, 한때 나라를 포기했던 남자는 차분하게 말했다.

"거절할 수 없는 제안을 하지요."

"……."

"눈치채셨으니 아시겠지만, 제 손안에는 지금 이 나라의 여론을 좌지우지할 수 있는 카드가 있습니다. 그 무엇보다 조용하면서도, 폭력적인 카드지요."

과연. 페르디난드는 쓰게 웃으며 말했다.

"그 카드를 나도 쓸 수 있게 해 주겠다?"

"그건 무리죠. 그 친구가 얼마나 반골인지는 지금까지 보면 아시잖습니까."

"하하하하. 그건 그렇지."

"다만, 그만큼 정도 많은 친구죠."

밀러는 담담하게 말을 끝마쳤고, 페르디난드는 그 암시를 알아들었다.

'……친하게 지내는 게 좋겠군.'

일족의 비원을 위해서라면 무엇이든 할 수 있는 노인은, 껄껄 웃으며 고개를 끄덕였다.

"좋소. 오랜만에 은행이나 한번 들러봐야겠군."
"감사합니다."
"그럼, 오늘 저녁은 함께 한 끼 하시겠소?"
"아이쿠."
영광이지요.
밀러가 웃으면서 페르디난드가 내민 손을 잡았다.
친분의 위에서 쌓인, 밀약의 증거였다.
'이걸로 한시름 놓았군.'
하여간, 손이 많이 가는 직원이다.
밀러는 쓰게 웃으며 그렇게 생각했다.

* * *

"뭐? 끝낸다고?"
"그래. 로스차일드에서 중재했다더라."
로스차일드에서? 런던증권거래소 전략기획부 소속, 팀은 그렇게 놀라워하며 중얼거렸다.
많은 대기업급 조직들이 늘 그렇듯, 런던증권거래소도 증권만 바라보는 딜러들만 있는 것은 아니다.
지난번 거한 사고를 친 행정직 직원들이 대표적이었다.
그중 전략기획부는, 행정 직원들과 비슷하면서 다르다.

증권과 주식 거래를 하진 않는다. 정확히 말하면 금지됐다.

하지만 그들은 오히려 딜러들보다 더욱 깊게 주식시장을 연구한다.

시장의 변동, 증시의 향방, 이런 것들이 앞으로 어떻게 될지.

짧게는 런던증권거래소의, 그리고 길게는 대영 제국의 경제를 판가름할지.

그것을 분석하고, 대처 방법을 기획하는 조직이 바로 전략기획부였기 때문이다.

그런 의미에서, 그들에게 있어서 이번 금융업계를 뒤흔든 영국은행과 런던증권거래소의 한 판 승부는.

"아, 아쉽네."

"그치? 젠장, 5파운드 날렸다."

"제기랄, 안전빵에 건 놈들이 다 먹다니. 이게 무슨 재미냐고."

정말 보기 드문, 개꿀잼 구경이었다.

아닌 말로 솔직히…… 요즘, 너무 재미없지 않았나?

하느님의 은총으로 그레이트브리튼 아일랜드 연합 왕국의 여왕, 인도의 황제, 그리고 이하생략이 즉위하신 이래 대영 제국의 경제는 승승장구하고 있다.

오죽 나라에 돈이 많으면 일개 석탄이나 먹고살 노동자들 따위도 배때기가 처불러서 투표권을 달라고 지랄이 아닌가.

그야말로 뭘 투자해도 오르면 오르지, 내려갈 일은 거의 없는 시국이다.

베어링스 은행? 걔네야 돈 잃은 병신이지. 피레네 남쪽의 아프리칸스와 사람 잡아먹는 인디오들이 교접해서 낳은 튀기들을 믿는 게 바보 아닌가?

물론 아르헨티나 원주민들인 마푸체는 식인 문화가 있던 올멕이나 마야, 아즈텍과는 전혀 다른 문화를 가진 민족이지만, 앵글로색슨들은 언제나처럼 오만하고 무식했다.

아무튼 전략기획부는 그런 엘리트들이며, 주식시장에 대해서도 남들보다 한발 앞선 정보를 갖고 있지만, 오히려 그렇기에 주식 투자가 금지된 이들이다.

그러니 어찌 지루하지 않을 수가 있을까.

기회만 있으면 순식간에 백만장자가 될 수 있는데, 월급쟁이질에만 만족해야 한다니.

물론 진짜로 나가는 순간 런던증권거래소에서 받아오는 지식이 끊겨 줄 없는 연 신세가 될 테고, 스코틀랜드 야드의 감시를 받으며 살아야 하니 그림 속의 떡에 불과하지만.

그런 만큼, 그들에게 이번 사건은 정말 오랜만에 터진 금융업계의 빅매치였다.

뜬금없이 생긴, 풀코스로 마음껏 즐길 수 있는 요깃거

리였는데…… 그게 이렇게 빨리 끝나 버리다니.

"에휴. 한 반년 정도는 씹고 뜯고 맛볼 수 있을 줄 알았는데."

"어쩔 수 없지. 로스차일드에서 나섰잖냐."

"아, 그 유태인 금수저들은 뭐가 아쉬워서 벌써 찬물을 끼얹냐."

"그런데, 이건 어쩌지?"

"엉?"

전략기획부의 어느 직원이 흔든 것은 수 장의 친필 편지였다.

직원들은 저게 뭐더라 하며 잠깐 머릿속에서 로딩이 걸렸다.

"아, 저거 그거지? 그 〈빈센트 빌리어스〉 작가한테 뭐 아는 거 없냐고 증권위원회에서 자료 제출하라고 한 거."

"응, 근데 그 작가는 진짜 아는 거 없다고 하더라. 그냥 정황만으로 창작했다던데?"

"허, 정황만으로 그런 스토리를 짜?"

"이래서 천재들이란."

몇몇 전략기획부 직원들이 한탄하던 도중, 누군가는 그 편지를 면밀히 훑었다.

'흠…… 그런데 한슬로 진의 친필 편지면 이거 나중에 돈이 되는 거 아닐까?'

'이번 사건이 작은 것도 아니고 이 정도라면 내용에 따

라서는 큰돈을 만질 수도…….'

그런 생각을 하며, 그들은 내용을 확인했다.

과연, 앞서 말한 것처럼 시작되는 내용은 자신은 관련해서는 아는 바가 없었으며 정황상 흥미로운 이야기라 생각하여 재창작했을 뿐, 그래도 기껏 자문을 요구한 만큼 자신이 아는 한 최대한 도움을 주겠다는 내용.

그리고 그 밑에는 자신이 어째서 그렇게 이야기했는지, 그리고 주가 조작에 대한 견해로 이야기되어 있었다.

그래, '이야기'되어 있었다.

'아니 상황 설정과 상정이라니…… 무슨 자문서를 소설 쓰듯이 썼네.'

확실히 내용 자체는 재미가 있었다.

주가를 억지로 끌어올려서 마치 상승요인이 있는 것처럼 낡고 그걸 다시 팔아 치워서 돈을 버는 주가 조작에 관련된 내용부터.

미리 공매도를 걸어 두고 의도적으로 저가에 주식을 내놓으라는, 사실상 윽박지르는 식으로 패닉 셀을 유도한다던가.

초반에 수익을 기대하는 1차 투자자를 모은 뒤, 그걸 광고로 2차 투자자를 모으고 그걸 1차 투자자에게 배당(수익금)을 지급한다거나…….

공매도와 주가 조작 세력 자체는 흔한 얘기다.

그 유명한 중력의 대마법사(평생 동정이었다는 점에서

도), 아이작 뉴턴조차 인간의 광기를 예측하지 못해 남해회사의 거품에 휘말려 끝도 없이 추락했으니까.

그리고 그것을 대비하는 방법부터 묘하게 현실적이었다. 이건 써먹을 수 있겠는데? 싶을 정도로.

어떻게 보면 인간의 욕망과 불안함이란 감정을 적당히 자극해서 유도하는 방법 아닌가.

활용에 따라서는 충분히 효과적일 것이다.

심지어 그 내용이 기업 자체를 규제하는 내용이 아니라 더욱 효과적이었다.

알다시피…… 기업이라는 건 원래 조금만 건드려도 발작하는 까다로운 존재들 아닌가? 그런데 그들을 건들지 않으면서도 제대로 된 주가 유도를 한다?

아마 이 내용으로 보고서를 제출하면 그 달의 특별 보너스는 확정이나 다름없을 것이다. 아귀만 잘 맞으면 승진까지도 기대해 볼 만했다.

"직업병 같은 거려나? 뭐, 내용은 역시 소설가니까 어쩔 수 없……."

하지만, 하지만 이조차도.

"……잠깐. 어이! 거기 이쪽에 와서 이것 좀 봐봐."

"뭐야, 뭔데 그래."

"이, 이거!!"

뒤에 이어진 것에 비하면 너무나 사소한 안건이었다.

"이건…… 뭐지?"

"이, 이런 방법이 가능한 거야?"

"부, 불가능하진 않지."

폰지 사기(Ponzi scheme), 이른바 피라미드형 다단계(multilevel marketing).

1920년에 처음 자행되었던 이 방법은, 21세기에 이르러서는 너무 흔해져서 가볍게 다뤄지는 사기 방식이었다.

하지만 이 시대, 1890년대에는?

더할 나위 없이 선진적이다.

심지어 앞으로 한 세기 뒤의 이야기이긴 하나, 이 폰지 사기는 한 나라 자체를 통째로 뒤엎었던 전적이 있을 정도로 파격적이었다.

근본적인 인간의 욕망을 자극하며 지속적인 성공 경험으로 사람을 맹목적으로 만든다.

신규 유입자의 돈으로 윗물을 막는 특유의 방식은, 흐름만 잘 타면 그 유지력도 상당하다.

그렇게 유지하다…… 한계선에 도달하면?

마지막까지 쪽 빨아 먹은 투자금을 모조리 가지고 도망친다.

그렇게 낙수하던 자금이 끊기는 순간, 순식간에 파국이 시작된다.

마치 개미지옥처럼 사람이 많이 빠지면 빠질수록 그 파괴력과 규모가 더욱 커지는, 그야말로 악랄(惡辣)하다는 말이 적합한 수법.

이미 그 개념이 익숙해진 21세기에서조차 계속해서 이를 변형, 응용한 사기가 일어나는 것을 보면 그 영향력은 말로 설명할 필요가 없을 정도다.

"……."

사무실에 정적이 내려앉았다.

런던증권거래소 전략기획부는 노가리 까던 것을 멈추고 황급히 모여들었다.

그리고 진지하게 손을 놀리며 계산하기 시작했다.

성공 가능성, 사기로 벌어들일 금액. 그리고 제대로 금융 범죄에 대한 대비가 되어 있지 않은 나라에서 이런 일이 벌어질 경우의 파급력까지.

계산을 끝낸 전략기획부는 악마의 수작질을 마주한 듯한 근원적 공포에 그저 몸서리를 쳐야 했다.

"이런…… 씨발."

"제기랄, 왜 이런 생각을 일개 소설 작가가 하는 거야?"

"조용히 하고, 빨리 정리부터 끝내!!"

이거 안 막으면, 진짜 나라가 망할 수도 있다.

아무리 나태하고 오만해도, 그들 역시 런던의 시민이었다.

그들은 오랜만에 치솟은 애국심과 애민 정신에 몸을 맡겨, 다단계를 막기 위한 방안들을 최대한 짜내기 시작했다.

예기치 못한 야근 폭풍의 시작이었다.

그런 와중에도, 그런 그들의 머리를 스친 것은 오직 하나였다.

—한슬로 진…… 대체 뭘 하는 작자인 거지?

* * *

한편, 그 한슬로 진은.

"네? 끝났다구요?"

"그래. 여기까지 가져와 줬는데, 미안하다."

아니, 뭘 그 정도로.

나는 내가 정성껏 쓴 성명서_최종_FINAL_수정_2차_진짜 마지막을 돌려주는 스코틀랜드 야드의 형사를 보며 손사래를 쳤다.

"그보다, 대체 무슨 일인가요? 벌써 몇 번이나 다시 제출하라고 했잖아요."

"아아, 그거. 그게 우리가 요청한 건 절대 아니었는데 말이지……."

살집이 푸짐한, 사람 좋아 보이는 중년 형사는 머리를 벅벅 긁으며 그렇게 말했다.

그 모습을 보니 화를 내기도 애매하긴 한데, 솔직히 허탈감이 좀 드는 것도 사실이었다.

아니, 그야 썼던 성명서를 몇 번이나 다시 쓰면 이렇게 될 수밖에 없지.

원래 이번 주가 조작 의혹 사태에서 나는 절대 용의자가 아니다.

용의자는 영국은행이고, 나는 그냥 소설가지.

그런데 런던증권거래소 위원회에서는 나에게 증거 자료가 있을지도 모른다는 '의심'을 품었고, 그 자료를 요구했다.

그리고 당연한 소리지만, 그딴 건 없다.

철저하게 리먼 브라더스 사례와 재벌물의 클리셰에 내 나름의 어레인지를 곁들인 형태로 투하한 것에 증거 자료가 있을 리가.

여기서 미래에 관한 내용을 쏙 뺀 성명서와 일단 공문이긴 하니 그럴싸한 내용은 있어야겠다 싶어서, 기억에 나는 주가 조작에 대한 상식들을 대충 채워 넣었다.

그런데 이놈들, 뭐가 부족한지 '아 요 부분이 좀 부족한데.', '이 부분을 좀 더 디테일하게, 응?'이라면서 자꾸 첨삭을 요구했다.

아니, 내 인생에서 제일 빡빡했던 담당 편집자인 학사 논문 지도 교수님도 이렇게까지 다시 써 오라고 요구하진 않았다고!

게다가 이 쉬키들 요구사항은 쓸데없이 추상적이어서 뭘 원하는지도 모르겠단 말이다!!

그래서 결국 짜증 난 나머지 대략적으로 상황을 설정하

고 사례에 대한 시뮬레이션을 적어서 보내 버렸다.

그리고 이걸로도 지랄할까 봐, 오늘 최근 떠올린 다른 내용도 추가해 온 건데…….

"내가 정말 미안하다. 한슬로 진 작가님께도 정말 죄송하다고 전해 다오."

"아뇨, 형사님들이 고생하는 거야 저희도 잘 알죠."

그 중간에서 이야기를 전해 준 스코틀랜드 야드가 생고생했지.

사실 이 양반들도 혐의가 정확하지 않은 영국은행 총재나, 전 총재 집에서 조사 진행하느라 진땀 많이 뺏더랬다.

그나저나…… 이 양반 어쩌다 보니 계속 만나게 됐는데 아무래도 나를 '한슬로 진의 홀보이(hall boy)' 그러니까, 심부름꾼으로 착각하고 있는 듯하다.

그렇다고 무례하지도 않았고, 오히려 기다리는 동안 차도 타 주는 등 이것저것 챙겨 주려고 한지라 그냥 그러려니 하고 넘어갔다.

몰라, 난 아니라고 말 안 했어.

"근데, 대체 무슨 일이래요? 런던증권거래소, 중앙은행 총재님하고 대판 싸우던 게 아니었나요?"

"으음…… 사실은 대외비인데."

형사는 팔짱을 끼고 잠깐 고민하더니, 고개를 끄덕였다.

"뭐, 한슬로 진 작가님도 아셔야 하니 상관없겠지. 일단, 화해했단다. 덕분에 우리도 조사하던 거 전부 캔슬하라고 위에서 명령이 내려왔어."

"화해요?"

"뭐, 로스차일드 높으신 분이 왔다 갔다던가?"

"아아……."

나는 그 말에 단박에 이해할 수 있었다. 밀러 씨가 손을 쓰셨다는 걸.

아닌 말로 로스차일드가 뭐 하러 이 혼란에 끼어들겠냐.

내가 그 돈 귀신 유대인들이었다면 이 기회에 저점 매수해서 비싸게 팔아먹을 거 같은데?

그런데도 끼어들었다는 건, 밀러 씨 같은…… 로스차일드와 '급'이 맞는 사람들이 개입하는 사람이 개입해 줄 걸 부탁했다는 뜻이겠지.

거참 앞으론 말 안 하시면서도 뒤로 이렇게 도와주시다니, 괜히 고맙게 시리…….

이번에 좋은 버드나무를 구해다가 크리켓 배트 하나 만들어 드려야겠다.

"그러면, 저는 슬슬 가 봐도 될까요?"

"응? 아, 그렇지. 고생 많이 했다. 자, 이거."

형사 아재는 가다가 주전부리라도 사 먹으라면서, 내 손에 얼마간의 용돈을 쥐여 주었다.

전부터 대하는 게 마치 미성년자 취급을 하는 거 같다는 생각은 있었는데…… 이걸로 확정됐다.

아니, 아무리 이 시절 앵글로색슨 백인 양놈들이 겉늙어 보인다지만 내 나이가 얼만데 이런 걸 주고 있어! 내가 지금 버는 돈이 얼만지 알아?

"감사합니다!"

뭐, 그건 그거고 이건 이거지만.

"허허, 그래. 작가님께도 잘 말해 주고."

"알겠습니다."

아무튼 스코틀랜드 야드와 좋은 관계라는 건 나쁘지 않다. 원래 모름지기 국가 권력과 친해 두면 손해는 안 보는 게 소시민의 삶 아니겠어?

그렇게 내가 싱글벙글 웃으면서, 런던 경시청을 나서려던 그때였다.

"자, 자네?"

익숙하다기보단 오랜만에 보는 얼굴이 그곳에 있었다.

"어…… 의사 선생님?"

예전, 펍에서 만났던 그 의사 선생님.

그분이 런던 경시청으로 들어오고 있었다.

"정말, 정말 오랜만이로군!!"

히어로물

 대영 제국이 사랑하는 최고의 추리 소설 작가, 아서 코난 도일은 최근 사는 맛이 전혀 나지 않았다.
 "제기랄, 도대체 왜!! 왜 내 역사 소설의 재미를 아무도 몰라 주는 거냐!!"
 홈스를 죽인지도 어언 1년이 가까워지고 있음에도 불구하고 그를 괴롭히는 대중의 광기는 심해지면 심해졌지, 결코 약해지지 않고 있었다.
 스트랜드 매거진은 매상이 10분의 1로 떨어졌다면서 단편이라도 내 달라고 발광하고 있었으며, '홈스를 부활시킬지 네가 죽을지를 고르라'는 괴문서도 매일같이 날아들고 있었다.
 심지어 얼마 전에는 집 앞에서 셜록 홈스의 장례식을

한 멍청이까지 출몰했으니…….

아서 코난 도일이 오늘도 그를 설득하기 위해 온 스트랜드 매거진의 편집장, 헐버트 그린호프 스미스의 멱살을 잡고 하소연을 해도 이상하지 않았다.

"아니, 〈망명자들〉 썼잖나!? 그거나 좀 읽으라고!!"

"어, 음…… 선생님. 그게 재미는 있습니다만…….."

"근데 왜!!"

"솔직히 셜록에 비하면 영."

"으아아아아!!"

이러니 아무리 강고한 영혼과 빛나는 지성을 가진 아서 코난 도일이라 할지라도, 매일 같이 정신이 깎여 나가는 고통을 겪을 수밖에 없었다.

왕립 문학회와도 연락이 끊겼긴 했지만, 솔직히 그 동네가 영 도움은 안 됐으니 그렇다 치고.

가장 큰 문제는.

"아서, 시끄러우니까 밥이나 먹으렴."

"어머니! 어머니도 말씀 좀 해 주세요. 제 글이 그렇게 재미가 없습니까!?"

"아서."

아서 코난 도일의 어머니, 메리 조세핀 도일 여사는 장남을 측은하기 그지없는 눈으로 보며 말했다.

"그러니까 셜록을 왜 죽였니."

"끄으으으으으읅!!"

가장 큰 아군이 되어 줘야 할 그의 어머니조차 그의 편이 아니었다는 것.

결국 역사에 길이 남을 역사 소설의 저자, 19세기의 호메로스가 되겠다는 그의 야망은 이대로 좌절될 것인가!?

"아니! 절대 그럴 순 없어!!"

중요한 것은 꺾이지 않는 마음.

무슨 일이 있어도 다시 한번, 역사 소설에 도전한다.

그리고 이 대영 제국에 다시금, 추리 소설 같은 하잘것없는 화장실 낙서와 다른, '문학'의 진면목을 보여 주리라!

"얘, 아서. 오늘도 놀 거면 장이나 좀 봐 오렴. 셀러리가 떨어졌네."

"……경시청 다녀오겠습니다! 약속이 있어서요!"

일단은, 머리를 좀 비우고 나서.

삐졌다는 기색을 대놓고 내보이는 아들의 뒷모습을 보며, 메리 도일은 헛웃음을 짓고는 말했다.

"하여간, 솔직하지 못해서는."

정말 심각하게도.

그녀의 자랑스러운 큰아들의 가장 큰 문제는, 자기 자신에게 솔직하지 못하다는 점이었다.

* * *

도망치듯 빠져나온 것이긴 했지만, 아서에게 스코틀랜

드 야드에서 볼일이 있다는 것은 거짓말이 아니었다.

비록 역사 소설이 아닌 빌어먹을, 그리고 또 빌어먹을 화장실 낙서 같은 추리 소설에서나 쓰이고 있지만, 그의 빛나는 지성은 확실히 인정받고 있었다.

그것도 더없이 짜증 나게도 역사학계가 아니라 수사학계(搜査學界)에서.

솔직히, 역사 소설 작가가 해야 할 일은 분명히 아닌 것 같지만…… 뭐 어쩌겠는가, 런던의 품위 있는 시민으로서 동료 시민들의 평화와 안전을 위해서 이 아서 코난 도일이 말 한두 마디 거드는 것쯤이야 당연히 할 수 있는 봉사였다.

물론, 소정의 보상금이 나온다는 것도 중요한 이유였지만.

그런데.

"자, 자네?"

"어…… 의사 선생님?"

"이런 곳에서 뭐 하는가? 아니지, 정말 오랜만이로군!!"

일전, 펍에서 만나 그 신선하기 짝이 없는 충격을 선사해 주었던 조선인 청년.

그가 런던 경시청에서 우두커니 서 있는 모습을 보고, 아서 코난 도일은 얼굴에 화색이 돌며 그에게 달려갔다.

"세상에, 대체 어디에 있던 겐가? 하늘로 솟았나, 땅으로 꺼졌나. 아니면 본국으로 돌아간 줄 알았다네!!"

"아뇨, 그냥 영국에 있었는데요. 그, 데번의 고용인댁에서 신세를 지고 있어서."

"데번? 데번이라고? 허허허! 그랬군. 그러니 내가 몰랐을 수밖에."

데번이라고 하면 콘월과 함께 영국 남서부 끄트머리를 이루는 곳이다.

코난 도일 자신도 언젠가 가 볼 생각은 있었지만, 막상 인연이 닿지 않다 보니 가 본 적은 없었고.

그런 깡촌에 있다면 찾을 수 없는 게 당연했다.

"그러고 보니, 데번 주는 아직 향토적인 냄새가 많이 나는 곳이지?"

"아, 그렇긴 하죠. 제가 묵고 있는 집도 꽤 오래된 명가(名家)입니다. 지방 귀족이라 잘 모르시겠지만요."

"지방 귀족, 오래된 명가. 그리고 향토적인 땅이라……재미있군, 흥미가 솟아."

오랜만에 느끼는 즐거움이란 감정.

아서 코난 도일은 고개를 끄덕이며 중얼거렸다.

"오랜 부를 축적한 지방 귀족. 그리고 주변의 농지는 교통이 발달하지 못해 사람들이 쉽게 드나들지 못한다. 그 땅에서 작은 왕국의 왕처럼 살아왔던 귀족들은 그러나, 시대의 흐름을 이기지 못하고 딱 한 명의 후손밖에 남지 않았지만, 그 유산을 차지하기 위해 숨겨진 방계가

히어로물 〈147〉

모종의 음모를 꾸미고 암약을…… 으음! 아니지, 아냐."

"선생님?"

경시청에 와서 그런가? 그는 자신이 또다시 역사 소설이 아닌 쓸데없이 추리 소설 스토리나 떠올리고 있다는 사실에 몸서리를 쳤다.

이래선 안 된다.

좀 더 문학적이고, 런던 시민들의 역사관을 고쳐시킬 수 있는 글을 쓰리라 마음먹은 자신을 다잡았다.

"미안하네, 내가 요즘 일이 전혀 안 풀리다 보니 좀 머리가 복잡해."

"아, 괜찮습니다. 그럴 수 있죠."

"그래, 자네는 그간 어떻게 지냈나? 그러고 보니, 데번 주에 있었다면 자네 고향에 관한 얘기가 가볍게 화제가 된 적이 있는데, 그것도 모르고 있었겠군."

"제 고향이요?"

고향이라면, 조선을 이야기하는 건가? 어엉? 하며 깜짝 놀라는 청년의 얼굴을 보니, 아서 코난 도일은 자신의 머릿속에 쌓여 있던 미혹이 풀려 나가는 듯한 기분이 들었다.

그래, 이런 청량한 만남이야말로 그를 움직이게 하는 원동력이었다.

"그래, 작년이었나? 왕실 지리학회에서 이사벨라 버드 비숍 여사가 제출한, 그 뭐더라? '몽골리안 민족들의 국가와 지리, 민족적 특징을 연구하기 위한 프로젝트' 연구 제안서를 발표한 적이 있네. 그중에서 자네가 왔다는 그, 조선인가 코리아인가 하는 나라의 이야기가 실린 적이 있지."

"코리아든 조선이든 같은 말입니다. 고려는 조선이 세워지기 전에 그 지역에 있었던 나라거든요."

"흐음, 그러면 조선인이 다른 곳에서 와서 고려를 정복한 건가? 갈리아 지방을 게르만 민족이 정복한 것처럼?"

"아닙니다. 고려 말기에 왕가가 크게 실정을 했거든요. 길게 설명하긴 힘들고, 아무튼 이런저런 문제가 있던 와중에 아마 그, 흑사병(Black Death)이었나? 그거 때문에 민심이 크게 흉흉해지고 북방에서 크게 힘을 기른…… 뭐, 변경백쯤 되는 양반이 쿠데타를 일으켰지요. 그래서 나라 이름을 고친 게 조선입니다."

"흑사병이라! 흥미롭군."

아서 코난 도일의 눈이 보석을 발견한 듯 반짝였다.

그래, 이런 역사적인 비밀이야말로 그의 흥미를 자극하는 진짜 진실이었다.

저질 종이로 찍어 내는 싸구려 소설(pulp fiction) 말고!

"흑사병은 우리 유럽에서도 큰 피해를 입힌 질병이지. 자네 나라에서도 흑사병이 유행한 건가? 하지만 그 나라는 아시아 대륙의 동쪽 끝에 있었다면서? 아무리 유럽을 휩쓴 전염병이라지만, 어떻게 아시아까지 감염시킬 수 있지?"

"아, 그건 간단합니다."

청년은 미소를 지었다. 그리고 아서는 마치 눈앞에 벼락이 치는 듯한 명쾌한 대답을 들을 수 있었다.

"고려도 몽골의 침략을 받았거든요."

"아하! 몽골! 그렇지, 몽골은 동쪽 끝에서 와서 서쪽으로는 러시아와 동유럽까지, 남쪽으로는 인도를 지배한 대영 제국 이전 세계 최대의 대제국이었지!"

가만, 그렇다면.

아서 코난 도일의 풍부한 상상력은 19세기의 단편적인 아시아에 대한 지식을 금방 조각보처럼 꿰맬 수 있었다.

"놀랍군. 그렇다면 대제국 몽골을 무너트린 건 내부의 혼란도, 외부의 침략도 아닌, 그야말로 신의 철퇴였던 것인가!"

좋아, 아주 좋다.

이 정도로 매력적인 소재와 신선한 시각이라면, 아마 같은 세계에서 제일 넓은 영토를 지배하는 지금의 대영 제국에 경종을 울릴 만한 역사 소설을 쓸 수 있을 것 같다.

아서는 마치 아이처럼 기뻐하며 조선인 청년의 손을 잡고 흔들었다.

"고맙네, 청년! 자넨 정말 훌륭한 나의 뮤즈(muse)로군! 지난번엔 런던의 평화를 위한 발상을 제공하고, 이번엔 내게 훌륭한 글감을 주었으니!"

"그, 남자가 듣기엔 좀 거시기하긴 한데요."

"그건 나도 마찬가질세. 하지만 그게 뭐 어떤가! 지금 중요한 건 내가 이번에야말로 런던을 감동시킬 역사 소설을 쓸 수 있다는 것인데!!"

"역사 소설요? 의사 선생님이 아니셨습니까?"

아, 그러고 보니 설명을 안 했나?

아서 코난 도일은 머쓱하여 머리를 긁적였다.

지난번에도 의사로서의 경력만 이야기하다 보니, 서로 이름이 뭐고 직업이 뭔지도 듣지 못했던 것이 아니었는가.

"미안하네. 내가 너무 설명이 부족했군."

"아, 아뇨. 괜찮습니다."

"뭐, 그래. 난 의사이긴 했네만, 지금은 병원을 접었다네. 지난번에도 말했지만 영 사람이 안 와서 말이야."

"아…… 죄송합니다."

"아냐. 그래도 대신 부업이 잘돼서 말일세."

"아하, 그 부업이라는 게 역사 소설인가 보죠?"

"뭐, 그렇지. 정확히 말하면 역사만 쓰는 건 아니지만…… 아무튼 이번엔 제대로 된 걸작을 쓸 수 있을 거 같아. 자네가 준 이 소재면 능히 그럴 수 있을 것 같다네!!"

아서 코난 도일은 당당히 말했다.

물론 전작이 망했다는 얘기를 솔직하게 하지 못한다는

시점에서 당당함과는 거리가 멀긴 했지만, 어쨌든 태도 자체는 당당했다.

그리고 조선인 청년은 그런 아서를 보며 푸근한 미소를 짓고는 물었다.

"그렇군요. 괜찮으시면 혹시 어떤 책을 썼는지 들어 봐도 되겠습니까? 저도 소설 쪽엔 나름의 조예가 있는지라, 한번 읽어 보고 싶군요."

"아…… 하하하! 그래, 알려 줄 테니 나중에 읽어 보게나…… 아. 그게."

못 알려 주겠다.

솔직히, 어떻게 홀딱 망해서 있는지조차 모르는 사람이 과반수인 소설 이야기를 하겠나.

그런 생각에 아서 코난 도일이 슬쩍 눈길을 피하던 그때였다.

"코난 도일 선생님! 여기 계셨습니까?"

"아, 홉킨스 형사!"

"아니, 오신다고 해놓고 여기서 이러고 계시면 어쩌자는 겁니까!"

"응? 아, 시간이 벌써 이렇게 지났군."

어쩔 수 없지.

아서 코난 도일은 고개를 끄덕이며, 빠르게 품에서 수첩을 꺼내 무언가를 적고는 이상하게 벙찐 표정의 조선인 청년에게 건넸다.

"청년, 너무 즐거워서 시간 가는 줄 몰랐군. 혹시 시간이 되면 꼭 이곳으로 오도록 하게. 알겠나? 꼭 찾아와야 하네!"

"예? 아, 예. 어, 알겠습니다."

"선생님, 빨리요!"

"아, 알겠네! 미스터, 명심하게! 무조건 기다리게!!"

아서 코난 도일은 그렇게 소리를 치며 홉킨스 형사에게 끌려갔다.

그리고 혼자 남은 자리에서, 조선인 청년 진한솔— 한슬로 진은 경악을 섞어 그 누구도 알아들을 수 없는 조선말로 크게 소리쳤다.

"아니, 저 양반이었어?!"

* * *

"갔다고? 벌써?"

"아, 예. 선생님."

허어어. 아서 코난 도일은 탄식하면서 머리를 짚었다.

물론 폐를 끼칠까 봐 먼저 가라고 했던 건 아서 자신이 맞다. 하지만 그렇다고 진짜로 기다리지도 않았을 줄이야.

"참으로 아쉽군. 아직 하고 싶은 얘기가 산더미 같았는데."

"아, 그 쿨리도 그렇게 이야기했습니다."

"함부로 그렇게 이야기하지 마시게. 다른 사람이라면 몰라도 자네는 이 런던 경시청의 녹봉을 받아먹는 경찰 아닌가? 치안을 담당하는 사람으로서 모든 사람이 주님의 자식이란 것 정도는 새겨 둬야지."

"하하, 죄송합니다."

너털웃음을 지은 형사는 말을 돌리듯 품에서 무언가를 꺼냈다. 다름 아닌 아서 본인이 준 것과는 또 다른 메모지였다.

아서는 그것을 심려 깊게 보았다.

거기엔 딱 세 줄이 영어로 적혀 있었다. 위의 둘은 런던, 그리고 데번 주의 어느 집 주소였다.

과연, 여기 산단 얘기지?

아서가 반드시 찾아가리라 마음을 먹은 그때, 옆에서 조심스러운 목소리가 들려 왔다.

"저기…… 그래서 선생님, 홈스는 언제 부활시켜 주실 건지…… 경감님께서도 덕분에 월급이 올랐었는데, 요즘엔 그 약빨이 다 떨어졌다고……."

"다신 내 앞에서 그 이야길 하지 말라고 하지 않았나!!"

순간 오른 혈압에 크게 우그러드는 손. 그리고 그 손에 있던 쪽지 역시도…….

"아이쿠!"

그는 순간 오른 스트레스에 찢어질 뻔한 쪽지를 서둘러

펼쳤다.

다행히 내용은 알아볼 수 있었다.

'휴우……'

아서 코난 도일은 쪽지를 조심스레 펼친 뒤, 주소가 적힌 부분만 찢어 품에 넣었다.

그리고 자신의 발작 버튼을 누른 형사를 향해 찌릿 눈총을 보냈다.

그러자 서둘러 눈을 돌리는 그.

"하여간, 이놈의 빌어먹을."

이미 무덤 속에 파묻어 버렸는데도, 셜록 홈스의 망령은 아직도 계속 그를 괴롭히고 있었다.

물론, 제삼자가 보기엔.

자업자득이었다.

* * *

"햐, 그 양반이 아서 코난 도일이었을 줄이야……"

경시청을 나온 나는 아직도 얼떨떨해서 중얼거렸다.

생각해 보면, 복선은 충분했다.

아니, 상식적으로 아무리 의사라지만, 무려 스코틀랜드 야드가 전격적으로 협조를 구하는 의사가 그렇게 흔하겠나?

하물며 그게 취미로 글을 쓰는 의사고, 병원이 잘 안

될 정도면 뭐, 확정이지.

그런데도 내가 아서 코난 도일을 못 알아보다니! 세상에, 난 앤서니 호로비츠 후속작까지 다 구매했단 말이다!

……아니지, 아니야. 이건 내 잘못이 아니다.

그 양반, 명색이 추리 소설 장르의 고금제일인이면서, 만날 때마다 추리 소설 얘기는 의도적이라고 할 만큼 피했잖아?

보통 작가의 작품, 문체를 외우는 독자는 있어도 얼굴을 아는 독자는 극히 드물다.

아니, 그래. 모르는 게 당연하지.

왓슨이 셜록의 변장을 간파하지 못했다고 해서 그게 왓슨 잘못인가? 셜록이 쩌는 거지.

그러니까 난 잘못 없다!

그보다 오늘은 잠깐 어디 가셨던 밀러 씨가 오기로 했는데…….

그렇게 애써 정신승리를 하며 웨스트엔드의 타운하우스로 귀가하자, 응접실 안쪽에서 큰 목소리가 들려 왔다.

"핸슬, 또 왜 이렇게 늦었나? 설마 스코틀랜드 야드 쪽에서 뭔가 이상한 소리라도 하던가?"

"아, 밀러 씨! 아닙니다. 거기는 빨리 끝났는데 오다가 아는 사람을 만나서요. 잠깐 이야기를 하다 왔어요."

뭐야, 언제 돌아오셨어?

나는 적당히 외투를 벗으며 말했다. 그와 동시에 나를

맞이하러 나오는 밀러 씨.

"흠, 그랬나? 뭐, 여튼 수고 많았네."

"네, 그건 그렇고……."

그리고 나를 맞이한 것은 밀러 씨 혼자가 아니었다.

"그…… 뒤에 계신 신사 숙녀분들은 누구신가요?"

처음 보는 한 쌍의 남녀.

남자 쪽은 검은색 연미복에 카키색 고급 승마 바지를 입은, 한 40대는 되어 보이는 신사였으며.

여성 쪽은 어깨를 가리고 스커트 뒷부분에 버슬(허리받이)을 넣고 불룩하게 만든, 빅토리아 시대의 흔한 드레스를 맵시 있게 입은 금발의 미녀였다.

내가 응접실로 들어가자 그쪽에서 빙긋 미소를 보이며 몸을 일으켰고, 그에 맞춰 밀러 씨가 소개해 주었다.

"아, 이쪽 말인가? 인사하게. 이번 로스차일드 쪽에서 와 주기로 한 회계사일세."

"네. 라이오넬 월터 로스차일드(Lionel Walter Rothschild)라고 합니다. 월터라고 불러 주십쇼. 이쪽은 제 친척 조카, 로웨나 로스차일드(Rowena Rothschild)고요."

"안녕하세요. 로이라고 불러 주십시오."

"자, 그러면 이야기들 나누시게. 난 보고 있을 테니."

밀러 씨는 판만 깔아 두신 건가? 뭐, 〈앨리스와 피터 재단〉 설립자는 나니까 당연하다면 당연한 거지만.

뭔가 면접관 기분을 느끼며 난 어색하게 말을 건넸다.

그럼 일단……

"음, 꽤 연식이 있어 보이시는데, 혹 경력이 어느 정도 되셨나요?"

"아, 생각보다 오래되진 않았습니다. 그도 그럴 게 전 아직 20대니까요."

"……예?"

월터 쪽은 그렇게 말하며 생글생글 웃었다.

그…… 얼굴에? 하지만 그는 내 경악을 알아채지 못했는지 계속 말을 이었다.

그리고 그 내용이.

"사실 저도 은행원으로서 로스차일드 은행에서 일하고는 있습니다만, 회계는 좀 약합니다. 어느 정도는, 작가님과 안면을 트는 게 목적이라고 할 수 있겠군요."

"회계가 약하다뇨?"

이건 또 뭔 소리야?

나는 어이가 없다는 눈으로 남자 쪽, 월터 로스차일드를 보았다.

하지만 월터는 뻔뻔하게 말했다.

"아니, 사실 전 돈 만지는 게 아니라 동물학 전공이라서요. 하하, 혹시 아무것도 가지지 않은 제비가 비행하는 속도를 아십니까?"

"……그건 유럽 제비 쪽인가요. 아님, 아프리카 제비

쪽을 말하는 건가요?"

"오, 아시는군요. 작가님!"

아니, 몰라요. 그냥 코미디 드라마에서 본 거라고.

하지만 라이오넬 월터는 이내 눈에 불을 켜며 쉴새 없이 말을 내뱉기 시작했다.

사실 두 새는 같은 제비로 분류되지만, 생활 습성이 아예 다르기 때문에 속도가 크게 차이 나며, 유럽 제비가 초속 11미터로 난다는 얘기를 몇 분간 쉬지 않고 쭉 읊어대는 게 아닌가.

그러니까, 이거…… 찐으로 그냥 동물 덕후란 얘기네?

근데 대체 이런 동물학자가 어쩌다가 우리 쪽에 회계사로 오게 된 거지? 그렇게 직설적으로 묻자, 라이오넬 월터는 당당하게 말했다.

"아, 실은 저희 아버지가 네이선 메이어 로스차일드 남작이거든요. 제가 장남이지요."

"아, 그렇군요."

과연…… 그랬군.

나는 의관을 정제(整齊)했다.

앞머리를 다듬고, 입고 있던 옷의 주름을 가볍게 폈다. 그리고 무릎을 딱 붙여 개미 새끼 하나 지나가지 못하게 한 뒤, 가지런히 양손을 모아 그 위에 올렸다.

그리고 허리와 목에서 정확히 45도씩, 천천히 굽히며 말했다.

"계속 말씀하십쇼, 공자님."

"아이고! 공자님이라뇨, 작가님!"

"남작가의 일 공자께 무례했습니다, 죄송합니다!!"

"아니, 왜 그러세요!? 〈빈센트 빌리어스〉 같은 걸 쓰신 분이 그러시면 어떻게 합니까!"

아니, 어쩔 수 없잖아?

아무리 내가 웹소설 작가, 그러니까 대중 문학가고 민주공화국 시민이라지만 권력은 무서운 법이다.

소시민이 뭐 어쩌겠어.

게다가 웹소설을 쓸 당시에도 수상하게 돈이 많은 분들이 가끔 강하게 후원을 쏴 주시더라…… 솔직히 무서웠어.

연참을 해야 하나? 하지만 내 몸은 이미 작살 났는데? 같은 느낌으로.

게다가 네이선 메이어 로스차일드라면…… 천하제일 금융세가의 영국 분가주고, 나중에는 본가 초대 가주가 되시는 분 아닌가?

그럼, 이분이 나중에 그곳의 주인이 되실 소가주님이라는 소리다.

"아니, 아니. 그러지 말아 주세요. 아직 귀족 승계를 받은 것도 아니고, 받는다고 해도 금융 쪽으로 뭔가를 할 생각은 전혀 없습니다. 전 그냥 제 동물 연구에나 신경 쓰느라 바빠서요."

"그, 그런가요?"

굽혔던 고개가 20도쯤 들린다.

그런 나를 보고, 월터는 능숙하게 말을 이었다.

"예. 그러고 보니 작가님, 듣기로는 대략 이십 대 후반이시라면서요? 제가 68년생이니 올해로 스물여섯입니다. 하하하! 말씀 놓아 주십시오."

"……진짜루?"

"그럼요, 형님!"

"큼큼, 그럼 그럴까?"

아, 장유유서는 어쩔 수 없지. 난 굽혀 있던 허리를 마저 30도가량 펴며 눈을 맞췄다.

대충 살짝 등을 기댔다는 소리다.

그건 그렇고 동생이라…….

솔직히 로스차일드 남작가 도련님이 왜 이렇게 털털하고 서민적이냐는 것보다, 저 사람이 나보다 동생이라는 게 더 놀라웠다.

나는 대체 왜 그렇게 겉늙어 보이나 하고 쓱 훑었다가…… 그의 후퇴하고 있는 이마에 눈길이 닿았다.

월터 로스차일드는 그런 내 시선을 눈치챘는지, 울상을 지으며 말했다.

"너무 그러지 말아 주십쇼, 형님."

"그, 어…… 음, 죄송합니다. 아니, 미안."

난 목을 가다듬으며 그에게 애써 미소를 보였다.

저런 걸로 놀릴 수는 없지. 장애가 있는 사람에게 그걸로 놀리면 진짜 개새끼인 거거든.

"하여튼, 그래서 저는 이름만 올려놓고, 실질적인 회계 업무는 이쪽의 로이가 할 겁니다. 이래 보여도 저희 로스차일드 가문 내에서도 손꼽히는 성적으로 유명하고 말이죠."

아하, 그러니까 중요한 일인 만큼 책임은 소가주인 이쪽이 지고 실무는 능력이 좋은 저쪽인 한다는 거군. 이해했다.

그리고 내 시선에 답하듯 그녀, 로웨나 로스차일드라 불린 여성이 고개를 숙였다.

"최선을 다하겠습니다."

"하하하하! 보십쇼, 작가님. 우리 로이가 이렇게 자신감이 넘칩니다."

"아, 예."

음, 저게 자신감이 넘치는 건가?

나는 로웨나 로스차일드 쪽으로 시선을 향했다.

뭐 물론 로스차일드에서 보낸 만큼, 당연히 일은 잘하겠지.

하지만 이 시기에 여성 회계사라니, 확실히 흔하지는 않아서 신기하게 느껴진다. 역시 로스차일드라는 건가 싶기도 하고.

뭐, 그게 중요한가? 중요한 것은 내 돈 잘 써 주고 세금 계산 잘해 주는 거지. 그러니.

"그러면 실례지만, 혹시 시험을 좀 해 봐도 되겠습니까?"

"물론입니다. 작가님."

로웨나 로스차일드는 차가울 정도로 담담하게 고개를 끄덕였다.

다행히, 실제 능력은 의심할 바가 없었다.

예시로 가볍게 내 인세 장부를 보여 줬는데, 엑셀도 없는데 내가 봐도 깔끔하게 정리해서 보여 주더라.

"좋습니다. 그러면 제 전속 세무사로서도 계약을 부탁드려도 될까요?"

"아이쿠, 영광이지요. 작가님!"

참으로 기묘한 이들이라고 생각하긴 했지만……

뭐 어떠랴, 능력이 전부지.

* * *

"그래서, 능력만으로는 어떻게든 될 것 같습니다. 어쨌든 월터도 그렇게 붙임성 좋고, 로스차일드 가의 차세대랑 친해 둬서 나쁠 건 없잖아요?"

"……흠, 그것뿐인가?"

"예?"

나는 밀러 씨를 보았다.

밀러 씨는 살짝 뜻밖이라는 얼굴로 다른 곳을 보고 있었다.

특이하네, 저 양반이 저런 표정을 짓는 건 오랜만인데.

저건 밀러 씨가 정말 어이없어할 때만 짓던 표정이었으니까.

흠…… 혹시 로스차일드에 관련된 뭔가가 있는 건가?

그것도 아니라면…… 아?

"혹시 로웨나 양이요?"

"그래, 그 아가씨 말일세."

"글쎄요, 특이하긴 했습니다만."

그런데 굳이 알아야 할 필요가 있으려나? 나로선 그렇게 생각할 수밖에 없었다.

어쨌든 월터라는 로스차일드의 차기 가주가 있었던 만큼 빛이 바랠 수밖에 없기도 했지만, 원체 말이 없는 아가씨라서.

그 말에 밀러 씨는 살짝 고개를 끄덕이며 의외군, 대놓고 들이댈 줄 알았는데…… 라고 중얼거렸다.

뭔가 대충 뒷이야기가 있는 거 같은데, 물어보니 굳이 신경 쓸 필요는 없을 거 같다길래 그냥 그렇게 생각하기로 했다.

아무튼.

"밀러 씨, 그러면 이제 애쉬필드로 돌아가면 되는 겁니까?"

"아직 아닐세."

"예?"

뭐가 더 남았나?

나는 어리둥절해서 밀러 씨를 보았다.

재단도 다 꾸렸고, 불쌍한 소설가를 탄압하는 경제계 암약 단체도 때려잡았잖아. 뭐가 더 남았지?

"손님이 한 분 더 오시기로 했네. 내가 잘 아는 사람인데, 자네도 알아 두면 좋을 것 같아서."

"그게 누군데요?"

"날세!!"

아이쿠.

나는 밀러 씨의 타운하우스에 들이닥친 거구의 노인을 보고 깜짝 놀라 벌떡 일어났다.

그러자 밀러 씨도 자리에서 일어나더니 모자를 벗으며 그를 맞이했다.

"어서 오십시오, 조지 뉴스 씨."

"음! 오랜만이군, 프레드!!"

뉴스 씨라고? 나는 놀라 그를 보았다.

조지 뉴스라고 하면 스트랜드 매거진 나오는 그 뉴스 출판사 사장인데?

그러고 보니 밀러 씨는 이쪽으로도 잘 알고 있다고 했던가? 지역 유지들 간의 뭔가가 있어서.

아무튼 손님이 왔으니 손님맞이를 해야지.

나는 황급히 사용인들을 불러서 타운하우스의 주방에서 적당한 요깃거리를 세팅해서 가져오라 시켰다.

그리고 그 짧은 사이에, 조지 눈스 씨는 자리에 앉아 밀러 씨에게 침을 튀기며 말하고 있었다.

어엿하게 생기신 신사분이 급하기도 하셔라.

"프레드, 다 듣고 왔네! 내 앞에서 숨길 생각하지 말게!"

"저야 눈스 씨에게 언제나 정직하지요."

"그럼 왜 지금까지 내게 한슬로 진을 숨기고 있었나!"

에? 저요?

그는 참지 않고는 밀러 씨에게 득달같이 달려들었다.

그래, '참지 않고'다.

이 행동만으로도 그의 성향이 대략 예상이 갔다.

문제는 그런 사람이 날 찾고 있다는 점이지만.

내가 움찔거리자, 밀러 씨는 멱살이 잡혀 흔들리는 채로도 웃으면서 나와 눈을 맞췄다. 그리고 턱짓으로 조지 눈스를 가리켰다.

아, 이거 대충 장난칠 때의 표정이다.

다른 의미로는 그 정도로 가깝고, 그러니 믿어도 된다는 의미이기도 했다.

뭐, 그렇다면야.

난 가볍게 걸음을 옮겨 밀러 씨를 쥐고 흔들고 있는 그의 뒤로 다가갔다.

"왜 말이 없나? 당장 그 한슬로 진 작가를 데리고 오게! 전에도 말하지 않았나!"

"그, 저기 실례합니다."

"응? 아아, 미안하네. 조금 소란스러웠군. 하지만 내 지금 이 친구에게 따질 게 있어……."

"아, 그런 게 아니라요."

나는 웃음을 참지 못하면서 말했다.

"제가 바로 그 한슬로 진입니다."

"어? 어…… 어, 어?"

"네, 접니다."

나라고.

* * *

조지 뉸스.

현대 한국에선 별로 유명하지 않지만, 지금 이 시대에는 미국의 신문왕 허스트에 비견되는 '잡지왕'이라고 불릴 만한 사람이다.

스트랜드 매거진부터 시작해서, 와이드 월드 매거진, 웨스트민스터 가제트, 그리고 컨트리 라이프 같은 런던을 뒤흔들 잡지들의 창안자.

대중 시장이 원하는 주제로 잡지를 만들어 파는 데에 특화된 언론계의 거물.

뭐, 그런 사람이 나를 찾는 이유라고 한다면…….

"제발 좀 도와주게!! 이대로면 우리 스트랜드 매거진은 폐간하고 말아!!"

 뭐긴 뭐야, 셜록 홈스 땜빵이지.

 내가 기억하기로, 셜록 홈스가 죽은 건 1894년의 최후의 사건이었다.

 그런데 아서 코난 도일 이 양반, 뭐에 꽂혔는지 원 역사보다 빠르게 셜록을 죽어 버렸다.

 대체 뭐가 원인인지는 모르겠지만, 아무튼 그 이유로 스트랜드 매거진의 매상은 원 역사대로…… 아니, 그 이상으로 떡락했고 이윤이 존재 이유인 기업의 입장에서 이는 도저히 참을 수 없는 중대 사태였던 것이다.

 뭐, 아무리 그래도 폐간은 좀 과장인 것 같지만.

 그도 그럴 게.

 "지금 연재하고 계신 다른 작가님들도 대단하신 분들 아닙니까?"

 "물론 괜찮은 사람도 있지."

 그 말에 나는 고개를 끄덕였다.

 당연하지. 지금 연재 중인 작가, 내가 알고 있는 것만으로도 러디어드 키플링, 아서 모리슨, 찰스 그랜트 앨런 등등.

 셜록 홈스만큼은 아니지만, 대호평을 받고 있는 작가들이다.

 "하지만 난 고작 그 정도를 원하지 않아."

 "고작이라니요."

"문학적으로 좋은 작품이라는 건 인정하네. 하지만 그 작가들은 셜록 홈스나 자네, 한슬로 진만큼의 대중적인 작품을 쓰지 않아!"

한마디로 돈이 되질 않는단 말이야!

그는 그리 말하며 텅! 하고 탁자 위에 머리를 박았다.

아니, 그래도 키플링이 그 정도는 아닐 텐데.

뭐, '백인의 의무'니 하니 뭐니 하는 말을 만드는 등, 좀 지나치게 꼰대에 제국주의자에 병신 새끼긴 하지만…… 그 사람, 이 시대가 원하던 백인의 시대 정신 그 잡채 아니었던가. 그래서 판매량도 나쁘지 않고.

하지만 조지 뉴스는 이를 빠득빠득 갈며 말했다.

"그 인간, 지금 미국에 있네."

"아."

"좀 영국에 들어와서 진득하게 연재나 하라니까 말을 안 들어 처먹어! 아직까진 그래도 월간인데다 땜빵이 되니 망정이지, 대서양을 건너온 원고가 얼마나 대중을 잘 이해하겠나, 응?!"

그럼 어쩔 수 없지.

나는 무심코 고개를 끄덕일 수밖에 없었다.

좀처럼 바뀌지 않는 게 대중 취향이라고 보기도 하지만, 한 달 사이에도 순식간에 바뀌는 게 대중의 방향성이라는 거니까.

게다가 이 시기의 영국과 미국은 비슷한 듯하면서도 꽤

다른 사회다.

그런 의미에서 애쉬필드에 있던 내가 런던에서 인기를 끌었던 건 뭐…… 그나마 보편타당하다고 할 수 있는 동심과 사이다패스를 공략했기 때문이지 않았을까?

"그래서."

나는 잠깐 밀러 씨와 시선을 교환했다. 그가 고개를 끄덕이자, 나는 거침없이 물었다.

"제가 셜록 홈스를 대신할 신작을 써 주길 원하시는 건가요?"

"그렇다네. 돈은 섭섭잖게 주도록 하지."

그렇게 말하며 조지 뉴스는 자신이 생각한 금액을 읊었다.

흐음, 확실히 그가 당당하게 말할 만큼의 금액이다.

……내가 아직 재단을 굴리기 전이었다면 말이지.

"좀 부족한데요."

"으, 으음?!"

나는 히죽 웃으면서 말했다.

"말씀처럼 잡지의 위기잖습니까? 겨우 한 작품이라지만 그래도 경쟁 잡지에 실리는 건데, 저도 저쪽의 면을 살릴 만한 '명분'이 필요하지 않겠습니까? 좀 더 얹어 주시죠."

"아니, 작가가 여기저기 연재할 수도 있지 무슨……."

"아무튼! 저도 딱히 억지를 부리고 싶은 건 아닙니다."

어차피 인세라든지 나올 수 있는 돈은 상한이 있는바, 내가 원하는 것은 오히려 이쪽이었다.

"그래서, 그곳의 스폰서를 맡아 주시는 건 어떻습니까?"

내 말에 그는 잠시 멍하니 있다가 잠시 턱에 손가락을 가져다 댔다. 그렇게 잠시의 고민 후.

"……과연."

조지 뉴스가 입을 비틀었다. 역시 잡지왕이라 불리는 사업가라 그런가, 눈치가 빠르다.

"자선은 자선대로 하고, 감세는 감세대로 받겠다?"

뉴스 사가 이쪽의 후원에 들어오는 것으로 얻을 수 있는 이점은 여럿 있다.

우선 감세의 혜택.

지금 내 인세가 꽤 많이 벌어들이고 있고, 이 시기에 프리랜서 감세 혜택 같은 게 아닌 만큼, 내는 소득세도 좀 센 편이다.

그리고 지금의 영국에도 자선 재단에 투자하면 그만큼 감세해 주는 제도가 존재한다.

이러면 답은 나온 거나 다름없지. 기왕 내는 세금이라면 조금이라도 적게, 그리고 의미 있게 쓰이는 편이 좋으니까.

이것만 해도 상당하지만, 겨우 이 정도만 바랐다면 이런 제안을 하지 않았겠지.

내가 그를 이 일에 끌어들이고자 한 것은 보다 간접적인 이유에서였다.

우선, 이 시대. 카르텔이라는 말이 우스울 정도로 인맥 및 커넥션이 가진 파워가 어마어마하다.

가장 바닥인 하인조차도 추천서가 없으면 일하기 힘들 정도니 상류 사회 쪽은 오죽할까?

물론 내겐 밀러 씨라는 든든한 후견인이 있지만, 본디 이런 사업은 그 인맥이 거미줄처럼 빽빽이 얽히고설킬수록 견고해지기 마련.

게다가 조지 뉸스는 자수성가긴 하지만, 아버지가 성공회 목사이기도 했으니 미국 이민 출신인 밀러 씨와는 또 다른 루트의 인맥을 기대해 볼 수도 있을 거다.

무엇보다 이름 높은 출판사 둘이 얽힌 재단이라는 것이 주는 상징성 역시 무시할 수 없지.

이런 사업에 있어서 명분은 그 사업의 방향을 결정할 정도로 중요하기도 하니까.

기왕이면 왕실의 후견으로 지원까지 받고 싶긴 한데…… 그건 좀 무리겠지? 제아무리 뉸스 씨라 해도 왕실을 끌어들일 정도의 인맥은 없을 테니까.

아무튼 언론계의 큰손을 끌어들이는 셈이니 나에게 있어서는 이득이 많았다.

게다가 이게 나만 이득이 되는 일인가 하면…… 아니다.

조지 뉴스 사 역시, 감세를 받을 수도 있고 이미지 세탁을 할 수도 있으며, 대중 컨텐츠의 선구자인 만큼 대중의 미래를 위해서 투자한다는 명분을 가져갈 테니 결코 나쁜 장사는 아니겠지.

"우선 이런 느낌입니다. 어떤가요? 뉴스 씨에게도 상당한 득이 되리라 여겨집니다만."

"허허, 협상에 능숙하군. 혹시 자네 중국 출신인가?"

"아뇨, 코리아 출신입니다만."

과연 과연.

조지 뉴스는 다시금 이쪽을 지긋이 바라보더니 이윽고 만족한 듯 껄껄 웃으며 고개를 끄덕였다.

"좋아! 그렇게 하겠네."

"좋습니다."

내가 손을 내밀자 그가 강하게 맞잡으면서 위아래로 크게 손을 휘저었다.

이것으로 계약 성립.

자세한 내용은 이후 대리인을 통해서 계약서를 작성하면 되겠지.

하지만 그걸로 모든 게 끝난 건 아니었다. 오히려 본격적인 이야기는 지금부터 시작이라고 봐야겠지.

그도 그럴 것이.

"자, 그러면 이제 어떤 작품을 실을지 이야기해 볼까? 아까도 말했지만 내가 원하는 건 오직 재미! 대중이 재미를 느낄 수 있는 작품일세. 어중간한 이야기라면 설사 자네의 작품이라도 반려하겠어."

"그야 당연하죠."

어떤 작가가 기대 이하의 망작을 던지려고 생각하겠어.

내 대답에 그는 내심 기대된다는 듯한 눈빛으로 이쪽을 향했다.

"그래서 혹시 생각해 둔 이야기는 있는가? 아니면 뭔가…… 써 뒀던 이야기라든지."

마치 등 뒤로 두근두근 이라는 글자가 보이는 듯한 압박감이다.

이 아저씨…… 역시 아닌 척하면서 겁나 가슴 졸이고 있으셨구먼.

그런 모습에 보답하듯 나 역시 강하게 말해 주었다.

"아뇨, 그런 건 없는데요?"

"뭣?"

"이제 이야기됐잖아요? 당연히 이제부터 생각해 봐야죠."

정말 없는 건 아니지만 잡지의 성격에 어울리지 않거나, 전부 러프한 수준의 파편화된 밑그림에 불과하다.

그런 날것을 그대로 진행할 수는 없지. 상업성이 있는지, 대중들이 좋아할지, 장기 연재가 가능한 소재인지 등등 아직 답을 구해야 할 것이 산더미다.

"끙."

그도 그 부분엔 동의하는지 애써 신음을 삼키며 고개를 내저었다.

"그러면, 잠시만요."

나는 타운하우스 응접실 의자에 앉아, 수첩을 꺼내 들고 천천히 구상을 시작했다.

보자, 내가 지금 들어가는 건 〈셜록 홈스〉의 땜빵이지.

그리고 내가 연재를 진행할 잡지, 스트랜드 매거진은 처음 연재할 때부터 〈셜록 홈스〉의 영향을 받아 상대적으로 성인 취향, 이 시대답게 고딕 소설 범주에 속하는 작품이 많다.

그렇다면……, 비슷한 장르를 쓰는 게 어필하기도 좋겠지.

고딕 소설.

프랑켄슈타인의 괴물, 흡혈귀, 늑대인간과 같은…… 인간이 항거하기 어려운 존재들에 휩쓸린 평범한 사람들을 다루는 소설.

그러면서도, 그것들에 항거하는 기독교적 도덕률을 충분히 갖춘 이성의 전사들.

현대에서 비슷한 것을 찾아보자면 〈검은 검사(Berserk)〉나 〈지옥의 노래(Hell'sing)〉 같은 장르일까? 아니, 이 시기라면 〈드라큘라〉에 가까우려나.

'그렇다면.'

머릿속의 소재들을 이리저리 조합해 본다.

좋아. 이걸 이렇게 짜깁기를 하고, 거기에 연재에 적합한 설정을 넣으려면…….

정신을 차려 보니, 수첩 위가 빽빽하다. 정리되었다기보단 휘갈긴, 손가락이 만든 깜지였다.

좋아, 나는 모든 것이 조합된 내 나름의 마인드맵을 보며 고개를 끄덕였다.

"일단, 기본 베이스로는 추리가 들어갈 겁니다."

"추리라고? 혹시 탐정물인가?"

"하하, 그건 아니고요. 제가 그렇게까지 그걸 전문적으로 쓸 정도는 안 돼서……."

물론 나도 셜록 홈스 같은 추리 소설 자체는 좋아한다. 〈꼬마 탐정 남도일〉 같은 탐정 만화나 니시노 게이고(西野圭吾) 같은 본격파 추리 소설도 재밌게 봤고.

하지만 전에도 말했던가? 웹소설에서 추리 소설은 전혀 안 먹힌다고. 이건 작가들의 능력 문제가 아니라 연재 방식 자체가 추리 소설과 안 맞기 때문이다. 그래서 나도 써 본 적이 없다.

쓸 자신도 없고.

이런 상황에서 내가 〈스트랜드 매거진〉에 본격 미스터리 추리물을 내는 건 사실상 도박에 가깝다. 그것도 한없이 잃을 확률이 높은 도박.

마치 원 페어를 들고 올인 거는 미친 짓과 진배없다는 거지.

"대신, 추리를 양념으로 쓸 순 있겠죠."
"양념?"
난 두 눈을 똥그랗게 뜨고 이쪽을 바라보는 두 사람을 보며 가볍게 웃으며 답해 주었다.
"이번 소설의 주제는 간단합니다. 권선징악이죠."
"호오."
"그렇군요, 대충 장르에 이름을 붙여 본다면……."
난 밀러 씨 쪽을 힐끔 보면서 씨익 웃어 보였다.
"'히어로물'이 되겠네요."

던브링어

샌드허스트 사관학교, 그중에서도 기병과 기숙사의 어느 방. 이불 속.

"크흠, 큼. 그러니까, 에…… 파든(Pardon)?이 쏘리(Sorry)고, 서버에테(serviette)가 냅킨(napkin)이고……."

아버지가 아시면 경을 치실 것이다.

그렇게 생각하면서도, 위대한 말버러 공작가의 9대손, 랜돌프 처칠의 장남, 윈스턴 처칠은 지금 하고 있는 짓. 그러니까 '하류층 어휘 공부'를 멈추지 않았다.

원래의 그였다면 이런 입에 걸레 물은 것 같은 말 따위는 '절대 대영 제국의 긍지 높은 귀족이 할 짓이 아니다!'라며 거들떠보지도 않았겠지.

하지만 지금의 그는 그렇지 않았다. 아니, 오히려 적극적으로 공부하고 있었다. 그 이유는 오직 하나.

"크으, 이번 화도 빈센트는…… 최고군!"

그가 존경하는 대영 제국의 위대한 작가, 한슬로 진.

처칠은 한슬로 진이 연재 중인 잡지 〈템플 바〉는 물론, 〈위클리 템플〉 또한 매주 3부씩 구매한다.

어째서 3부냐면 당연히 독서용, 수집용, 그리고 포교용이다.

물론, 처음 〈빈센트 빌리어스〉를 봤을 때는 그도 다른 이들처럼 좋은 소리를 하지 못했다.

─맙소사! '빈민'이 귀족의 몸에 들어간다고? 이 무슨 뻐꾸기 같은 이야기인가!

─쓰레기통은 뚜껑을 잘 닫아야 하거늘, 귀족가의 치부들을 이렇게 함부로 들춰 놓다니! 에잉……!

─그 한슬로 진이 이렇게 말도 안 되는 중상모략을 하다니!! 대영 제국의 귀족은 언제나 왕실의 충실한 검이며, 지성인이자, 제국을 수호하는 방패인데!!

─이런 건, 이런 건 정도(正道)가 아니야아앗!

저 천박한 이스트엔드의 하류층을 옹호하고, 귀족의 비리를 비판하는 글이라니!

그건 마치 유다의 배신과도 같았다.

많은 이들이 배신감에 몸서리쳤고, 처칠도 처음엔 그

들과 다를 바가 없었다.

하지만 제아무리 겉으로 그리 생각한다 해도 몸은 정직한 법. 그는 이미 다음 권을 사고 있었다.

그다음, 그다음 책도 계속해서.

그리고 어느 날부턴가.

―〈빈센트 빌리어스〉가 비판하는 것은 귀족이 아니다.

그는 깨달음을 얻었다.

마치 예수 그리스도가 타락한 유대인들의 성전을 채찍으로 정화했듯, 한슬로 진이 〈빈센트 빌리어스〉라는 채찍으로 귀족들을 계몽하려 했다는 깨달음을.

―〈빈센트 빌리어스〉가 비판하는 것은, 귀족이면서 귀족의 책임(노블레스 오블리주)을 다하지 않는 그레고리 빌리어스와 같은 밥버러지들이다! 우리는 빈센트 빌리어스를 읽고, 귀족으로서의 몸가짐을 새로이 익혀야 한다!

혹자는 그것을 현실 도피라고도 부르겠지만, 어쨌든 윈스턴 처칠은 마음의 평화를 얻었다.

그리고, 다시금 상쾌한 마음으로 〈템플 바〉를 구매했다.

심지어는 빈센트 빌리어스를 따라 하기 위해, 하류층의

마음을 사로잡을 수 있는 '파든 잉글리시' 같은 더러운 말을 익히기 시작한 것이다.

그래, 빈센트 빌리어스처럼 똑하고, 미래를 읽는 선구자와 같으며, 도덕적이고 유능한 귀족이 되기 위하여!

물론.

"후욱, 후욱……."

겉에서 보기엔 그냥 소설에 과몰입한 쪼— 금 기분 나쁜 학생에 불과했지만 말이다.

마치 캐릭터와 자신을 동일시하는…….

그가 몸을 떨며 오늘도 자신의 멋진 미래상을 그리던 그때였다.

"위, 윈스턴! 윈스턴!!"

"뭐, 뭐야!! 노크 모르나, 노크!!"

윈스턴은 자신이 공부하던, 소위 '하류층 말 사전'을 후다닥 품에 넣으며 소리쳤다.

다행히, 그의 룸메이트는 그런 것을 눈치채지 못한 듯했다.

"이, 이것 좀 보게!!"

"아니, 이건!!"

대신 윈스턴은 눈을 부릅떠야만 했다. 그 이상으로, 중요한 일이 눈앞에 펼쳐졌기 때문이었다.

그도 그럴 게 룸메이트가 갖고 온 것은 다름 아닌, 밀반입한 〈스트랜드 매거진〉이었다.

"아니, 어디서 이런 불경한 물건을……! 설마 자네!! 셜로키언, 그 잡것들에 포섭된 겐가!!"

"아, 아니야! 그럴 리가 있나!! 난 그저……!!"

"조용!! 이봐! 누구 거기 없나! 이 불경한 이단자를 끌어내라!!"

"이단자!?"

그와 동시에, 기숙사 곳곳에서 검은 두건을 뒤집어쓴 이들이 튀어나왔다.

본래 샌드허스트.

대영 제국의 긍지 높은 육군 장교를 육성하는 이 학교의, 특히 기병과는 얼마 전까지만 해도 두 패로 갈라져 있었다.

다름 아닌, 그들이 보는 잡지에 따라서였다.

―샌드허스트의 긍지 높은 사관생도가 어떻게 〈빈센트 빌리어스〉와 같은, 귀족의 품위를 손상시키는 글 따위를 눈에 담을 수 있는가! 마땅히 기숙사에 비치될 잡지는 〈템플 바〉 따위가 아닌, 〈셜록 홈스〉와 같은 정의와 지혜를 담은 글을 담는 〈스트랜드 매거진〉임이 분명하다!

―말로만 귀족, 귀족! 그렇게 콧대만 높고 실속은 없으니, 크림 전쟁에서 기병들이 죽을 쑨 것이 아닌가? 이제는 변해야 할 때다! 〈피터 페리〉의 용기와 〈빈센트 빌리어스〉의 정의야말로, 우리 대영 제국의 기득권층이 나아

가야 할 길을 제대로 보여 주는 글이다!

〈셜록 홈스〉의 팬덤 셜로키언이 주장하는 〈스트랜드 매거진〉.
그리고 〈피터 페리〉와 〈빈센트 빌리어스〉의 팬덤 한슬리언(Hanslian)이 주장하는 〈템플 바〉.
런던에서 가장 인기가 좋은 두 잡지 중, 어느 쪽을 택하는가는 이들에게 중대 문제였다.
'그냥 둘 다 사 오면 안 되나?' 같은 회색 중립파는 이미 린치 맞고 사라졌다.
어차피 빡빡한 기숙사 규율을 뚫고 잡지를 들여오려면 둘 중 하나를 고르는 수밖에 없었으니까.
물론, 뒤로는 서로 교환하면서 보는 이들도 있었지만…… 원래 이런 건 자존심 싸움이다.
봐도 안 본 척하며 자신의 옳음을 관철하고픈 나이대인 것이다.
아무튼, 그 길었던 대치도 잠시.
결판은 전혀 의외의 방식으로 나 버리고 말았다.

―맙소사!! 〈셜록 홈스〉가 이렇게 완결이라니. 말도 안 돼!!
―모리어티, 모리어티!! 대체 어디서 갑자기 근본도 없는 말 뼈다귀 같은 놈이 튀어나와서 홈스를 죽인다고!? 이는 한슬리언 놈들의 수작이 분명하다!

―추하구나, 셜로키언 놈들!! 패배를 받아들여라!!

셜록 홈스의 완결.
 그걸로 중심을 잃은 셜로키언 파벌은 순식간에 무너져 내렸고, 한슬리언들은 축배를 들었다.
 그리고 그들의 중심, 윈스턴 처칠은 선언한 바 있다.

―이제부터 샌드허스트의 학사 정론지는 〈템플 바〉다! 반론은 받지 않는다!!
 ―근데 윈스턴, 자네 처음엔 〈빈센트 빌리어스〉가 귀족을 모독한다고, 한슬로 진이 이런 배신을 저지를 리 없다고 질색하지 않았던…….
 ―내, 내가 언제 그랬다고! 무엇 하는가! 사문난적이다! 쳐라!

자신에 대해서 너무 많이 알아 버린 동기를 파묻어 버리고, 윈스턴 처칠은 동료인 한슬리언들과 함께 패배자들의 눈물을 받아마셨다.
 그랬는데.
 "그런 역사를 배신하고, 감히 이 신성한 기숙사에 〈스트랜드 매거진〉을 들여와!?"
 "룸메이트지만 용서할 수 없다!"
 "이단은 화형! 화형이다!!"

"자, 잠시만!! 기다려 주게! 내가 그걸 갖고 온 이유가 있어!!"

동료들의 손에 묶여, 십자가형에 당할 뻔한 처칠의 룸메이트는 필사적으로 항변했다.

"어쩔 수 없군, 한때 룸메이트였던 정이다. 들어 주지."

"한때라니, 지금도 난 자네의 룸메이트……."

"할 말이 없다신다! 매달아!"

"표지! 이번 호의 표지를 보게!!"

표지?

윈스턴 처칠은 그 표지를 눈에 담았다. 그리고 그 표지에서 당당히 빛나는 이름을 보고 경악할 수밖에 없었다.

"……한슬로 진?"

"그래! 한슬로 진 작가님이 스트랜드 매거진에서도 연재를 시작했어!"

"어, 어디 보게! 어디!!"

제목은 〈던브링어(Dawnbringer)〉.

윈스턴 처칠은 빠르게 내용을 확인하기 시작했다.

그것은, 외팔의 몰락 귀족이 런던의 뒷골목에서 벌어지는 사건들을 추적하며 범죄자나 흡혈귀, 늑대인간 등의 악한으로부터 런던을 수호하는, 고딕소설의 향을 지닌 활극이었다.

"마, 맙소사!"

"이, 이건 말도 안 돼!"

"내용은?! 내용은 어떤가?!"

경악 속에서 잡지를 연 윈스턴 처칠은 더더욱 크게 경악할 수밖에 없었다.

빈센트 빌리어스보다 귀족적이고, 피터 페리만큼이나 박진감 넘친다.

정체를 숨긴 귀족이, 어둠 속에서 묵직하게 대도시 런던을 지킨다.

높다란 저 빅벤 위, 커다란 시계 위에서 런던의 밤거리를 내려다보며 신뢰의 도약을 펼치는 외팔의 귀족 신사!

이걸 대체 어떻게 참겠는가!?

하지만, 문제는.

"이, 이게 대체 왜 스트랜드 매거진에서!!"

〈빈센트 빌리어스〉가 연재되는 〈템플바〉.

〈던브링어〉가 연재되는 〈스트랜드 매거진〉.

이젠 어느 쪽을 구매해야 하는가.

샌드허스트에는 다시금 전운(戰雲)의 바람이 불어오고 있었다.

* * *

"하악, 하악, 하악……!"

별조차 제대로 보이지 않는 밤.

호젓한 호롱불조차 흔들려, 지독하게 검은 런던. 화이

트채플의 거리를 한 여인이 내달렸다.

 목적 따윈 없다.

 있었더라도, 잊어버렸다.

 지금은 그저 도망치고 싶다. 이 거리에서 멀어지고 싶다. 그 생각뿐이었다.

 걸으면 걸을수록, 마치 금방이라도 벼랑 끝에 떨어지는 게 아닐까 싶을 정도로 한 치 앞도 보이지 않는 거리. 깊은 물 속의 심연에 가까운 이 혼탁한 어둠으로부터.

 하지만.

 ―그르르릉……

 "히, 히이이익!"

 나직한, 동굴에서 울리는 듯한 울음소리에 여인은 숨을 들이켰다.

 아무리 내달려도, 내달려도, 내달려도.

 저 울음소리는 그녀를 따라왔다.

 마치, 세상 끝까지라도 그녀를 쫓아가…… 그 이빨로 그녀의 목덜미를 물어 채려는 것처럼.

 '아냐, 그럴 순 없어.'

 이런 곳에서 죽을 순 없다.

 이미 벌써 셋.

 처음엔 건너 방 지하의 자넷이 갈가리 찢겨 죽었다.

 그다음은 떠돌아다니던 집시 타냐가 물려 죽었다.

 꽃 같던 처녀 벨라도…… 아아, 그 광경은 생각하기도

싫다.

아무튼 그녀는 그렇게 죽기 싫었다.

어떻게든, 어떻게든 살아남아 사랑하는 아들을 껴안아 주리라…… 그러나 기이하게도 그녀는 거리에서 벗어날 수가 없었다.

새카만 어둠은, 혼탁한 어둠으로 그 농도만을 바꾸어 갈 뿐.

캄캄한 동굴 같은 야경 속에서, 여인이 푸르게 질린 얼굴을 들어, 가쁜 숨을 몰아쉬던 그때.

―터억.

"히, 히이이익!"

"부인, 진정하시죠."

온화한 목소리가 자신의 비명을 뚫고 귀를 간질였.

낮고, 따뜻한 바리톤의 듣기 좋은 음색이 그녀에게 손을 뻗어 왔다.

"괜찮으십니까, 카니스(Canis) 부인?"

"에, 에드, 에드먼드 남작님?"

"그렇습니다. 에드먼드 에어하트(Edmond Earhart)입니다."

그 이름을 확실히 듣자, 카니스 부인은 마치 요람 속에 돌아온 것 같은 온기를 느낄 수 있었다.

런던에서 제일 유명한 난봉꾼, 이름이 잊힐 정도로 몰락한 귀족이면서도 끝을 모르는 부자.

남편이 알면 질투하겠지만, 카니스 부인에게는 지금 이 순간 그 누구보다 안심되는 인물이었다.

"도, 도와주세요. 남작님!"

"저런."

에드먼드는 매력적인 쓴웃음을 지었다.

카니스 부인은 그것만으로 기분이 한결 나아지는 기분이었지만, 그다음 말을 듣고는 다시 나락으로 떨어져 버렸다.

"죄송합니다. 그럴 순 없겠군요. 부인."

"대, 대체 그게 무슨 말씀이세요?"

"저는 사람을 도우러 왔거든요."

괴물이 아니라.

에드먼드가 그 말을 내뱉은 그때, 빛을 가린 밤하늘이 열렸다.

그와 동시에.

─으르르릉!!

카니스 부인, 아니 그녀의 몸에 깃들어 있던 늑대인간이 거대한 털북숭이의 팔을 휘둘렀다.

한번 휘두른 것만으로도 돌벽을 부수는 그 괴력의 팔이, 남작의 왼팔을 벼락처럼 내리쳤다.

그러나.

"미안하군─ 이 왼팔은, 이미 다른 놈이 가져갔다."

연미복이 찢어지고 드러난 왼팔.

그것은 이미 주님의 피조물, 사람의 **뼈**와 고기로 된 것이 아니었다.

사람의 피조물. 강철과 톱니바퀴로 이루어진 금속성의 의수(Automail)가 드러났다.

이를 갈던 늑대인간은 한 발짝 물러서며, 그런 에드먼드를 노려보았다.

[하……! 그래서, 고깃덩어리가 뭘 할 수 있다는 거지!]

"흠, 의지는 이미 침식당했는가."

그렇다면 망설일 이유가 없다.

에드먼드는 그렇게 말하며 왼팔에 연성식을 입력했다.

그리곤.

"변신."

철컥, 철컥!

의수의 강판이 열리고, 톱니바퀴가 펼쳐졌다.

펼쳐진 톱니바퀴는 연미복의 위를 덮으며, 모자이크처럼 세밀하게 윤곽을 만들어 나간다.

끼이이익— 덜컥!

씨실과 날실이 이어지듯.

마술과 과학이 교차 되듯.

기어와 기어가 연결되며, 그렇게 마치 하나의 생물처럼 기계장치가 온몸을 휩쓸고 지나간다.

그리고 그 모든 것이 끝날, 고작 눈 한 번 깜빡할 사이.

푸슈우우우우—!

주변의 더러운 먼지를 한 번에 날려 버릴 듯.

증기의 폭풍이 한차례, 흩날려지고 그 자리에 모습을 드러낸 것은.

[자아.]

런던의 밤거리를 지키기 위해, 위대한 과학자이자 연금술사인 뉴턴이 숨겨 두었던 연구의 집대성.

새벽을 가져오는 톱니바퀴의 기사(Dawnbringer)였다.

[너의 죄를 세어라.]

* * *

최근 몇 달간 런던의 평범한 무역회사 과장 제임스의 기분은 퍽…… 끔찍했다.

'경제가 침체이고 그 책임이 누구 때문인가?'로 한동안 시끄러웠던 것은 넘어가자. 어차피 경기가 좋든 나쁘든, 그의 월급은 줄면 줄었지, 늘 일은 별로 없다.

그럼에도 그의 기분이 개 같았던 이유는, 그가 가진 또 다른 신분 때문이었다.

제임스는 부모님께 부끄럽지 않은 아들이었고, 아내의 신실한 가장이었으며, 딸 둘의 조금은 무뚝뚝한 아버지였지만, 동시에.

그는 베이커 스트리트 이레귤러스…… 쉽게 말해 긍지 높은 셜로키언 팬클럽의 간부였다.

물론 런던에서 셜로키언 클럽은 하늘의 별만큼이나 많다.

그렇기에 한 명의 회원이 여러 클럽에 소속되는 경우도 종종 있었다.

하지만 제임스는 다른 이들과는 조금 달랐다.

셜록의 배경이 되는 베이커 스트리트에 거주하고 있다는 자부심과 창립자 중 하나라는 이유로 더욱 열성적으로 팬클럽을 운영했다.

현생이 바쁘다는 이유로 고사했을 뿐이지, 만약 여유가 있었다면 클럽의 대표 자리도 맡을 수 있었을 것이다.

하지만 그런 삶의 낙도, 몇 달 전 완전히 끝났다.

〈셜록 홈스의 최후의 사건〉.

셜록 홈스의 완결. 모든 클럽들은 충격과 공포에 할 말을 잃었다.

그 뒤 몰려온 것은 분노였다.

―뭐가 최후의 사건이냐. 웃기지 마라. 항의 데모를 하겠다. 절대 용서하지 않겠다!

그런 생각이 모든 런던 셜로키언 클럽을 휩쓸었고 개중에는 정말로 폭력 사태를 일으킨 자들도 있었다. 물론 출동한 스코틀랜드 야드의 몽둥이질에 허무하게 스러져 버렸지만 말이다.

아무튼 그렇게 한차례 겪고 나자 남는 것은 공허뿐이었다. 현재의 그는 실 끊어진 연의 신세와 다를 바가 없었다.

'제길…… 코난 도일, 그 작자는 홈스를 죽여 놓고 한다는 짓이 그런 재미도 없는 역사 소설이나…….'

그렇기에 그는 아서 코난 도일의 신작인 〈망명자들〉의 불매 운동을 주도하기도 했다.

그 효과는 쏠쏠하긴 했지만, 복수는 아무것도 낳지 않는다고 하던가? 무엇으로도 마음속 공허함은 채워지지 않았다.

그러던 와중.

"어? 이건?"

셜록에 대한 갈증을 채우기 위해 습관처럼 샀지만, 매번 만족하지 못하고 실망했던 〈스트랜드 매거진〉을 펼치던 그는 이상한 점을 깨달았다.

표지에 그려진, 머플러를 휘날리며 고고하게 빅 벤 위에 올라 서 있는 중년 신사의 삽화.

그리고 그 아래 적혀 있는 문구.

〈던브링어〉라는 제목과 한슬로 진이라는 작가명.

"흐음, 한슬로 진 작품이라……."

솔직히, 그의 취향에는 잘 맞지 않았다.

〈피터 페리〉는 너무 꿈을 좇는 느낌이었으며, 〈빈센트 빌리어스〉는 그나마 나았지만, 돈과 권력에 집착하는 게 지나치게 세속적이었다.

돈이나 실적에 대한 것은…… 직장 생활로 충분했으니까.

하지만 사지 않았으면 모를까, 어차피 사 둔 거 안 볼 이유도 없지.

그는 큰 기대는 하지 않고 잡지를 펼쳤다.

그리고.

"오오…… 으오오옷!?"

마치 무언가를 깨닫듯, 눈을 부릅떴다.

이와 같은 일은 런던 곳곳에서 일어났다.

"와……! 미쳤다, 미쳤어!"

"기계 장치가 순식간에 갑주가 된다니…… 쿨하잖아?"

런던의 어둠 속에서 시민을 노리는 악당들을 물리치곤 멋진 대사와 함께 그 자리를 떠난다.

거기에는 이윤도 명예도 없었다. 그저 정의가 있었을 뿐.

런던의 밤거리를 지키기 위해서, 시민들의 밤을 위협하는 기기묘묘한 환상종(Legendary creature)을 쓰러트리며, 부모님을 살해하고 왼팔을 앗아간 사악한 악마를 찾아 나서며, 각종 동양의 무술과 서양의 기술을 몸에 익힌 몰락 귀족.

복수자이며 구원자인 그 서사에 독자들은 서서히 빠져들었다.

이런 로망 넘치는 이야기에 가슴을 울리지 않을 남자는 없었다.

"굉장해. 어떻게 이렇게 완벽한 영웅을!"

심지어 이 시기 런던은 실제로 인외마경이라 불릴 정도의 치안 공백을 자랑했다.

괜히 〈셜록 홈스〉가 유행한 것이 아니다.

시민들로서는 셜록을 대신해 에드먼드 에어하트의 행동에 공감하고, 동경하며, 찬양할 수밖에 없던 것이다.

―이런 인물이 곁에 있었으면 좋겠다.

―이런 인물과 친해지고 싶다.

―이런 인물이…… 되고 싶다.

그런 마음을, 제대로 관통한 것이다.

게다가.

"다들, 오늘 모임에 와 줘서 고맙네."

야근과 직장 스트레스로 심신이 지친 제임스조차도 마치 첫사랑에 빠진 소년처럼 가슴을 두근거리며 오랜만에 모임을 개최했다.

하지만, 그날 셜로키언들의 주제는 셜록 홈스의 부활을 위함이 아니었다.

"이번 스트리트 매거진의 던브릿거를 보았는가?"

"아니, 아직도 안 봤다고? 맙소사 자네, 인생을 절반이나 손해 보고 있군."

그건 일종의 신드롬처럼 번졌다.

이는, 단순히 팬심으로 끝나는 것이 아니었다.

"흠흠, 그래. 확실히 런던의 밤은 위험하지."

"음, 저런 늑대인간 같은 자들은 언제나 있는 법이지.

두 번째 사건에서 나왔던 살인마, 그런 자들도 흔하지 않던가."

"훗, 오랜만에 피가 끓는군……."

그들 대부분은 탁자 위에 기묘한 상자 같은 것을 올려놓았다.

상자의 뚜껑에는 슬라이딩 비밀 잠금장치 역할을 하는 두 개의 황동 십자가가 박혀 있었다.

그리고 그 상자 내부에는 더 많은 십자가, 권총 한 쌍과 황동 가루 플라스크, 성경책, 성수, 황동 촛대, 망치, 나무말뚝, 묵주 등이 구비되어 있었으니…… 다름 아닌 이 시대에 유행하던 '흡혈귀 사냥 키트'였다.

그런 그들을 만족스럽게 바라보며, 제임스는 고개를 끄덕였다.

"허허, 그래. 그래서 말인데 우리가 자경단(vigilante)를 구성하면 어떨까? 던브링거에서도 말했다시피 숙녀와 아이들을 지키는 것. 그것은 신사의 의무 아닌가."

"호오……."

"크흠, 그래 내 여태껏 바리츠(지팡이로 행하는 〈셜록 홈스〉의 창작 무술)를 익힌 게 오늘을 위해서였지."

"그러다 혹시 아는가? 우리도 뉴턴의 유산을 발견하게 될지?"

"뭐 하는가, 당장 가세나!"

바야흐로.

런던은 대자경시대를 맞는다.

* * *

"으하하하! 성공, 성공!! 대성공이다!!"

〈스트랜드 매거진〉을 출간하는 런던의 언론 대기업, 조지 뉴스 출판사.

그리고 그 출판사의 사장, 조지 뉴스는 쾌재를 부르며 〈금주의 영업 매출표〉라고 그려진 그래프에 가파른 곡선을 꺾어 올렸다.

"드디어, 마침내!! 몇 달 만에 회복세란 말이냐!!"

"축하드립니다, 사장님!!"

"참고 기다려온 보람이 있습니다!!"

〈스트랜드 매거진〉 담당 편집자들 또한, 그런 사장의 모습에 동조하며 환호성을 올렸다.

아닌 말로, 〈셜록 홈스〉가 뜬금없는 완결을 내고 몇 개월. 그들은 일각이 여삼추 같았다.

셜록 홈스 원툴. 아서 코난 도일이 없으면 끝나는 퇴물.

심지어 공공연하게 '이제 스트랜드 매거진은 끝났으니 이쪽으로 넘어오지그래?'라는 조소까지 들었으니. 그들이 얼마나 기나긴 모멸과 핍박의 시간을 보냈는지는 아마, 그들 자신밖에 공감하지 못할 것이다.

하지만 그것도 이제는 오늘로 끝.

사장이 직접 영입해 온 한슬로 진과 〈던브링어〉와 함께! 그들은 다시금 긍지 높은 삶으로 돌아갈 수 있을 것이다!

보다 정확히 말하자면 이번 분기의 보너스를 기대할 만하다는 소리였다.

물론 아직은 그저 회복세.

단 한 번에 〈셜록 홈스〉가 연재되던 그 시절의 매출로 돌아가는 것은 불가능하다. 어쨌든 월간 연재니까.

하지만 그래도 지난번의 두 배…… 그러니까 전성기의 20%까지는 매출을 회복한 게 사실이며.

무엇보다, 이번 한슬로 진 영입이 성공적인 이유는.

"기존에 구매하지 않던 지역에서의 매출이 눈에 띄게 올라가고 있습니다!"

"예상보다 더 반응이 좋은데요? 셜로키언 클럽에서도 자발적으로 작품 홍보를 하고 다닌다고 합니다."

"거봐, 역시 한슬로 진 이상의 약빨이 없다고 하지 않았나!!"

조지 뉴스는 당당하게 소리쳤다.

사실 그 자신도 이게 이렇게까지 성공할 줄은 몰랐다.

한슬로 진을 이용해서 새로운 바람을 주길 바란 것까진 사실이었으나, 이는 셜로키언들을 달래는 것보다는 새로운 독자층, 특히 한슬리언들을 유입시키기 위함이 더 컸다.

솔직히 갑자기 주인공을 죽이곤 '3부 끝! 완결!'이라면서 도망쳤는데 그걸 용납하는 독자가 대체 얼마나 있겠는가.

그들도 판매자가 아닌 한 명의 독자로서, 그 기분은 십분 이해할 수밖에 없었다.

그런데 놀랍게도, 목표였던 한슬리언들 뿐 아니라, 그들이 포기했던 그 셜로키언들까지도 움직인 것이다!

"좋아, 잘됐어! 기왕 이렇게 된 거 대대적인 홍보를 내보내지. 셜록 홈스를 잇는 자, 런던의 수호자 에드먼드 에어하트! 같은 문구를 우리 쪽 모든 잡지에 뿌려! 바람을 탔을 때 빨리 치고 가야 한다! 기존 '흡혈귀 사냥 키트'를 개조한 특제 '환상종 사냥 키트'도 팔고 있지?!"

"예, 물론입니다!"

"그럴듯한 형태로 갑옷을 만들어 파는 것도 잊지 말게! 물론 별매품으로!"

그리고 조지 뉴스는 이 시대, 세계 최고의 중심 도시인 런던에서 당당히 '잡지왕'이라고 불린 수완가답게 빠르게 움직였다.

그가 할 수 있는 모든 방법을 동원해서 이 유행을 부추겼다. 기름을 부었다. 불을 더더욱 키웠다!

셜록 홈스를 팔면서 얼마나 많은 파이프 담배 회사와 제휴를 맺었던가.

조지 뉴스는 그것을 잊지 않고 발 빠르게 저작권 신청

을 냈으며, 철물 회사들과 제휴를 맺었다.

이게 다 돈이다, 돈!

"저, 그런데 사장님. 아이작 뉴턴의 무덤이 있는 웨스터민스터 성당에서 팬보이들이 너무 많이 찾아온다는 공문이 왔는데요. 도저히 관리가 안 된다고……."

"어허, 그게 뭔 대수라고. 정 뭐하면 입장료를 받으라 하게! 자본주의 시장에 손님 많으면 이득이지 뭐가 문젠가?"

"아니, 그래도 근처 땅을 삽으로 파헤치는 사람들도 있다고……."

"우리는 한낱 출판사야! 거기까지 어쩌겠나! 알아서 잘 관리하라고 하게! 스코틀랜드 야드도 부르고! 아니, 애초에 야밤에 공동묘지 파는 놈들이야 원래 많지 않았나?"

"어, 음…… 네. 그리고 왕립학회(The Royal Society)에서 아이작 뉴턴은 법으로 금지된 연금술 연구 따위 한 적 없다고 항의 전화가 왔는데요?"

"무시해! 요즘 세상에 뉴턴이 금 만들겠다고 뻘짓한 거 모르는 사람도 있었나? 어차피 걔들도 다 알면서 형식상 그러는 거야!"

"스코틀랜드 야드에서 정체불명의 자경단이 늘었다는 얘기가……."

"그건……! 어, 좋은 일 아닌가?"

아무튼 별의별 이야기가 들려 오며 사소한 사건 사고가 터지고 있긴 하지만, 고작 그 정도는 그들에게 아무런 문제도 아니었다.

이미 셜로키언들의 테러와 살해 협박을 너무 많이 받은 조지 뉴스 사의 직원들은, 이런 사소한 일 따위에 흔들리기엔 너무 강해져 있었다.

"좋아! 좋아! 이대로 쭉 가 보자고! 우리 스트랜드 매거진의 제2 황금기의 시작이다!"

돈이 들어온다. 기업에게는 오로지 그것만이 중요할 뿐이었다.

* * *

―끝도 없이 펼쳐진 평원. 별이 올올히 박힌 밤은 그야말로 바다와 같았으며…….

"아냐, 이게 아냐!"

아서 코난 도일은 또다시 쓰던 원고를 찢었다.

찢어진 종이가 마치 낙엽처럼 휘날렸지만, 그는 거기서 시상을 떠올리긴커녕 오히려 감각이 죽어 가는 느낌이었다.

벌써 열 번째.

기껏 글감을 받아왔는데도 불구하고, 이렇게까지 글이 안 풀리다니.

"끄으으응."

생각해 보면 당연한 일이긴 하다.

'한때 구대륙을 통째로 지배했으나, 흑사병이라는 신의 철퇴를 맞아 몰락하는 몽골제국'.

그 자체는 좋은 소재가 될 것 같으나, 문제는…… 그가 몽골제국에 대해 아는 게 거의 없다는 점이었다.

그들이 천막에 사는지 건물에 사는지, 기본적인 계급 체계서부터 심지어 그들이 마시는 술이 마유주인지 와인인지까지.

기초적인 지식이 있어야 머릿속에 그림을 그릴 수 있으며, 그렇게 그린 그림을 문장으로 바꾸고, 그 문장을 문학적인 규칙에 맞게 배치해야 소설이 성립할 텐데.

'내가 어찌 이런 기초적인 것조차 잊고 있었단 말인가.'

아서 코난 도일은 흰색의 지옥과도 같은, 공백의 종이를 보며 생각했다.

그 공백은 그의 두 손으로 다 덮을 정도로 작았으나, 동시에 세상에서 제일 넓은 미로처럼 보이기도 했다.

이상한 일이었다.

그 싫어하던 〈셜록 홈스〉를 집필할 때면, 하루에 3천 단어 정도는 예사로 쓸 정도로 빠른 속필을 자랑하는 그가 아니었던가.

그런데 지금은? 3천 단어가 뭔가, 세 글자도 제대로 쓰기가 어려웠다.

마치 폭포수처럼 떨어지던 만년필의 잉크는 신화 속 가뭄만큼이나 메말랐고, 유려하게 내달리던 손목은 그저 돌덩이에 눌린 듯 무거웠으니…… 그야말로, 한 글자라도 제대로 나아가면 다행인 수준이었다.

"후우우우……."

대체 어찌하여 이런 일이 일어나는 것인가…… 그가 정말 좋아하고, 사랑하는 역사 소설을 쓰는 것인데. 어찌하여 단 한 자도 발을 내디디며 나아갈 수 없는 것인지.

"……."

아니, 정정하자. 아서 코난 도일은 이미 이유를 알고 있었다.

두렵기 때문이다.

'내가 이것을 쓴다고 해서, 과연 나를 뛰어넘을 수 있을까.'

추리 소설 작가로서의 아서 코난 도일.

그건 역사 소설 작가로서의 아서 코난 도일에게 있어서, 그 누구보다 강력한 적이자 증오스럽기 그지없는 상대였다.

하물며 이미 네 번이나 패배했다.

한 번 쓰러졌다 다시 일어나는 것은 도전이라 부른다.

두 번 쓰러졌다 다시 일어나는 것은 용기다.

세 번 쓰러지고 다시 일어나는 것이 끈기라면.

네 번이나 쓰러졌음에도, 다시 일어나는 것은 무엇인가.

아서 코난 도일은 고뇌할 수밖에 없었다.

그것을 꺾이지 않는 마음이라고 부르는 것은…… 그저 자신만의 착각이 아닌가. 그 답이 아집(我執)이라는 것을 알고 있음에도, 그저 그 사실에서 구차하게 눈을 돌리고 있을 뿐이 아닐까.

"후……! 어쩔 수 없군."

아서 코난 도일은 한번 크게 한숨을 쉬며 잠시 머리를 식히기로 했다.

안 될 때는 안 되는 것이다.

의사 공부할 때도 마찬가지였다. 이럴 때는 최대한 떨어져서, 처음부터 다시.

초심을 되찾아야만 했다.

"음, 벌써 시간이 이렇게."

마침 그 조선인 청년에게 건네준 쪽지에 적었던 시간이 다가오고 있었다.

그 청년이 올지 안 올지는 모르지만 미리 기다리고 있어야겠지.

좋아, 기왕 이렇게 된 거 청년을 만나서 다시금 청량한 동양의 바람을 머리에 집어넣는 것도 나쁘지 않겠다.

그렇게 생각하며 몸을 일으킨 그의 눈에 문득, 집필을 위해 잠가 둔 방문 앞에 놓인 무언가가 보였다.

"응? 저건……."

그것은 잡지였다.

그것도 무척이나 익숙한 제목과 형태의 잡지.

〈스트랜드 매거진〉.

이젠 연재 계약이 끊겨 보내 줄 필요가 없는데도, 뉴스 사에선 마치 도발이라도 하듯 계속해서 한 부씩 보내오고 있던 것이다.

"흐음."

이제는 애증의 대상이 된 물건이지만, 아서 코난 도일은 애독가로 서의 자신조차 포기할 수는 없었다.

게다가 이번 표지가 지금까지와 전혀 다른 것을 보면 새로운 작품이 연재되는 모양이다.

그것도 상당히 기대작이.

'지난 호에서는 그런 낌새가 전혀 없었거늘…….'

왠지 모르는 음모의 냄새에 특유의 호기심이 자극됐다.

그렇게 흥미를 갖고 잡지를 넘기려던 그 순간.

"……한슬로 진?"

예상치 못한 필명에 아서 코난 도일은 어리둥절해 할 수밖에 없었다.

물론 이 시기에 잡지 전속 계약이란 개념은 없다.

아서 코난 도일 자신도 가끔, 〈셜록 홈스〉에 포함되지 않은 단편을 〈템플 바〉에 한두 편 정도 보낸 적이 있었다.

하지만 지금 이 작품은 명백히 그런 궤에서 벗어나 있다. 표지도 바꾸고, 어두우면서도 분위기 있는 일러스트로 눈을 사로잡는 등, 대대적인 변화를 보이고 있으니까.

그래, 마치 간판 작품을 바꾸려는 듯한······.

그런 의구심을 품고, 읽기 시작한 〈던브링어〉는.

"이건······!"

아서 코난 도일은 깜짝 놀랄 수밖에 없었다.

전에도 보인 적 있긴 하지만, 한슬로 진이 이번에도 완전 다른 방식의 작품을 들고 왔기 때문이다.

"이번엔······ 고딕 소설인가?"

아니, 고딕 소설이라기엔 조금 암울한 느낌이 덜한가?

뭐랄까······ 고딕 소설에 추리 소설과 12세기 기사문학을 섞은 것 같은 느낌이라고 해야 할까.

〈피터 페리〉와 같은 동화도 아니었고, 〈빈센트 빌리어스〉 같은 교훈이나 사회 비판을 담은 책도 아니다.

"이렇게 다른 걸 잘도 계속해서 만들어 내는구먼."

뭔가 겹쳐지는 게 있다면 모르겠다만, 장르 하나하나가 파격적이다. 심지어 그렇게 다른 것에 자신의 색은 그대로 녹여낸 채 툭툭 던지듯 낸다니······.

"어떤 의미로는 부럽기도 하군."

방금까지 그를 괴롭히던, 슬그머니 고개를 드는 어두운 마음을 애써 억누른 채, 그는 내용을 확인하기 시작했다.

"흐음······."

활자의 바다에 빠지기까지는 그리 오래 걸리지 않았다.

그것은 〈피터 페리〉와 같은 알기 쉬운 매력을 갖고 있었고, 〈빈센트 빌리어스〉만큼이나 런던 시민들이 몰입하기 좋은 구조를 갖추고 있었으며, 둘에게는 없는 본격 활극으로서의 새로운 청량감을 느낄 수 있었다.

"……추리는 애매한 수준인가."

물론, 추리라고 하기엔 사건의 진행과 과정이 지나칠 정도로 짧고 단조로웠다.

'카니스 부인의 옷깃에 런던 비둘기의 깃털이 붙어 있었기에, 그녀가 늑대인간이라는 것을 알았다고? 과정은 나쁘지 않았지만 여기서는 부인과 잠시 동행하면서 깃털의 의미와 트릭을 더해 주는 게…….'

독자에게 사건의 범인을 추측할 틈을 주지 않고 궁금증이 팍 솟아오를 때쯤엔 바로 답을 알려 버린다.

이러면 범인을 찾아내는 추리하는 맛이 확 죽어 버릴 수밖에 없다.

한슬로 진, 설마 추리물은 본 적이 없는 사람인가?

'아니, 그건 아니야. 추리의 기본 단계나 긴장감 등은 확실하게 잡고 있어. 복선을 이용하는 것도 놓치지 않았지. 이건 이쪽 장르에 대한 이해가 없으면 하기 어려운 부분이다.'

동시에 그의 머릿속 노트의 문장이 고쳐 써진다.

―한슬로 진은 아마 추리 소설을 많이 봤던 인물일 것이다.

하지만 그렇다면 더더욱 의문이 남는다.

"어째서, 이렇게 쓴 거지?"

이 작품은 추리 소설의 금기를 자연스럽게 어기고 있다.

근본적으로 사건의 해결에 초자연적인 수단을 쓰고 있다는 점도 그렇지만, 수단(How done it)보다는 사유(Why done it)에 집중하고 있으니.

마치, 원래부터 추리는 이 세계관에 대한 호소력이나 독자들의 긴장감을 유발시키기 위한 '도구'로만 생각했다는 듯이.

"그렇다면 원래부터 그렇게 여겼다는 건데…… 접근법이 기이하군, 틀이 완전히 부서져 있어. 광인(狂人)의 그것과 비슷해."

본디 사람이 기존의 틀을 깬다는 것은 쉽지 않다. 그게 제아무리 뛰어난 인물이라도 그러하다.

당연하다. 사람은 자신의 경험에 기반해서 세상을 바라보고 생각하니까.

인간이 날개 끝 깃털의 감각이나 꼬리를 어떤 방식으로 움직이는지 이해할 수 있을까?

그건 불가능하다.

그게 가능했다면 아마 그런 틀이 부서져 있는 광인이거나 아니면 전혀 다른 새로운 틀을 '경험해 본' 인간이리라.

불가능을 제외하고 남은 것은 아무리 믿을 수 없어도 진실이다…… 그렇다면 한슬로 진은 광인인가?

'아니, 그것도 아니군.'

그렇다고 하기에 그가 쓰는 글은 명백한 규칙을 지니고 있었다. 어떨 때 보면 반드시 이래야 한다는, 일종의 답을 풀어내듯 진행된다.

단순히 영감이나 순간의 번뜩임으로만 글을 쓰는 게 아니라는 소리.

정신 이상자들 특유의 일그러진 밸런스도 없다.

마치. 정말로 다른 세계에서 살다가 온 사람처럼.

"……그렇군. 불가능하지 않았어."

그의 머릿속에, 비슷하지만 다른 청량감을 주었던 한 남자가 떠오른다.

그 조선인 청년.

그는 영어로 능숙하게 대화를 나누긴 했으나, 근본적으로 생각 저변에 깔린 가치관은 유럽인인 자신과 크게 달랐다.

그렇다면.

그의 머릿속 노트의 문장이 하나 더 채워진다.

―한슬로 진은…… 유럽이 아닌 다른 문화권에서 나고 자란 사람이다?

확신은 할 수 없다. 하지만 아마, 유럽에서 자라진 않았을 거다. 그러기엔 지극히 이질적이니까.

그리곤 시야를 내려 표지 한편에 적혀 있던 단어를 확인하였다.

런던의 영웅(a hero of London).

이게 이 작품의 아이덴티티인 모양이다.

Hero, 영웅이라…… 솔직히 그가 좋아하는 타입의 인물은 아니었다.

유치하고, 쓸데없이 진지한 척하고, 겉멋이 잔뜩 들었다.

변신 장면이라는 것도 그렇다. 쓸데없이 포즈를 취하고, 에너지를 소모하면서 전투 직전에야 환복 한다니. 어째서 미리 입고 오지 않은 것인가?

그리고 적은 대체 왜 그렇게 무방비한 상황에서 공격하지 않는 거지?

게다가 마지막, 적을 마무리하기 전에 취하는 그 요상한 자세는 또 무엇이고?

효용성이라곤 눈곱만큼도 찾을 수 없는 비효율의 극치였다.

하지만.

'멋은…… 있다!'

이게 추리 소설로는 낙제에 가까운 어설픈 추리라는 것도 별 상관이 없었다.

스스로 셜록 홈스를 쓰면서도 소재가 안 떠올라서 현실적으로 맞지 않는 추리를 늘어놓던 적이 얼마였으며, 그걸 떠올릴 때마다 얼마나 이불을 걷어차고 싶던가.

 요는, 진짜로 현실적으로 맞느냐 아니냐가 중요한 게 아니다.

 그 추리가 얼마나 탐정을 '있어 보이게', 그리고 '자연스럽게' 보이느냐였다.

 그리고 아서 코난 도일이 단편을 덮었을 때, 그는 이미 스스로가 '에드먼드 이어하트 남작'이라는 이를 받아들였다는 사실을 인정할 수밖에 없었다.

 "……후우."

 아서는 깊은 한숨을 쉬었다.

 인정할 수밖에 없었다. 그는 한슬로 진의 신작 소설을 충분히 즐겼다.

 그리고 혼란스러웠다.

 자신은 분명, 이러한, 유치하고 쓸데없이 겉멋만 잔뜩 든 초인적인 능력을 가진 '누군가'가 활약하는 작품엔 진절머리가 났을 터인데…….

 그것은 그가 그간 보여 왔던 것과는 정반대의 스탠스였다.

 순간, 그는 깨달았다.

 "하, 그래서였나."

 〈던브링어〉의 '에드먼드 이어하트 남작'. 그 인물을 보며 자신이 묘한 기분이 든 이유를 깨달은 것이다.

 그는 그가 만들어 낸 피조물…… 셜록 홈스와 닮아 있었다.

물론 하는 행동, 말투. 호색과 사치로 스스로를 포장하는 경박한 귀족이라니. 겉의 행태는 셜록과 전혀 다르다.

하지만…… 그 근본이 일치했다.

그런데도 셜록은 죽여 버리고 싶었을 정도로 싫어했으면서 '에드먼드 이어하트 남작'에는 호감을 느끼고 재미있어한다니. 이와 같은 모순이 어디 있겠는가.

그렇다면 그는 정말 셜록 홈스를 미워하긴 했던 것인가?

아니, 그 이전에.

'나는 왜 셜록 홈스를 썼는가.'

심심해서, 라는 대답은 오답이다.

물론 그 악랄한 세금징수원조차 고개를 젓고 돌아갈 만큼 손님이 없긴 했다. 여유 시간을 주체하지 못한 것도 사실이다.

하지만 그랬다면 원래 쓰던 역사 소설이나 더 다듬었을 터, 추리 소설이라는 '외도'를 저지르지는 않았을 것이다.

그럼에도 그는 외도를 저질렀다.

그 이유는.

'그래. 단 하나였다.'

재미있었기 때문에.

그의 심심한 시간을 달래 주는 소설 중에서, 가장 재미있는 소설 장르가 추리 소설이었기 때문이다.

재미는 전염된다.

그는 그 스스로도 그 전염의 보균자가 되고 싶었고, 그래서 사람들에게 재미를 주고 싶다는 욕망이 생겼다.

답답한 런던. 허구한 날 터지는 범죄. 그 우중충한 현실에서 사는 사람들에게 희망을 주고 싶었다.

힘들여 사는 세상, 구원은 없는가? 신은 정말 존재하는가? 저 안개와 먹구름, 제대로 보이지도 않는 푸른 하늘 너머에?

없을지도 모른다. 아니, 있어야 한다.

그렇기에 그는 신의 대변인, 신을 대신하여 범죄를 밝히고 런던의 시민들에게 절친한 이웃으로 살아가는 젊은 고문탐정(顧問探偵)을 창조했다.

불의(不義)를 참지 못하지만 솔직하지 못해 그것을 '재미'로 포장해야 하며.

친구를 위해 모든 지 할 수 있지만, 스스로의 지성을 날카롭게 다스리기 위해 냉정한 척해야 하고.

예술을 사랑하고 감정에 충실하지만, 사실은 그 누구보다도 이성적인 칼날과도 같은 매부리코의 남자.

그것은 아마 아서 코난 도일 자신일 수도 있었고, 존경하는 은사 조지프 벨일 수도 있었다.

그렇게 처음엔 두근거리던 마음으로 썼던 소설, 그러나 그런 마음이 변하기 시작했던 것은 언제였더라……

기계적으로 플롯을 머릿속에 떠올리고, 기계적으로 장치를 짜기 위해 머리를 굴리고, 기계적으로 글을 쓰고.

그렇게 그는 흥미를 잃어 갔었다.

"영웅(Hero)이라."

아서 코난 도일은 스스로 반추하다가, 우연히 떠올린 한 단어에 집중했다.

영웅.

그래. 그는 영웅을 만들고 싶었다.

그것은 환부를 치료하는 의사처럼, 또는 바닷속에서 배를 노리는 고래를 오히려 겨냥하는 포경선처럼.

런던의 바다와도 같은 안개 뒤에 숨어 평범한 사람들을 노리는, 범죄자들을 노려보고 처단하는 영웅.

한편으로는 사람들에게 희망의 별이 되어 줄, 또 누군가에게는 사람들에게 아직 당신의 편이 되어 줄 수 있노라 속삭이는.

그런, 영웅을 만들고 싶었다.

"하, 하하. 하하하하!!"

순간 아서 코난 도일의 머리를 환희가 가득 채웠다.

그래. 생각해 보니 그 역사 소설 〈아이반호〉도, 위대한 기사 소설인 〈돈키호테〉도 결국은 형태가 다를 뿐, 영웅에 대한 이야기가 아닌가.

"재미있군. 정말 등잔 밑이 어두웠어."

눈을 가리던 비늘이 떨어져 나가는 것 같다. 머리를 헤집던 벌레가 사라진 것 같다. 아랫배에 꾹 눌려 있던 돌덩이를 부순 듯하다.

몸이 가볍다. 펜을 드는 것만으로도 기분이 좋아진다.
"이젠, 아무것도 두렵지 않아."

* * *

"늦네에……."
아서 코난 도일과 맨 처음 만났던 예의 펍.
나는 여전히 엉뚱한 사람만 오고 가는 문을 보며 투덜거렸다.
먼저 만나자고 한 게 누군데 이렇게 늦는 거야?

아서 코난 도일의 출장

"헉, 헉……."

어렴풋이 보이는 빅벤의 침은 어느새 4를 가리키고 있었다. 이럴 생각은 아니었는데 시간이 너무 오래 지나 버렸다.

딸랑—! 딸랑—!

부서질 듯이 거칠게 연 문. 그 끝에는 그렇게 기다리던 청년이 앉아 있었다.

난 가쁜 숨을 애써 삼키며 그에게 다가가 말을 걸었다.

"미안하네. 내가 좀 많이 늦었……."

"그래서, 셜록은 왜 죽이셨죠?"

"군…… 어?"

"왜 죽이셨냐고요."

"어어?"

* * *

 오랜만에 만난 의사 아저씨와의 재회는 최악…… 까지는 아니었지만 썩 좋지도 않았다.
 뭐, 약속 시간을 정해 준 사람이 늦게 나온 것까지는 그렇다고 치자.
 그런데 막상 만난 당사자의 행색이 엄청났기 때문이다.
 머리는 마치 며칠은 못 잔 듯 산발이 되어 있고, 얼굴에 묻은 땀은 비라도 온 듯 범벅에 수염도 제대로 정돈이 되지 않았다.
 내가 기억하는 '말쑥한 런던 신사'의 모습과는 완벽하게 동떨어진 모습.
 오죽하면 펍의 마스터가 놀라서 그에게 달려갔을까.
 "아니, 코난 도일 선생님!! 강도라도 만나신 겁니까?"
 "아, 아닐세. 짐. 걱정하지 말게. 미안하지만 물수건 좀 가져다 주겠나?"
 "물론이지요."
 지금까지 봤던 이 양반과는 전혀 다른 모습이라 당황스럽긴 한데…… 그래도 말할 건 해야지.
 그래서 바로 박아 버린 거다.
 '왜 셜록을 죽였냐고.' 수많은 셜로키언의 대변자로서

말이지.

그러자 그는 잠시 '어? 어어?' 같은 느낌으로 멍한 표정을 짓더니 침묵하였다.

자, 어떻게 나올까? 화를 낼까? 아니면 울음을 터트릴까? 그의 성격을 생각해 본다면 조용히 타이를지도…….

그런데.

"그래. 그게 바로 나의 죄악이었지."

"……예?"

뭐지, 이 반응은?

나는 예상과 다르게 너무나도 푸근한, 단 한 점의 분노도 조바심도 느껴지지 않는 그의 얼굴에, 되려 놀라 버렸다.

뭔가 악에 받쳐서 홈스를 죽였다는 '그' 아서 코난 도일이라기보단, 달라이 라마나 법정 스님 같은 대선사에게나 어울릴 법한 표정.

그러면서도 굉장히…… 자연스러웠다.

뭐지? 대체?

"청년, 솔직히 말함세."

"아, 예. 경청하겠습니다."

"나는, 유혹에 빠져 있었네."

어, 음.

나는 아무 말도 하지 못하며 그저 멍하니 아서 코난 도일을 바라만 보았다. 무슨 종교 체험이라도 듣는 기분인데, 이거.

"……유혹이요?"

"그렇다네."

나는 슬쩍 물수건을 갖고 온 마스터를 흘낏 보았다.

따끈따끈한 물을 적신 천을 갖고 온 우락부락한 대머리 마스터는, 통나무 같은 팔뚝으로 조심스럽게 탁자 위에 천을 올려놓더니…… 그대로 도망쳤다.

아무래도 나처럼 귀찮아질 거 같은 분위기를 간파한 모양이다.

"아, 짐이 가져다줬군. 미안하네. 잠시 세수 좀 하겠네."

"예, 예. 마음껏 하시죠."

아니, 도망칠 거면 나도 같이 좀…… 다시 몰래 마스터에게 신호를 보내 봤지만, 그는 아까 닦았던 잔을 다시 열심히 닦는 척을 하며 모르쇠로 일관하였다.

음, 어쩔 수 없지.

난 하는 수 없이 포기하고는 숨을 고르고 있는 대작가에게 말을 걸었다.

"그래서, 그게 대체 무슨 말이신가요. 설명을 좀 부탁드립니다."

"흠. 그렇지. 내가 설명이 부족했군."

간단하네.

아서 코난 도일은 내가 슬며시 주문해준 진저에일을 한 모금 마시더니, 깊은 한숨을 쉬며 말했다.

"그저 내가 어리석었다, 그뿐인 이야기일세."

역사 소설을 쓰겠다는 건 결국 자기만족에 불과했는데……

아서 코난 도일이 쓸쓸하게 말했다.

"거기에 너무 집착한 나머지, 큰 실수를 하고 말았네. 그…… 아이의 죽음을 그런 식으로 만들었던 건…… 결국 내가 공들여 쌓았던 탑을 스스로 무너뜨린 거나 다름없는 선택이었지."

"음, 그렇긴 하지만요……"

"그래. 자네도 알고 있는 것 같으니 솔직하게 말하겠네."

지성과 냉철함으로 형형히 빛나는 눈을 똑바로 뜨며, 아서 코난 도일은 선언했다.

"셜록을 죽인 것은 내 실수였다네. 쓸데없는 아집으로 독자들에게 상처만을 남겨 주었군."

그야 그렇겠죠. 미래엔 그런 일로 자살하는 팬까지 나왔을 정도니까…… 다행히 아직 누군가가 자살했다는 뉴스는 안 나온 걸 보면, 다른 셜로키언들도 이래저래 나처럼 작은 희망을 품고 있던 모양이다.

"음, 그 말씀대로라면?"

"셜록 홈스를 부활시켜야겠어."

"지, 진짜로요?!"

"선생님, 그게 정말이십니까!?"

"암, 물론이지."

나는 물론이고, 주의 깊게 듣고 있던 마스터까지 놀라 아서를 보았다.

아니, 물론 나는 알고 있긴 하다. 그가 결국 〈빈 집의 모험〉을 썼다는 것을 아니까.

하지만 왜지?

나는 의아할 수밖에 없었다.

원래 아서 코난 도일이 셜록 홈스를 부활시키는 건 성화를 못 이겨 프리퀄 한 편을 내서 진화(鎭火)하려다 실패한 뒤, 결국 셜록이 죽은 10년 뒤 미국 출판사가 초고액의 계약서를 들이밀면서 돈으로 고집을 꺾은 탓에 이뤄진 일이었는데?

실제로 얼마 전 경찰서에서도 역사 소설 소재를 얻었다고 좋아라 하던 모습이 아직도 선하다.

그런데 왜 갑자기 고집을 꺾은 거지?

사실, 난 오늘 그에게 미움받을 용기를 안고 왔었다.

어떻게든 셜록을 다시 써 보라고 설득하려 했단 말이지.

그런데 갑자기? 어째서?

내가 의아해하자 그는 마치 고해성사하듯 경건하게 말하였다.

"나는 그간 왜 소설을 쓰는지를 잊고 있었다네."

"소설을 쓰는 이유요?"

"음, 혹 내가 우리 아버지, 찰스 앨터먼트 도일(Charles Altamont Doyle)에 대한 이야기를 했던가?"

"아, 아뇨."

얼핏 뭔가가 떠올랐기에 난 조용히 입을 다물고 그의 말을 기다렸다.

셜록 홈스에서 등장하는 존 왓슨과 그의 부친에 관한 이야기가 맞다면.

그리고, 존 왓슨에 코난 도일이 자신을 투영했다는 이야기가 사실이라면 그건 그다지 좋은 이야기는 아닐 테니까.

아서 코난 도일은 잠시 눈을 감더니, 천천히 말했다.

"부끄러운 인간이었지. 어머니처럼 강인하고 아름다운 분께 어울리지 않는 정신병자였고, 허영심만 가득한 예술병자였어."

"……예."

"물론 그림을 못 그리진 않았다네. 내 〈주홍색 연구〉의 삽화를 그려 주시기도 했고. 전시회를 할 수준은 아니었지만, 못 나진 않았어. 다만…… 실패를 견디지 못하는 인간이었을 뿐이지."

아서 코난 도일은 잠시 고개를 돌려 먼 하늘을 보았다.

입으로는 험한 말을 했지만, 나는 그 시선에서 아버지에 대한 애도와 사랑을 느낄 수 있었다.

"돌아가셨나 보군요."

"작년에. 올해 10월이 기일일세."

"애도를 표합니다."

"고맙군."

아무튼, 이라며 아서 코난 도일은 말을 이었다.

"나는 아버지처럼 남을 해치는 이가 되고 싶지 않았기에, 역으로 사람을 치료하는 의사가 되었네만…… 아이러니하군. 아무래도 도일 가(家)에는 예술가의 굴레가 있는 거 같네. 이리 돌고 돌아 글쟁이라는 직업을 가지게 되었으니까. 생각해 보면 우리 할아버지, 존 도일도 아일랜드에서 풍자화(諷刺畵)로 유명한 화가였더랬지."

오, 그런 또 몰랐네. 그렇다면 홈스의 외할머니가 프랑스의 화가 가문 출신이라는 설정은 혹시 그런 점을 반영한 거려나?

"〈셜록 홈스〉를 쓰게 된 이유도 결국 생각해 보면 이런던 사람들에게 희망을 주고 싶어서였지. 내가 원래 향하던 것은 대중이라는 소리네. 그런데 어느샌가 인기 작가라는 위명에 젖어, 그들을 저버리고 평론가들의 평가에 좌지우지하려 하다니, 내가 초심을 잃은 것이었어. 중요한 것은 그런 극소수의 높으신 분들이 아닌데 말일세."

나는 고개를 끄덕였다.

마음만 같아서는 박수를 치고 싶은 심정으로.

뭔가 너무 극적인 심경의 변화긴 했으나, 아무렴 어떠랴.

이제 마음 고쳐먹고 셜록 홈스를 다시 쓴다는 사실이 제일 중요하지. 그렇게 생각하던 그때였다.

"그걸 내게 가르쳐 준 책이 이걸세."

아서 코난 도일이 품에서 무언가를 꺼냈다.

그건 뛰어온 탓인지 땀으로 젖어 있었지만, 무엇인지 확인할 수 없을 정도는 아니었다. 아니, 나로서는 모를 수 없었다.

그야.

"〈던브링어〉. 새벽을 가져오는 자라…… 정말 잘 지은 이름이야. 내게도 새벽을 가져다준 책이나 다름없으니 말일세."

"……어."

다름 아닌, 내가 쓴 책이었으니까.

얼이 빠져 있는 나에게 아서 코난 도일은 열성적으로 말했다.

"한슬로 진, 그자를 만난다면 꼭 감사의 인사를 하고 싶더군. 어찌 보면 잘못 가던 나를 일깨워 준 은인이니 말일세."

"어, 음……."

그렇군요.

"혹시 읽어는 보았는가? 정말 굉장한 작품이라네! 비록 허구적인 요소가 많이 섞였으나, 내가 셜록 홈스로 이야기하고자 하던 내용이 담겨 있더군. 한슬로 진, 그는 사실 나에게 다시 셜록을 쓰라고 전하고 싶었던 게 아니었나 싶네."

"네, 그게 맞긴 한데요……."

"역시 자네도 그리 생각하는가?"

"어, 음, 뭐…… 그런 마음이 없던 것은 아니었으니까요."

"흐음? 뭐라고?"

어, 그러니까…… 부끄럽긴 한데 말해야겠지?

"다시 셜록을 써 주셨으면 했던 게 맞다고요."

그 말에 뭔가 이상함을 느꼈는지 그는 잠시 인상을 찌푸렸다.

그러다 그 눈이 점점 커지더니.

"잠깐, 그 말투는 마치…… 아니, 설마."

"네, 맞습니다."

난 턱을 긁으면서 겸연쩍게 답하였다.

"……제가, 그 한슬로 진입니다."

* * *

며칠 전, 런던의 치안을 담당하는 런던중앙경시청.

별칭, 스코틀랜드 야드의 중앙 회의실에는 경감(Police Captain) 이상의 베테랑 경찰들이 모여 있었다.

그중 누구 하나 긴장하지 않은 얼굴이 없다. 간간이 손

톱을 물어뜯거나, 다리를 흔드는 이들도 있었다.

그들이 애타게 기다리고 있는 것.

이는 런던 경시청의 위신이 걸린 문제이자, 길게는 잉글랜드 전체의 치안이 걸린 문제로, 그 무엇보다 우선해야 할 의제였다.

그것은 바로.

"나왔다, 나왔어!"

무엇이 나왔는가.

바로.

"〈스트랜드 매거진〉에 한슬로 진이 '추리 소설'을 연재했다!!"

"실화냐!?"

"와, 마침내!!"

"흑흑, 이제 조인트 까이는 일도 끝이다!!"

첩보대로였다. 드디어 조지 뉴스가 해냈다!

경찰들은 모두 서로를 얼싸안고 축배를 들었다.

스코틀랜드 야드는 최근, 실적 부진으로 영국 내무부에게 까이는 것이 일상이었다.

이유는 간단했다.

돈 안 줘도 알아서 홍보 매체가 되어 주는 소설, 〈셜록 홈스 시리즈〉가 주인공의 죽음을 핑계로 완결을 냈기 때문이다.

'소설에선 경찰이 까이는 게 일상인데, 홍보가 되는

가?'하고 누군가 묻는다면 천만의 말씀.

런던은 오래전부터 연이은 혁명과 이에 따른 군의 개입으로, 시민들이 군에 대해 불신하고, 불안감이 큰 도시다.

이에 따른 치안 공백은 우려할 만한 사항이었고, 이를 잘 아는 내무부는 경찰에서 최대한 군대 냄새를 **빼** 왔다. 시민들이 친근하게 느낄 수 있도록 많은 노력을 해 온 것이다.

그들이 국군의 레드코트와 정반대인 푸른색 계통 옷을 입고, 군대와는 전혀 다른 계급체계를 만든 것도 그 일환이었다.

비록 셜록 홈스는 이런 경찰들을 업신여기고 깔아뭉갰지만, 적어도 성실하게는 일한다는 이미지를 만들며 친근감을 올리는 데 성공했으니.

이는 수천 파운드의 혈세를 쏟아붓고도 할 수 없었던 쾌거라 할 수 있으리라.

하지만 그럼 뭐 하나.

그딴 식으로 완결을 내버려서 오히려 폭동만 일으키는 불쏘시개가 되어버렸는데.

이후 일어난 폭동으로 늘어난 업무가 이만저만이 아니다.

"하지만 그것도 이제 끝이지!!"

"암, 코난 도일 선생도 잘 써 주긴 했지만, 요즘은 한슬로 진이 최고야!!"

"아니라고 생각하면 셜록 홈스를 부활시키라그래!!"

이미 그가 셜록 홈스를 부활시키겠다는 마음을 먹었다는 것도 모르는 채, 경찰들은 그렇게 아서 코난 도일을 씹었다.

어쨌든 〈셜록 홈스〉 얘기만 들으면 경기 걸린 것처럼 반응하는 그 양반을 설득하는 것은 무리였기 때문이다.

물론 그들은 이후, 이 한슬로 진의 〈던브링어〉 때문에 빅 벤에 오르려 하거나, 웨스터민스터 사원에 침입하거나 하는 등의 극성 팬보이들 때문에 또 다른 방향으로 골치를 앓게 되지만, 일단 지금은 일어나지 않은 일이다.

"자, 자! 그럼 남은 의제만 처리하고 끝냅시다!"

"그래, 이것만 끝내면 드디어 우리도 정시 퇴근이야!!"

그렇게 그들은 남은 사건들의 배분을 시작했다. 제일 중요한 안건이 쉽게 풀렸으니, 분배도 스무스하게 넘어갔다.

"자, 다음은 데번 주 다트무어(Dartmoor)의 연쇄 실종 사건에 대한 협조 공문입니다만……."

"거긴 늪이랑 황무지뿐인 데잖소?"

"그런 곳에 출장이라니, 유배인가?"

"아, 그래도 중한 일입니다. 그쪽에서도 나름 오래 묵은 귀족 가문의 대가 끊겼대요. 상속 문제로 여러모로 복잡하답니다."

"그럼 더 싫은데."
"아, 그러지들 마시고."
"잠시만."
그들 중 한 명, 중년의 배불뚝이 존스 경감이 손을 들었다.
얼마 전, 런던증권거래소 사건을 맡아 한슬로 진의 홀보이를 상대하기도 했던 사람으로, 그 두툼한 배 속에 능구렁이를 몇 마리나 키우고 있다는 평을 받는 인물이었다.
그리고.
"지금, 데번 주에 귀족 가문 대가 끊겼다고 했나?"
"응? 그러네만."
"데번 주, 귀족 가문이라……."
그의 머릿속에 누군가의 말이 스쳐 지나갔다.

―그러고 보니, 데번 주는 아직 향토적인 냄새가 많이 나는 곳이지?
―오랜 부를 축적한 지방 귀족. 그리고 주변의 농지는 교통이 발달하지 못해 사람들이 쉽게 드나들지 못한다. 그 땅에서 작은 왕국의 왕처럼 살아왔던 귀족들은 그러나, 시대의 흐름을 이기지 못하고 딱 한 명의 후손밖에 남지 않았지만, 그 유산을 차지하기 위해 숨겨진 방계가 모종의 음모를 꾸미고 암약을……

"……누굴 보낼 수 있을지 감이 오는군."

스코틀랜드 야드의 능구렁이, 존스 경감이 미소를 지었다.

* * *

"자네가?"

아서 코난 도일이 맥빠진 소리를 내었다. 스스로가 생각해도 멍청한 소리였지만, 어쩔 수가 없었다.

"자네가, 한슬로 진이라고?"

"아, 네……."

그럴 만한 일이었으니까.

그가 애타게 찾아왔던 뮤즈, 먼 동방에서 온 이 청년이…… 그 한슬로 진?

"아니, 하지만 자네. 왼손 손가락에 굳은살이 있긴 하지만 그렇게 심하진 않은데? 그렇게 빨리, 많은 글을 쓰는 것치고는 손이……."

"아, 전 타자기로 글을 쓰거든요."

"타자기라고? 그 시끄러운 것을 말인가?"

"음, 그래도 나름 운치 있지 않나요?"

전 원래도 청축을 써 왔던지라.

청년의 그 알 수 없는 말에 아서 코난 도일은 아무 답도 하지 못했다.

"허어어……."

대신 그는 머릿속 노트를 펼쳐 보았다. 그리고 자연스럽게, 이 사실이 자신의 가설과 얼마나 정합(整合)하는지 반추했다.

―한슬로 진은 대단한 애독가일 것이다.
―한슬로 진은 유럽인이 아닐 것이다.
―한슬로 진은 그 성향상, 젊은 남자일 것이다.

놀랍게도…… 100%.

눈앞의 조선 청년은 그가 생각하던 '한슬로 진'이라는 작가에 완벽하게 부합하는 인물이었다.

오히려 왜 이제까지 묻지 않았을까 싶을 정도로.

"그랬군. 하하, 그랬다면…… 내가 할 말은 하나야."

"예? 무슨……."

아서 코난 도일은 조용히 모자를 벗은 뒤, 그것을 가슴에 대며 눈을 감고 깊게 고개를 숙였다.

"고맙네. 청년. 아니, 한슬로 진. 그대가 내 영혼을 구원했네."

"……영광입니다. 아서 코난 도일 선생님."

이런 상황에서조차 겸손을 보인다면, 그것은 상대에 대한 실례다.

그렇기에 한슬로 진 역시, 그저 아서 코난 도일에게 마주 고개를 숙일 뿐이었다.

* * *

서로의 정체를 밝히고 나니, 이야기는 스무스하게 돌아갔다.

〈피터 페리〉를 쓰게 된 경위라던가. 내가 알려 준 정보 덕에 애런 코즈민스키를 잡았다는 무용담이라던가.

내가 스코틀랜드 야드에 가게 된 이유에서부터 나와의 만남 이후 아서 코난 도일이 동양사 공부에 취미를 갖게 됐다는 이야기까지.

그중 놀라웠던 건 내가 왕립 문학회의 표적이 되었다는 점이었다.

뭐야, 대체 언제부터? 아니, 그런 것치고는 뭘 한 게 없지 않았나?

무엇보다, 왕립 문학회는 톨킨도 인정할 정도로 프리한 단체인 줄 알고 있었는데, 거기가 그렇게까지 꼰대스러운 곳이었다고?

뭔가, 내가 알던 지식과의 격차가 커서 정신이 어질어질할 정도였다.

"흠, 난 자네가 왜 그리 반응하는지 모르겠군. 이름부터 그럴 만한 단체가 아니던가? 오히려 난 알고 대응한 줄 알고 있었는데?"

"아니, 그건 다른 쪽 이야기라…… 아무튼 대응이라뇨.

전 그쪽이 제게 악감정이 있다는 것도 오늘 처음 알았는걸요?"

"그래? 하하 그것은 또 유쾌한 이야기군. 그쪽은 자네를 견제하기 위해서 나한테까지 대전사직을 권할 정도였는데 말이야."

"대전사라니…… 무슨 로마 콜로세움도 아니고."

"뭐, 염려는 말게. 이름이야 거창하지만 왕립 문학회는 실질적인 권력은 없는 단순한 친목 집단이야. 그나마 있던 권위라는 것도 이미 우리의 존경스러운 선배, 찰스 디킨스에 의해 전부 거세된 상태지."

"아, 예……."

뭐, 코난 도일이 저리까지 말할 정도면 정말 영락한 집단인 모양이다. 대체 미래에선 어떻게 부활을 했는지 궁금할 정도네.

아무튼 지금까지도 별문제 없던 거면 앞으로도 큰 문제는 없겠지. 난 그리 생각하며 가볍게 그의 말을 경청하기로 했다.

"그럼, 이쪽은 내가 잘 알아봐 줄 테니 걱정하지 말고 집필에나 신경 쓰게. 지금 연재 중인 작품도 한둘이 아니잖나. 〈피터 페리〉, 〈빈센트 빌리어스〉, 〈아서 왕과 수학의 기사〉, 〈던브링어〉…… 세상에! 새삼스럽지만 정말 많군. 자네 정말 괜찮긴 한 건가?"

"하하…… 원래 살던 곳에 비하면 한결 나은 편이니까

요. 게다가 〈아서 왕과 수학의 기사〉는 사실상 저보다 루이스 캐럴 작가님이 대부분 쓰는지라 시간도 얼마 안 걸리고요."

동시 연재가 많다고는 하지만 대부분이 주간, 월간 연재라서 생각보다 시간은 널널한 편이었다. 실제로 밀러 씨 쪽의 일과 겸업을 하면서도 문제없었고.

사실…… 역사적으로 봐도 1일 1연재라는 페이스가 말이 안 되는 거에 가깝긴 하지. 그때의 나는 대체 그걸 어떻게 한 거람?

"아무튼 대단하군. 작가로서는 부러울 정도야."

"하하, 감사합니다. 그래도 이건 '훈련'에 의해서 가능한 부분이라 생각되니까, 다른 분들도 하려면 얼마든지 가능하실 겁니다. 그보다, 선생님."

"으, 으응?"

"선생님은 어쩌실 겁니까?"

지금 내게 더 중요한 것은 다른 거였다.

난 결연한 눈빛으로 그를 바라보았다.

"나? 뭘 말하는 건가?"

그야 당연히.

"셜록 홈스지요."

아서 코난 도일이 홈스를 다시 쓰겠다고 했는데, 자칭 셜로키언으로서 제일 신경 쓰이는 건 당연히 그거 아니겠어?

게다가.

"셜록을 부활시킨다고 해도 그냥 부활시킬 순 없지 않습니까."

"흠, 그건 그렇지."

홈스의 마지막은 '폭포에서 떨어지고, 시체는 못 찾았다.'로 끝이다.

그러니 사실 그냥 기연으로 살아나서 돌아왔습니다, 뾰로롱~ 해도 상관없긴 하지. 원래 〈빈집의 모험〉도 그런 식이고.

하지만 그거, 솔직히…… 좀 밋밋하지 않나?

코난 도일은 잠시 고민하더니 천천히 입을 열었다.

"뭐, 그건 지금부터 생각해 봐야지. 셜록을 죽인 것부터가 충동적으로 저지른 일이니까, 자네가 피터를 죽인 걸 보고 발상을 떠올린 뒤론 따로 생각하질 않았거든."

"……뭐라고요!?"

아니, 묘하게 죽이는 게 빠르다 싶긴 했는데…… 설마 그게 내 나비효과였다고? 내가 모리어티였어?!

충격을 받아 입을 벌린 내게, 아서 코난 도일은 피식 웃으면서 진저 에일로 입을 잠시 적시며 말했다.

"안 그래도 그래서 좀 묻고 싶었다네. 어떻게 보면 자네가 이쪽 방면으론 선배지 않는가? 자네는 어쩌다 그런 전개를 생각한 건가?"

별로 좋은 의미의 선배는 아닌 것 같은데.

나는 떨떠름한 표정으로 말했다.

"뭐, 제 의견이 참고될지는 모르겠지만…… 저야, 원래부터 인물의 죽음을 위기감을 조성하기 위한 요소로 활용해 왔으니까요. 그리고 기왕 줄 거면 제일 임팩트가 센 주인공으로 한 거죠."

"흠, 그런 느낌인가? 서스펜스를 준다는 점에서 보면, 추리 소설에서 왓슨을 범인의 함정에 빠지게 할 때와 비슷하군."

과연 과연, 그는 그렇게 중얼거리면서 노트에 가볍게 이것저것 적기 시작했다.

"아무튼, 소재야 금방 생각날 걸세. 난 원래 이런 쪽 스토리는 묘하게 빨리 만들어지더군. 애초에 이 런던이란 곳은 사건도 많이 일어나니 말이지."

"하하, 그렇군요. 그럼 기대해 볼 만하겠네요."

"단."

그리 말을 끊은 그는 잠시 ~한 눈빛으로 이쪽을 보더니 빙긋 웃으며 답하였다.

"당분간은 월간 연재가 아닌, 장편으로 셜록의 죽기 전 이야기들을 낸 뒤에 공개할 생각이네."

"네?"

"그러면서 셜록이 살아있는 건 아닐까? 하는 희망을 조금씩 넣어 볼 생각이네. 왜, 자네도 그러지 않았는가? 여지를 주며 독자들을 가슴 졸이는 것 말일세, 그걸 이용해 보려고. 이러면 좀 더 애타게 기다리지 않겠나?"

"와, 아니……."

악마신가? 아니, 뉘앙스를 보면 아무리 생각해도 지금 떠올린 것 같은데?

말하는 것은 내 작품을 보고 생각이 났다고 했지만, 그건 모함이다. 왜냐면 당신, 전생에서도 〈바스커빌의 가문의 개〉 냈잖아!

그런데 마치 그게 나 때문인 것처럼 나오다니. 뭔가 너무 억울하다!

아무튼.

"그러면 선생님, 프리퀄(Prequel)을 내신다는 말씀이시죠?"

"프리퀄? 아, 전편이란 뜻인가? 일단 〈최후의 사건〉보다는 앞이니 그러겠지."

그렇다면, 기왕 이렇게 된 거…… 조금만 이것저것 더 이야기해 볼까?

나는 짐짓 꾸미듯 말했다.

"그러면, 그 모리어티 말입니다만."

"아…… 그 땜빵 설정."

역시 땜빵이었나. 이후로는 〈공포의 계곡〉에서만 나오다 보니, 깊게 파고드는 걸 좋아하는 나로선 영 아쉬웠다.

실제로도 이게 아쉬웠던 2차 창작자들이 모리어티를

별별 방법으로 뒤틀고 이용해서 추가하지 않던가.

간혹 2차 창작일 때만 좋은 설정들도 있지만, 이 경우는 1차 창작이 흡수해도. 아니, 오히려 그래야 하는 설정이다.

나는 그렇게 확신하며 말했다.

"예, 그걸 좀 적극적으로 활용해 보심이 어떨까요?"

"모리어티를?"

"예, 땜빵 설정이라곤 하셨지만, 캐릭터 자체는 매력적으로 보이거든요. 차라리 모리어티에 설정을 추가해서 땜빵이 아닌 진짜로 만드는 것은 어떨까요?"

"호오……."

아서 코난 도일의 눈이 번뜩였다.

그의 냉철한 지성이 본디 이, 〈셜록 홈스〉 시리즈엔 없었던…… 이른바, '메인 빌런' 설정이 얼마나 재미있을지 꿰뚫어 본 것이다.

"과연, 〈던브링어〉에 나온 환상종들처럼 런던의 뒤에서 암약하던, 셜록의 대적자(antagonist)로 키우잔 소린가?"

"바로 그렇습니다. 개별적인 옴니버스식도 좋지만, 아무래도 큰 틀이 있는 게 방향을 잡기도 좋잖아요?"

"흠, 확실히 나쁘지 않군. 그렇다면 그 과거를…… 아니, 모리어티도 살리는 편이 좋겠군. 교수의 뒤에는…… 오호라."

그의 펜이 빠르게 노트 위를 훑고 지나간다. 그리고 그 뒤를 계속해서 새로운 설정과 이야기들이 솟아난다.

 "냉철한 카리스마로 부하들을 다루는, 아니 작은 암시들로 행동을 유도하는 것도 좋겠군. 범죄 조직이라면 직접 범죄를 실행하는 실행원도 필요하겠지. 백발백중의 명사수이자 군인 출신을 붙여 줘서 무력을 강조해 주고…… 측근으로 붙여서 왓슨과 대적시키는 것도 좋겠군."

 "음. 이중생활을 강조하기 위해서 배우자의 이야기를 넣는 건 어떨까요? 아무것도 모르고 맹목적으로 남편을 응원하는 느낌으로요."

 "호오, 배우자라…… 그래, 밖에서는 날카로운 지성을 보이면서 안에서는 따뜻함을 연기하는 악역. 매력적이군! 귀부인이 자신도 모르는 사이 범죄를 지원한다는 것도 좋겠어."

 아서 코난 도일은 흥분하며 입고 있던 코트도 던져 버린 채 신나게 이런저런 설정들을 쏟아 내기 시작했다.

 됐다. 나는 확신했다.

 셜록 홈스가 완전 부활할 것을.

* * *

 "후우. 참으로 알찬 시간이었다."

 한슬로 진과 헤어진 뒤, 집으로 귀가한 아서 코난 도일은 며칠 사이 가장 밝고 화창한 목소리로 중얼거렸다.

역시 그 청년은 자신에게 있어 훌륭한 영감을 주는 뮤즈나 다름없었다.

심지어 자신이 모르는 사이에도 간접적으로도 영향을 미치고 있었다니! 정말 훌륭한 친구이자 동지가 생겼으니 어찌 기쁘지 않을까.

아쉬운 건, 그의 거주지가 꽤 멀다는 점 정도?

─그러고 보니, 데번 주에서 신세를 지고 있다고 했던가?

─아, 예. 이번 일도 이제 다 끝났으니, 이제 슬슬 내려가야 할 것 같습니다.

─끄으으응. 아쉽군, 정말 아쉬워!!

마음 같아선 하루 종일 밤을 지새우며 함께 글 얘기만 하고 싶을 정돈데…… 그렇게 아쉬워하던 아서 코난 도일의 눈에 어머니를 대신해 설거지하고 있던 막내 여동생이 들어왔다.

"큰오빠, 이제 와?"

"그래, 브라이언. 음…… 네가 올해로 열일곱이던가?"

"어? 응. 왜?"

"열일곱이라……."

이른 나이라는 것에 아서 코난 도일이 신음성을 흘렸

다. 하지만 그 청년, 한슬로 진도 비슷해 보이는 얼굴 아니던가?

'아니지. 그 학식과 성품을 보면 절대 고작 열일곱은 아냐.'

그러면 두 살 위의 제인이나, 아니면 아예 스물여섯인 콘스탄스에게 부탁할까…… 하지만 콘스탄스에게 약혼자가 있다는 것을 떠올린 아서는 고개를 저었다.

지나치게 이성적인 그에겐, 인륜지대사는 너무나도 고려할 문제가 많은 일이었다.

"끄응, 어렵구나!"

"오빠, 쓸데없는 소리 말고 방에나 들어가 봐. 아까 손님이 오셨어."

"응? 손님?"

웬 손님이? 그렇게 생각하며 방에 들어간 아서 코난 도일은, 이윽고 익숙한 얼굴을 발견했다.

"오, 홉킨스 형사 아닌가."

"아하하, 얼마 전에 뵙고 또 뵙습니다. 선생님."

스코틀랜드 야드에서 친하게 지내던 형사의 얼굴에, 그는 빙긋 웃으며 고개를 끄덕였다.

한슬로 진만큼은 아니더라도 아서에게 여러 번 영감을 주어, 큰 호감을 가진 인물이었다.

"그래, 그래서 대체 무슨 일인가. 직접 여기까지 오다니."

"아, 별건 아니고…… 조만간 데번 주의 다트무어로 출장을 가야 할 것 같아서요. 아무래도 꽤 장기 출장이 될 거 같아, 내려가기 전에 인사나 드리러 왔습니다."

"호오. 다트무어라 꽤나 먼……."

가만, 데번 주? 아서의 눈이 번뜩였다.

영국에서도 깡촌인 데번 주.

게다가 다트무어라면 그 데번 주에서도 황무지로 유명한 곳이 아닌가.

"무슨 사건인가?"

"연쇄 실종사건입니다만, 그 피해자 중 꽤 유산 문제가 복잡해지는 귀족 가의 후손이 있어서요. 그래서……."

"호오오오."

아서 코난 도일의 눈이 번뜩였다.

그의 머릿속을 여러 가지 생각들이 스쳐 지나갔다.

그 안에는 며칠 전 스코틀랜드 야드에서 했던 얘기와 오늘 한슬로 진과 나눈 이야기, 그리고 앞으로 나눠야 할 계획까지.

모든 것이 갖춰져 있었다.

그 모든 것을 머릿속에서 정리한 그는, 눈앞에서 차분히 이야기를 풀어내고 있는 형사에게 답하였다.

"그 출장, 혹시 나도 따라가도 되겠나?"

진한솔의 출장

칙칙 폭폭—
"……뭐, 그렇게 된 겁니다."
"그것참…… 기묘한 인연이로군."
"누가 아니래요."
데번 주로 돌아가는 기차 안.
아서 코난 도일과 만난 '썰'을 늘어놓은 나는 어깨를 으쓱이며 말했다.
런던에 처음 와서 우연히 만난 사람이 아서 코난 도일이고, 그 사람이 내 소설을 읽더니 다시 홈스를 쓰겠다는 결심을 무려 '10년'이나 빨리했다니.
아마 작년의 나에게 말을 했어도 믿지 않을 만큼 놀라운 일이었다.

하긴, 내가 겪은 일이지만 진짜 뭐 이런 운이 다 있냐 싶을 정도로 끝내주네. 나 혹시 뭐 행운 올리는 아이템이라도 붙었나?

"흠흠, 금세기 최고 작가들의 회동이라…… 재미있는 일이군."

"최고는, 거…… 아니 됐습니다. 더 말만 해 봤자 입만 아프니."

사실 작가들끼리 인연이 닿는 거야, 이 시대에는 흔한 일이다.

일반적인 공모전, 혹은 등단 같은 방식이 없는 이 19세기 영국에서 작가가 되는 방법의 5할 이상은 인맥이니까.

기본적으로 데뷔해 있는 작가들끼리는 알음알음 알 만큼은 다 알고 있다는 뜻이다.

이유야 간단하다.

이 시대에는 웹소설 시장과는 달리, 매체 지면의 한계가 있는 잡지가 중심이었기 때문이다.

요컨대 그런 테두리에서 벗어나 있는 내가 특이 케이스라는 거지.

뭐, 너무 갑작스럽게 떴을뿐더러, 연재 초기엔 연재 감각을 잡는 것에 밀러 씨의 일까지 바빴던지라, 깡촌에 틀어박혀 외부 활동을 하지 않아서 그랬던 거지만.

담당 편집자 겸 사장 겸 사실상 매니저 역할인 리처드

벤틀리 주니어의 말에 의하면 그사이 살롱 초청장이라든지, 꽤 왔다고 했다.

왕따가 아니라고? 내가 무시했을 뿐이지.

'뭔가 사실만 말했는데, 묘하게 어감이 이상한데?'

아무튼, 이제는 혼자도 아니다.

루이스 캐럴에 마크 트웨인에, 이제는 아서 코난 도일까지!

라인업 실화냐? 진짜 세계관 최강자만 모아놨다. 이 정도면 어딜 가도 어깨 펴고 다닐 만하지.

"다음에 기회가 되면 나도 좀 끼워 주게나, 핸슬."

"예예, 그건 나중에 기회가 되면 여쭤보죠."

"오호, 좋아. 그러면 미리 선물이 될 만한 걸 골라 놔야겠군."

뭐가 좋으려나······.

눈을 빛내며 고민하기 시작하는 밀러 씨. 나는 그런 나의 고용주를 보며 빙긋 웃었다.

하긴, 밀러 씨는 태생적으로 사람 사귀는 걸 좋아하는 인싸니까. 어쩌면 내가 없었어도 다른 루트로 아서 코난 도일과 친해졌을 수도 있겠다.

그렇게 잠시 환담의 시간이 지난 뒤, 이윽고 기차의 속도가 줄어들며 퓌이이이익―! 퓌이이이! 하는 거센 기적 소리를 내뿜기 시작했다.

"흠, 도착했군."

"밀러 씨, 짐 주세요. 이쪽으로 내리지요."

나는 밀러 씨의 짐과 내 짐을 양손에 들면서 엑시터의 기차역에서 하차했다.

눈앞에 보이는 회색 벽돌로 지어진 작은 역사.

고작 몇 개월 만에 불과하지만, 토키 역(Torquay railway station)은…… 음, 아니지. 며칠 좀 나갔다 올 줄 알았는데, 무려 몇 달이나 떠나 있던 토키 역은 마치 몇 년 정도는 떠나 있던 듯 정겹게 느껴졌다.

사실 이곳은 깡촌 맞다.

작은 항구와 공장이 하나씩 있는 게 없었다면, 그리고 영국인들이 기차에 진심이 아니었다면 그레이트 웨스트 철도(Great Western Railway)의 일부에 속하지조차 못했을 것이다.

아, 물론 플리머스와 엑시터를 잇는 절묘한 위치라는 것도 있지만.

아무튼 그래서 몇 달이 지나도 시간이 멈춘 듯 그대로였으며, 끝없는 바다와 푸르른 숲, 선사 시대의 머시기가 남아 있다는 동굴은 여전히 나와 밀러 씨를 반겨 주었다.

"역시 런던에 비하면 불편한 점이 많지?"

"하하, 그래도 이곳은 이곳대로 고즈넉한 맛이 있잖습니까."

나는 밀러 씨의 너스레에 빠르게 몸을 숙였다.

솔직히 내 취향은 좀 더 웨스트엔드 쪽이긴 한데, 아무리 그래도 21세기의 그것에 비하면 여기나 거기나 불편한 점이 많은 건 거기서 거기라서.

그렇다면 차라리 공기도 맑고 음식도 맛있는 이쪽이 낫다. 애들 기르기도 더 좋지.

아, 이러니까 또 애들 생각이 나네.

지금 시간이면 매지와 몬티도 집에 들어와 있을 테고, 메리는 여전히 요람 속에서 쿨쿨 코 자고 있을 시간이었다…… 음.

"애들, 많이 화났겠죠?"

"알면서 뭘 묻나."

"으으……."

나는 가볍게 몸을 떨면서 가방 속에 가득 채워 있는 선물꾸러미들을 매만졌다.

드디어, 드디어 이 물건들의 진가가 발휘될 때가 왔다.

밀러 씨에겐 아쉽게도 난 뒤끝이 좀 있는 편이다. 그때 나를 상대로 도발했던 그 원한은 아직도 잊어버리지 않았지.

약속대로! 애들의 관심을 독차지해 줘야지! 그리고 밀러 씨에게 비웃어 주는 거다!

사실 루이스 캐럴을 만나러 가기 전에도, 애들이랑 많이 놀아 주지 못해서 아쉬운 게 많았거든.

내가 강력히 추천한 결과, 매지는 고돌핀스쿨(Godolphin School), 몬티는 이튼 칼리지(Eton College)

에 들어가서 말이다.

집에서 보는 일도 별로 없어졌다.

그래서 그런가? 정이 많은 아이들인 만큼, 주말에 만날 때마다 더 엉겨 붙었었는데…… 정신을 차리니 뭔가 일이 굉장히 많아졌지.

그리고 그 방점을 찍은 것이 이번 출장이었다.

아마 이렇게까지 오래 떨어져 있는 적도 거의 없던 거 같다.

그래서인가? 요즘 들어 둘 모두 사춘기가 온 듯하다는 편지가 있었지만…… 아직은 괜찮을 거다.

그랬다면 밀러 씨가 나한테 그리 의기양양했을 리가 없지.

매지에게 '아빠 거하고 같이 빨래하기 싫어!' 같은 소리를 들었다면 의기양양이 아니라, 절망스러운 표정으로 날 맞이했을 게 분명하니까.

'그리고 나는 프로페셔널하니까.'

아이들의 마음을 사로잡는 것은 특기 중의 특기라 볼 수 있다.

사촌 동생들이 많은 집이라 애들이랑 많이 놀아 주기도 했고, 넘어오기 전부터 오윤영 선생님 너튜브나 예능을 통해 육아 마스터(애 키워 본 적 없음)가 된 내게 사각은 존재하지 않는다.

이런 상황에서 제일 필요한 것은 바로 공감!

아이와 공감하며 맞춰 준다면, 엇나가기 힘든 영국 10대들 정도야 얼마든지 놀아 줄 수 있…….

"꺄아아악! 엄마, 얘 또 붕대 갖고 놀아!!"

"크큭, 이것이 런던의 어둠……!"

어…… 이건 좀 무린데.

* * *

돌이켜 보면, 처음은 그놈의 왕실 결혼식이었다.

―엄마, 핸슬 언제 와?

―몇 밤 자면 와?

애들은 10살 때부터 아버지인 밀러 씨보다 나와 더 많이 붙어 다녔고, 클라라 밀러 부인도 내게 꽤 많이 육아를 의지했다.

물론 내가 밀러 씨 출장에 따라다니면서 자리를 비우는 경우도 있었지만, 그땐 내가 밀러 씨한테 그만큼 신뢰받던 시절은 아니었거든.

그래서 많아도 일 년에 한두 어 번? 정도밖에 안 됐다.

즉, 그 외의 시간을 전부 애들하고 놀아 주는 데 썼단 거다. 괜히 내가 애들을 위해서 책을 써야겠다 마음먹은 게 아니라는 말씀.

하루에 수 시간씩 목말을 태워 줘 보면 아마 알 것이다. 그때의 집필은 나름 '생존'을 위해서였다. 진짜로.

아무튼 그래서 그런 걸까? 아이들은 어느 순간부터 자연스럽게 책을 척척 읽기 시작했다.

원래도 책을 좋아하던 아이들이니 이상한 일은 아니다.

머리가 굵은 만큼 〈피터 페리〉만이 아닌, 내 다른 책들도 섭렵하기 시작했고. 어느새 매지의 최애도 〈빈센트 빌리어스〉로 바꿨다고 한다.

문제는 몬티의 최애가……

"이, 이거 놔!! 나도 런던에 가서 뉴턴의 유산을 찾아 히어로가……!"

"이게 지금 무슨 개소리를 하고 있는 거야!! 정신 좀 차려!!"

그렇게 벌어진 것이 눈앞의 이 참상.

중2병에 빠진 남동생과 그 남동생을 한심하게 보며 뒤통수를 후려치는 새침한 누나의 모습은…… 하는 말만 영어지, 내가 21세기 한국에서 보이던 모습과 크게 다를 바가 없었다.

"한슬!! 뭘 그렇게 푸근한 웃음을 짓고 있어?! 와서 얘 좀 말려!!"

"아, 예 알겠습니다."

나는 부리나케 달려가서 내가 만든 중2병의 씨앗을 진압했다.

* * *

한편.

"오랜만이로구려, 버나드."

"피차 바쁜데 흰소리는 접어 두지, 도일 형씨."

조지 버나드 쇼.

런던 문학계의 좌파를 대표하는 인물이자, 아서 코난 도일에 있어서는 그다지 만나고 싶지 않았던 인연이기도 했다.

그도 그럴 게…… 아무리 실수했을 때라곤 하지만, 기껏 만든 작품에 그렇게 심한 혹평을 한 평론가와 만나고 싶어 할 작가는 별로 없을 테니까.

그럼에도.

"내가 그대를 만나러 온 것은 다름이 아니오. 왕립 문학회 때문이지."

"왕립 문학회라…… 할스베리 후작이 그 이름을 쓰기엔 굉장히 과분하긴 하지. 그런데, 댁은 그들에게 동조한 게 아니었던가?"

"한때의 미혹이었지. 그쪽에서도 내 쪽에서도 바라지 않던 불편한 동거였으니, 지금은 사실상 손절한 상태요."

"흐음."

아서 코난 도일은 씁쓸하게 고개를 끄덕였다.

그런 그를 보며, 조지 버나드 쇼는 더더욱 모르겠다는 듯 물었다.

"그럼 뭘 원하는 게요?"

"다만, 그들이 가진 재력과…… 왕립 문학회라는 이름은 꽤 아깝더군."

돼지 목에 진주 목걸이랄까?

아서 코난 도일은 의뭉스러운 표정을 지으며 말했다. 조지 버나드 쇼는 그 모습에 코웃음을 쳤다.

"아까우면? 뭐, 빼앗아 오기라도 하잔 셈인가?"

스코틀랜드의 전직 의사는 묵묵히 미소만 지을 뿐이었다.

아일랜드가 낳은 독설가는 잠시 그를 가만히 보다, 혀를 차며 중얼거렸다.

"거참, 흉흉하기도 하지."

"어때, 생각 있는가?"

"동조할 사람은 있소?"

"나는 당분간 다트무어로 출장을 갈 생각이오. 배리와 제롬이 나를 대신해 친구들을 모으고 있지. 브램이라든가,"

"흐으으음."

버나드 쇼는 고개를 끄덕였다.

아서 코난 도일은 스코틀랜드 출신에, 대중주의로 일가를 이룬 인물.

그 인망과 실적은 이미 충분하니, 역사 소설을 쓰겠다고 난리만 피우지 않았어도 이미 충분히 한 세력을 이루고도 남았을 터였다.

그런 그가 이제라도 각 잡고, 문필가들을 모아 세력을 이루고자 한다. 그리고 그 세력으로 잉글랜드 귀족 중심의 보수 성향인 왕립 문학회와 대립을 하겠다고 한다면?

'……퍽 재밌겠군.'

심지어 스스로는 런던에는 없는 것처럼 꾸미면서, 왕립 문학회의 관심도 피하려는 것을 보면…….

그가 제법 진지하게 싸우려 든다는 뜻임을 꿰뚫어 본 조지 버나드 쇼는 고개를 끄덕였다.

그렇지 않아도 얼마 전, 알프레드 마셜과 함께 런던 금융계를 두드렸던 싸움이 흐지부지되는 바람에 불완전 연소였던 참이다.

그 불길을 아서 코난 도일과 함께, 왕립 문학회를 불태우는 방향으로 나아간다면.

"좋소. 한번 런던 문학계를 뒤집어 봅시다."

"잘 부탁하네."

세 살 위, 조부의 고향에서 온 독설가와 손을 잡으면서 아서 코난 도일은 전혀 다른 사람을 떠올렸다.

먼 동방에서 온, 그 재기발랄하기 그지없는 청년을 말이다.

아서 코난 도일은 직감했다.

그는 단순히 글재주만 있는 작가가 아니라, 사람을 끄는 매력이 있었다.

지금 같은 상승세를 계속 탄다면, 자신의 나이 즈음에는 가만히만 있어도 영미 문학계를 주름잡는 거물이 되어 있을 것이다.

그러나 그가 가진 지나칠 정도로 파격적인 속성들은, 왕립 문학회를 비롯한 '적'들의 표적이 될 가능성이 높았다.

그러니 지금은 시간이 필요할 때다. 이 일은 그를 위한 시작일 뿐.

'내게 주었던 도움에 비하면 이 정도 수고는 아무것도 아니지.'

아서 코난 도일은 그리 생각하며 가볍게 잔을 들어 올렸다.

* * *

목가적인 브리튼 섬의 시골, 애쉬필드에도 겨울이 찾아왔다.

혹시 침엽수림에 조용하고 소복하게 쌓이는 눈과 거울처럼 얼어붙은 호수, 그리고 끝없이 펼쳐지는 새하얀 설평선(雪平線)을 기대했다면…… 미안하다. 그런 거 없다.

영국은 대서양을 순환하는 북대서양 아열대 순환, 쉽게 말해 멕시코 만 난류의 영향을 직통으로 받는 온난 습윤한 지역이다.

그렇기에 시베리아와 비슷한 위도인데도 불구하고 눈 한번 보기 힘들었다.

마치 지금처럼.

나는 추적추적 우울증 걸리기 딱 좋은 비나 실컷 보고 있다.

사실 그거 자체는 괜찮다. 책 좋아하는 인도어파에겐 어차피 밖의 날씨 따윈 문제가 아니니.

실제로 나도, 덕분에 〈피터 페리〉의 제5권 원고와 〈빈센트 빌리어스〉에 〈던브링어〉까지, 총 6개월 치 이상의 원고를 뽑을 수 있었다.

으음, 실로 알찬 셀프 통조림의 시간이었다.

하지만 문제는.

"크, 크, 크……! 피가 끓는…… 억!!"

"이 등신이 끝까지 이러네."

우리 집에 절찬 중2병 발병자가 있다는 거지.

나는 누나에게 뒤통수를 얻어맞아 눈물을 흘리며 엎어진 불쌍한 14세, 몬티 밀러를 가엽고 딱한 눈으로 보면서 말했다.

"도련님, 인제 그만 놀이를 포기하실 때도 되지 않았습니까?"

"노, 놀이라니! 대체 그게 무슨 말이야 한슬! 난 진심이라고!"

아, 내 죄가 정말 깊다.

이제야 알게 된 사실이지만, 사실 몬티에게 있어 나는 단순히 삼촌이나 큰형 정도의 존재가 아니었던 모양이다.

머릿속에서 온갖 마법 같은 신비한 이야기를 줄줄 풀어주던 신비한 마법사. 정신 차려 보면 어느새 일상에 들어와 있던 친구이자 보호자.

그런 이미지를 가진 내가 쓴 책이라 그런지 다른 사람보다 더욱 쉽게, 그리고 더 깊게 빠져들었던 거 같다.

"휴우우우."

나로서는 통석의 염을 금할 수가 없는 일이다.

제아무리 이 19세기가 이런 통념에 노출되지 않았다 해도 이렇게 쉽게 감염될 줄이야.

독가스급 스모그에 단련된 이 19세기 사람들은 21세기와는 다르게 무척이나 강인한 존재들이었거늘…….

아니, 어쩌면 그건 겉으로만 그런 거고, 내면으론 여리기 그지없어 오히려 중2병 같은 질병에 더 위험했을 수도 있다.

그렇다면 어쩔 수 없지.

결국 이 모든 것이 나의 업보렸다.

아무리 마음이 아프더라도, 제갈량이 마속을 죽이는 심정으로 결단해야 한다.

그러니까.

"헉, 헉, 헉, 헉……! 한슬……!"
"올빼미에게 발언권은 없습니다."
"아니, 이거 진짜……!"
"하나 하면 올라옵니다. 하나!"
"으이이이읽……!"
"하나에서 정신, 둘에서 통일합니다. 하나."
"으아아악!! 정시이이이인!!"

어쩔 수 없이 이 빨간 야구모자를 쓰고 있는 것이다. 애쉬필드의 넓은 장원은 훈련장으로 쓰기에도 매우 적합했다.

나는 특별히 주문했던 내복을 둘둘 두르고, 삑삑거리는 호루라기 소리에 맞추어 팔을 굽혔다 펴는 몬티의 앞에서 단호히 말했다.

"팔은 가슴이 주먹 높이가 될 때까지 내립니다. 허리 쭉 폅니다!"
"악! 악!"
"열 번 하고 일어납니다. 마지막 구호는 하지 않습니다. 실시!"
"시, 실시!!"

역시 쓸데없는 생각을 빼는 데는 몸으로 굴리는 게 최고다.

나는 흐뭇한 얼굴로 일단 내 말에는 충실히 따르는 몬티를 보며 고개를 끄덕였다.

응? 군대에서 내 보직? 당연히 그냥 소총수 알보병이었다. 행정과 나왔는데 행정병으로 안 뽑아 가더라.

애초에 난 평범한 MZ세대다. 주작의 후예도 극혐했다고.

그래서 지금 하고 있는 것도 적당히 기억과 간접 경험에 근거한 흉내에 불과하다.

애초에 그냥 순수하게, 효과라고는 쥐뿔도 없는 부조리 그 잡채인 혹한기와 유격을, 14살의 몬티가 온전히 감당할 수 있을 리가 없잖아?

그건 그냥 순수하게 사람을 괴롭히기 위해서만 존재하는 거라고.

그러니까, 적당히 땀을 좀 뺀 운동 좀 시켰다 생각이 될 때 즈음에.

"잘하셨습니다. 이리 오세요."

"하, 한슬. 나 지, 진짜 죽는다."

"고생하셨습니다. 자, 앉으세요."

나는 몬티를 그늘의 모닥불로 안내했다. 그리고, 그 손에 양초를 하나 쥐여 주었다.

"이, 이게 뭐야?"

"자자, 들어 보세요."

난 몬티에게 다가가 들고 있는 초에 불을 붙였다.

그리고 몬티의 차게 식은 손에 따뜻한 양초와 모닥불의 온기로 살살 녹아들 때쯤.

"도련님, 힘드셨지요."

"그야 당연하지……."

"어머님이 보고 싶으시지 않으셨습니까?"

"보고 싶었어……."

천천히, 야부리를 털기 시작한다.

내가 누구냐. 이래 봬도 런던에서 최고 인기를 끌고 있는 작가다. 하물며 몬티는 내가 어렸을 때부터 수발 다 들어온 아이.

그런 아이의 마음을 간질이는 말을 꺼내는 것쯤, 간단하기 그지없는 일이다.

"흑……."

결국, 가볍게 눈물을 찔끔하는 몬티.

그래. 말은 번지르르했지만, 이건 사실 흔한 한국식 수련회 메타다.

사실 나도 내 돈 내고 고생하러 가서 신파로 모든 걸 때우려는 헛짓거리는 극혐하긴 하는데…… 그 효과만은 이 몸으로 확실히 알고 있기에 채용해 봤다.

몸이 힘들어지면 마음의 경계가 약해진다.

그 마음의 경계가 약해졌을 때 찔러 넣는, 체감과 감성 양면으로 파고드는 온기.

그것이야말로 쓸데없는 생각을 싹 날려 버리는 최고의 진통제다.

"군고구마랑 알감자 구워 놨는데, 드실 겁니까?"

"……먹을래!"

나는 볼에 잔뜩 검댕을 묻히며 소금 알감자를 입에 털어 넣는 몬티의 뺨을 닦으며 말했다.

"그래서, 이젠 좀 정신이 드십니까?"

"으……."

아직 물이 다 빠지진 않았구만.

하긴 몬티 나이 열넷, 한국으로 치면 딱 중학생이다.

중2병은 생리적인 그거다 보니, 한 번에 물을 다 뺄 순 없겠지.

오히려 너무 밀어붙이다간 엇나갈 뿐이다. 그러니 오늘은 여기까지.

대신, 나는 주제를 바꿔 다른 이야기를 시작했다.

"그래도 〈던브링어〉는 재미있었나 보네요."

"당근이지!"

그건 바로 '공감'이었다.

"그래서? 어떤 점이 가장 좋았나요?"

"그야, 멋있잖아! 그리고……."

몬티는 쉴새 없이 자기가 즐겼던 부분들을 늘어놓기 시작했다. 그걸 종합해 보면…… 뭐야, 결국 다 좋았다는 거네.

"아무튼, 나도 그런 식으로 악당을 물리치고 약한 사람을 도와주는 히어로가 되고 싶다는 거야."

"……흠."

거 참, 쉽고도 어려운 얘기구만. 나는 어깨를 으쓱이며 너스레를 떨었다.

"하지만 도련님도 봤잖아요? 에드먼드는 저 힘을 얻기 위해서 혹독한 수련을 했죠. 방금 했던 걸로도 부족할 정도니…… 지금 한 것의 수십 배를 매일 해야 합니다."

"끙……!"

입안에 감자를 가득 문 채 새파랗게 질린 몬티의 귀여운 표정에 난 싱긋 웃어 보였다.

"뭐, 그것도 그래봤자 결국 몸만 만들어질 뿐이지만요. 영웅에게 진짜 중요한 게 뭔지 아십니까?"

"뭔데?"

"마음가짐입니다."

힘이 세다고 영웅이 아니다. 멋지다고 영웅인 것도 아니다.

포기하지 않는 마음.

자기가 옳다고 생각한 걸 끝까지 밀어붙일 수 있는 강인함.

그리고 무엇보다, 약자에게 진심으로 공감하고 필요한 도움의 손길을 내밀 수 있는 이타심.

"그게 없으면 히어로가 될 수 없습니다. 반대로 말하면, 그게 있으면 힘이 없어도 영웅이라 할 수 있죠."

"쳇, 또 듣기만 좋은 이야기잖아."

짜식, 들켰네.

머리가 굵어졌더니 눈치가 많이 늘었다. 하지만 나는 여전히 얼굴에 철판을 깔고 말했다.

"진짜인데요? 어떻게 보면 밀러 씨도 제게는 한 사람의 영웅입니다."

"허구한 날 나가서 크리켓이나 치는데?"

"원래 사람은 완벽하지 않습니다."

에드먼드도 사회에서는 천덕꾸러기 취급이잖아요?

어쨌든, 나는 몬티의 머리를 쓰다듬었다. 몬티는 옛날과는 다르게 부끄러운지, 그걸 쳐내려고 이리저리 몸부림쳤다.

흐흐, 하지만 아직 힘에선 안 되지.

난 그 머리를 더 세게 매만지며 나직이 말했다.

"너무 그렇게 조급해하지 마세요. 저도 그 나이였던 적이 있으니 대충 짐작은 하지만, 세상일 의외로 그렇게까지 급하지 않습니다."

느긋하게, 상대가 알아들을 수 있게 대화를 하는 자세가 필요하다. 원래 세상은 정-반-합(正反合)으로 돌아가는 법이라고.

물론 몬티는 여전히 이해할 수 없다면서 내 품에서 웅얼거렸다.

뭐, 지금 이해하지 못해도 괜찮다. 아니 이해하지 못하는 게 당연하겠지, 아무리 커졌다 한들 쥐방울만 한 녀석이 뭘 알겠냐.

그러니.

"잘 모르겠으면 지금은 그냥 공부나 열심히 하세요. 그게 답입니다."

"엄마랑 똑같은 소리 하고 있네."

나는 툴툴거리는 몬티의 모습을 보며 씁쓸한 미소를 지었다.

뭐, 어차피 길이 어긋나지 않기만 하면 결국에는 차차 알아서 알게 될 것이다.

'그리고 그때는 침대 속에서 이불 킥을 하게 되겠지!'

그건 마지막에 꼭 오는 종착점이니까. 하하, 그때가 기다려지네.

그렇게 생각하던 그때였다.

"한슬! 몬티! 다 했나?"

"예, 밀러 씨! 도련님, 그럼 슬슬 들어가시지요."

"응."

빠릿빠릿한 대답. 좋아, 교육 효과 확실하구만.

그렇게 나는 순순해진 몬티를 밀러 씨 부부에게 보였고, 클라라 부인의 찬사와 밀러 씨의 경외를 받으며 저택 안으로 들어갔다.

다만, 밀러 씨가 날 부른 것은 단순히 저녁 시간이 다 됐기 때문만은 아니었다.

일이 있던 것이다.

"다트무어에 출장 좀 가줘야겠네."

"다트무어면…… 그 아무것도 없는 동네네요? 갑자기 무슨 일이라도 생겼나요?"

"음, 퀸멜 남작이 얼마 전에 실종되었네."

"허어……."

퀸멜 남작은 다트무어를 영지로 갖고 있던 남작 가문의 마지막 후예다.

제법 자산가였던지라 밀러 씨랑도 가끔 안면이 있었지, 아마?

나도 몇 번 얼핏 본 기억이 있다. 뭐, 그다지 깊은 인상이 남진 않아서 딱히 어떻게 생겼는지 기억은 안 나는데…… 근데 그 양반, 분명 독신에 친척도 없었을 건데? 그렇다면 설마?

한 가설을 생각하고 고개를 번뜩 들어 올리자, 내 생각이 맞다는 듯이 밀러 씨도 고개를 끄덕이며 동의했다.

"자네도 알다시피 거기엔 상속인이 없어. 그래서 은행에서는 전부 경매로 넘기고 처분하려는 모양일세."

"아하."

과연, 거기까지 말했으면 이제는 척이면 척이지. 나는 고개를 끄덕이며 말했다.

"가서 쓸 만한 미술품을 골라오면 된다는 거죠?"

"그래. 그리고 괜찮다면 몬티도 데려갈 수 있겠나? 아무래도 하는 짓을 보니까 방학이라 심심해서 그랬던 것 같은데, 이런 식으로 환기를 시켜 줘야지."

"좋습니다."

아무래도 내 교육을 통해 잠깐이나마 조용해진 만큼, 이번에 확실하게 고삐를 잡고 싶은 모양이었다.

내가 없어졌다가 다시 롤백하면 좀 그러니까.

뭐, 먼 곳도 아니고, 몬티가 그리 막 나가는 애도 아니니 큰 문제는 없다.

기껏해야 옆 동네 들렸다가 저택 한번 둘러보고 오는 거니까, 소풍 가는 느낌으로 충분하겠지.

나도 한동안 골방에서 글만 쓰다 보니 조금의 리플레쉬가 필요하기도 했고.

"그럼 바로 오늘 출발하도록 하죠."

흠, 거긴 뭐 돈이 될 만한 게 있으려나?

다트무어 실종 사건 : 문제 편

다트무어. 영국 문학에서 종종 등장하는 지명이다.

그리고 그때마다 이런 식으로 표현되곤 한다.

'황무지(荒蕪地)'.

물론 겉으로만 보면 이 표현은 잘못됐다.

나름 푸르른 목초지가 끝없이 펼쳐져 있었고, 이름난 수준까진 아니지만 야생마들이 활보하는 땅이며, 간간이 양 떼를 데리고 돌아다니며 별을 찾아 헤매는 목동도 볼 수 있다.

하지만 속지 말자.

괜히 알 만큼 아는 사람들이 그 땅을 황무지라고 번역한 게 아니다.

목초지라고 생각하던 갈색 대지에서 자랄 수 있는 건

진짜로 억세고 질긴 잡초뿐이다. 사람이 먹긴 애매한데, 위장이 튼튼한 우제류만 어떻게든 먹는 그런 풀 말이다.

이런 땅이 영국 특유의 온난 습윤한 기후와 만나면 과연 어떤 풍경이 펼쳐지느냐.

"와아……."

몬티가 자신도 모르게 새된 탄성을 내뱉는다. 난 그런 몬티와 함께 차창 밖을 바라봤다.

끝없이 펼쳐지는 검붉은 광야. 그 위에 넘실대는 암록색 벌판. 야트막한 숲 너머로 음산하기 짝이 없는 잿빛 구릉이 솟아 있다.

들쭉날쭉한 얕은 동산은 사시사철 내리는 비에 쓸려 모든 살가죽을 드러내 있었고, 그 위로는 브리튼 섬의 겨울을 상징하는 우중충한 먹구름이 물기 가득한 바람을 휘몰아치고 있다.

나와 몬티를 태운 마차는 이윽고 돌무더기 오르막길의 정상에 올랐다.

그곳에서 내려다보자, 바위산 사이로 움푹 파인 분지 지형이 그대로 드러났다.

그 안에는 습지가 형성되어 있다.

산에서 쓸려 내려온 양분들이 모인, 그나마 식물이 자라기 쉬운 곳. 옹기종기 모여 자란 떡갈나무나 전나무 같은 침엽수들이 만든 나무숲이 군데군데 펼쳐져 있다.

그리고 그 중심에는 마치 마왕 성이라도 되는 듯 거대

한 저택이 하나 솟아 있었다.

칼라일 가문의 저택, 스태플턴 저택이다.

아무튼 우리의 목적지이기도 했다.

"그런데 한슬, 왜 경매를 원래 주인집에서 하는 거야?"

오, 좋은 질문.

우리 작은 주인, 몬티 밀러의 말마따나 원래 경매는 따로 경매장을 잡아서 하는 게 원칙이다.

하지만 그 원칙은 때때로 현실적인 상황에 부딪히기 마련이다.

그건 바로.

"엑시터에는 경매장이 없습니다."

"……아."

"저택이 꽤 넓어서 경매장으로 쓸 만하니, 은행 입장에서는 매물인 저택과 토지까지 싸잡아서 팔아 버리잔 생각인 거겠죠."

"그것참, 편리하네."

"원래 세상 돌아가는 일이 다 그런 겁니다."

"자라는 꿈나무에게 그런 소리 좀 하지 마……."

하하 뭘 이 정도로…… 이건 이쪽 업계로 치자면 아주 조용하고, 뒤탈도 없으며, 무척이나 깔끔한 경우에 가까운데 말이지.

상속자나 피상속인에게 어떤 문제가 생기느냐, 그리고 그 대상이 어디까지냐에 따라 천차만별이니 말이다.

아무튼.

"이번에 구해 와야 할 예술품은 대략 스무 점 정도 됩니다."

"의외로 적네?"

"작고하신 칼라일 남작님은 동양화 전문이었죠. 그래서 현대화를 다루는 저희랑은 분야가 조금 다르니까요."

"그럼 굳이 사들여야 할 게 있어?"

"최근에는 유럽에서 쟈포네스크(Japonesque), 그러니까 일본식 화풍의 영향을 받은 아르누보(Art Nouveau)가 유행하고 있거든요."

그래서 밀러 씨도 최근에는 이런 아르누보 화풍을 그리는 화가들을 찾고 있었다.

직접 본 감상으론, 뭔가 자라나는 덩굴처럼 굽이치는 형태의 곡선과 모자이크 같은 채색의 화려함 때문인지, 자작 타로 카드를 보는 듯했지만.

음, 뭔가 2D 일러스트 비슷한 느낌도 들어서, 언젠가 나도 신작의 표지나 삽화로 쓰고 싶다.

밀러 씨가 제대로 영입하면 진짜 한번 부탁해 보는 것도 좋겠네.

'어디 보자, 이쪽으로 유명한 사람들이 구스타프 클림프(Gustav Klimt)나 알폰스 무하(Alfons Mucha) 정도려나?'

지금쯤 뭘 하고 있을까?

기왕 이렇게 된 거 이번 일을 끝내고 돌아가면 한번 이 사람들의 소재나 파악해 봐야겠다 마음먹으며, 설명을 마저 이었다.

"저희가 자포네스크 자체를 다루진 않겠지만, 아르누보를 다루려면 그 기원이 되는 일본화도 어느 정도 수집할 필요가 있으니까요."

"흐음, 그런가?"

"네, 그런 겁니다."

하지만 내 설명에도 불구하고, 명백히 이해하지 못한 표정으로 고개를 갸웃거리기만 할 뿐이었다.

아무래도 몬티는 이쪽, 미술업에는 잘 맞지 않는 느낌이다.

뭐, 상관은 없겠지.

사업체야 꼭 물려받을 필요 없이 팔아도 되고, 혹은 대리인을 세워서 운영해도 괜찮으니까.

"억지로 이해하려 하실 필요는 없습니다. 애초에 예술이란 사람마다 느끼는 게 다르고, 거기에 호오는 있을지언정 정답은 없는 거니까요. 제아무리 사람들이 명작이라 울부짖어도 스스로에게 맞지 않으면 그건 의미가 없습니다."

애초에 취미로 시작한 사업인 만큼, 아마 밀러 씨도 웃으면서 그러라 하지 않을까?

당장 아르누보부터가 그 대표 격 아닌가.

지금이야 좀 유행하지만, 고작 30년 만에 빠르게 퇴색되어 버린다.

예쁘장해서 보기는 좋은데, 무작정 예쁘기만 한 거로는 오래 가지 못하더라고.

"음…… 한슬이 그렇다면 그런 거겠지."

"네, 이번에도 그냥 구경한다는 느낌으로 가볍게 보면 됩니다."

그렇게 노가리를 까며 덜컹거리는 비포장 도로를 달리고 나니, 마차는 어느새 스태플턴 저택에 도착해 있었다.

저택은 낡아 있었지만, 이 경우에는 고풍스럽다고 하는 게 더 맞겠지.

담쟁이덩굴이 건물 전체를 뒤덮고 있었고, 본관 중앙에는 쌍둥이처럼 닮은 두 탑이 솟아 있다.

탑 곳곳에는 총을 쏘기 위한 구멍이 무수히 뚫려 있으며, 좌우로는 근처의 바위산을 재료로 썼을 것이 분명한 흑색 화강암 별관이 서 있었다.

이 저택이 단순히 거주만이 아닌, 지배자의 관청으로도 쓰였다는 의미기도 했다.

"흠."

무게감 있는 창문살 사이로는 희미한 불빛이 새어 나오고, 가파른 지붕 위의 굴뚝에는 시커먼 연기가 뭉게뭉게 피어오르는 게, 아무래도 선객들이 있는 모양이다.

그것을 증명하듯, 나와 몬티가 마차에서 내리자, 정문

에서 대기하고 있던 엑시터의 은행 쪽 직원 둘이 천천히 다가왔다.

나와도 안면이 있는 사람들이었다.

"오랜만입니다. 애쉬필드에서 오셨습니까?"

이 일대에서 애쉬필드라 함은 밀러 씨의 대명사로 통한다. 나는 고개를 끄덕이며 답했다.

"그렇습니다. 이쪽은 밀러 씨 댁의 장남인 루이스 몬태규 밀러 도련님이십니다."

"루이스 밀러입니다."

"그렇군요. 어서 오십시오. 오시느라 고생 많으셨습니다."

"안쪽으로 드시죠. 방을 준비해 두었습니다."

이런 일이 익숙한 직원들답게, 그들은 자연스럽게 우리를 안내했다.

나는 고개를 끄덕이며 직원 중 나이 든 사람과 눈을 마주쳤다.

"도련님, 먼저 들어가시죠. 짐은 제가 옮기겠습니다."

"응, 알겠어."

"도와주겠네, 한슬."

"감사합니다. 찰리."

나는 몬티를 먼저 보내고 마차의 짐에 붙는 척을 하며, 나를 도우려 다가오는 찰리와 눈을 맞췄다.

찰리는 경력 30년 차의 은행원이다.

자식이 둘 있으며, 한 명은 꽤 머리가 좋아서 비싼 사립대학교에 진학할 수 있었지.

그래…… 명백히 일개 은행원 월급으로서는 다니기 힘든 사립 학교에 말이다.

그게 무슨 말이냐면.

"……하여, 이상이 이번 경매에 참여하러 온 화상(畫商)과 수집가들일세."

좋아. 나는 지역 유지들이 암암리에 성립해 놓은 음습한 시골 습속의 혜택을 마음껏 누리며 고개를 끄덕였다.

그 과정에서 어이쿠, 내 손이 잠깐 그의 품에 작은 주머니를 넣었다 뺐다.

"하하, 뭘 이런 걸 다…… 고맙네."

"아뇨, 아뇨. 신경 쓰시지 마시죠. 언제나 고생하신 만큼 드리는 작은 선물입니다."

그렇게 그가 주머니 속을 확인하는 사이, 난 머릿속으로 방금 들은 정보들을 정리하기 시작했다.

어디 보자…… 익숙한 이름들이 제법 많았다.

카스테어스, 펀스비, 데스먼드, 셸던. 그 밑으로는 기억할 필요 없으니. 밀러 씨에게 재력으로 비벼 볼 만한 양반들은 단 한 명도 없었다.

물론, 지역 유지로서의 우열이라면 셸던이 그나마 오래된 집안이긴 하지만, 그래 봤자 클라라 부인의 본가라 할 수 있는 베이머 가문에 비하면 부족한 점이 많다.

즉, 완전히 노났다는 거다.

이거, 이번엔 딜로 찍어 눌러도 충분하겠는걸?

나는 짐을 어깨에 걸치며 말했다.

"흐음, 꽤 적네요?"

"하하, 촌동네 다트무어잖나."

하긴 그렇지.

나는 찰리의 말에 고개를 끄덕였다.

아주 이-지하군.

하긴, 몬티를 같이 보냈을 때부터 이럴 거 같긴 했다. 빡센 경쟁이 붙는 곳에서 약점이 될 만한 이를 함께 보내진 않으니까.

대신.

"이거 참, 도련님은 좀 실망할 수도 있겠네요. 나름 이런 자리는 처음 겪는 거라 기대를 많이 하고 있을 텐데."

〈빈센트 빌리어스〉에서 등장했던 것처럼, 가격을 올려가면서 상대와 수를 나누는 그런 장면을 상상했을 거 같은데, 아쉽게도 그런 걸 보여 줄 수는 없을 듯하다.

"내 입장에서는 이 일을 일종의 유희처럼 여기는 자네 쪽이 더 신기하긴 하다만."

뭐, 그야 그러겠죠. 저도 나름 연차가 다른지라.

아무튼 나로서는 별 불만 없다.

다트무어의 황무지가 볼 만한 건 사실이지만, 이 근방의 경치는 색감도 우중충한 편이라서 금방 물린다. 아마

한 두어 시간 정도 구경하면 금세 지루해지겠지.

가벼운 일에 가벼운 내용.

심지어 걸리는 내용도 없으니, 이러니저러니 해도 끝내고 귀가하는 게 제일 좋다.

그런데.

"……경찰이 많네요?"

막상 안으로 들어가 보니, 저택 안에는 경매하러 온 화상들보다 딱딱한 얼굴과 베이지색 코트를 입은 형사들이 훨씬 많았다.

간간이 푸른색 옷을 입은 런던 경시청도 있는 걸 보면, 뭐지? 내 정보와 다르게 뭔가 사건이 있는 건가?

그런 의도를 담아 시선을 뒤로 향하자, 찰리는 어깨를 으쓱이며 말했다.

"우리야 대충 늪지에 빠졌다고 여기고 있다만, 어쨌든 간에 실종사건이잖나. 유산 분배가 시작되긴 했어도, 인망 높았던 칼라일 남작의 생환을 바라는 사람들이 없진 않아."

"그렇군요. 그러면 진짜로 살아 돌아오면 아주 큰일 날 것 같은데요."

"그래서 더 경찰들이 와 있는 거기도 하지. 사실 정황상 칼라일 남작이 죽은 건 확실해. 그런데 상속인들도 그렇지만, 은행에서도 처분할 건 빠르게 처분하고 분배해서 유산을 굴리고 싶거든."

요컨대 사망 확정 도장을 찍고 싶다는 얘기인 것 같다.

아직 실종 후 몇 년 이후면 사망 처리 같은 법안이 있는 시대도 아닌 만큼, 주변의 사정에 의해 생사가 결정된다는 점이 신기하기도 하다.

물론, 이야기는 그게 다가 아니었다.

"사실 상속인들 사이에선, 진짜로 누구 하나가 범인이었으면 좋겠다고는 눈치도 보이고 있네."

"아니, 그건 또 무슨 소리예요?"

"상식적으로 그렇잖나. 살인범에게 살인 피해자의 유산을 넘길 순 없으니까, 그 사람의 유산을 제한 나머지가 좀 더 돌아올 걸 기대하는 거지."

"아이고야……."

대충 악당들이 말하는 '좋아, 이걸로 머리 하나가 줄었네.' 같은 거군.

죽은 사람의 명복은 기원도 안 하고 유산만 탐하는 꼴이라니. 정말 교육에는 좋지 못한 현장이구만.

난 얼굴에 씁쓸한 표정을 지을 수밖에 없었다.

얼굴은 잘 생각 안 나지만 칼라일 남작이 나름 미담은 많은 사람이었기에 더더욱 그랬다.

숲 너머에 가면 적당한 촌이 두어 개 있는데, 사실 이 동네가 먹고 살기 뭐한 동네다 보니, 사실상 칼라일 남작이 돈 대 줘서 촌이 먹고 사는 수준이었거든.

물론 그만큼 돈이 많다는 소리겠지.

명망 높은 지역 유지였던 만큼, 부동산까지 합하면 밀러 씨 정도는 아니라도 상당한 재산이 있었을 것이다.

그리고 찰리는 당당히 그 금액을 말해 주었다.

"은행에서는 총 자산이 약 97만 파운드(2.4조 원)에 이르는 걸로 추산하고 있네."

"……와 씨."

눈 돌아갈 만하네.

하긴 생각해 보면 제아무리 황무지라 하지만 어마어마하게 넓긴 하니까.

그렇게 생각하던 내 반대편에서 왠지 모르게 눈에 익은, 하지만 여기에 있을 리가 없는 코트와 콧수염이 보였다.

어…… 저 사람?

그리고 저쪽도 여길 발견했는지, 경찰과 이야기하다가 놀란 눈을 하더니 잽싸게 달려왔다.

"아니, 한슬로? 자네?"

"……선생님? 선생님이 왜 여기 계시나요?"

지금 런던에서 신나게 〈셜록 홈스〉 프리퀄을 쓰고 있어야 할 사람.

아서 코난 도일 선생이었다.

* * *

"하하, 나야 출장을 왔지. 이번에 스코틀랜드 야드에서 이

집 주인의 실종 사건에 대해서 수사 고문을 요청했거든."

"그러셨군요."

그리고 보면 수사 고문으로 소재를 얻으신다고 하셨지.

근데 그게 이런 먼 곳까지 출장할 정도일 줄은 몰랐다. 이 정도면 출장비 받아야 하는 거 아닌가?

"안 그래도 이번 일이 끝나면 자네 집에도 한 번 들리려 했는데, 이거 참 운이 좋군."

"하하, 예. 저야 언제나 환영이긴 하죠."

이렇게 일찍 뵙게 될 줄은 몰랐지만요.

그때였다. 아서 코난 도일의 뒤에서 젊은 남자 하나가 다가왔다.

검은 중절모로 머리를 가렸지만, 찰랑거리는 금발이 인상적이다. 배우를 해도 잘하겠지만, 푸른 경찰복 위로 잿빛 트렌치 코트를 길게 늘이고 있는 것이…… 전형적인 형사의 모습이었다.

"선생님, 제게도 좀 소개를 시켜 주실 수 있을까요?"

"아, 홉킨스 군. 그래 이쪽은…… 음, 런던에서 내 집필에 많은 도움을 준 화상(畵商) 청년이라네. 한슬로, 이쪽은 스코틀랜드의 홉킨스 형사일세."

"안녕하십니까. 이번에 애쉬필드의 대리인으로 경매에 참가하게 된 진한솔입니다."

"아하, 그렇군요. 화상의 경매 대리인이라……."

그는 그리 이야기하며 나를 위아래로 훑어보았다. 그러더니 황급히 고개를 저으며 말했다.

"죄송합니다. 어디선가 만나뵌 것 같은데, 기억이 안나서 그만."

"아닙니다. 그럴 수 있지요."

사실 나도 은근히 기시감이 들었던 참이다.

하긴, 내가 런던 경시청에 갔던 적이 몇 번 있으니 그때 본 사람 중 하나일 수도 있지.

아무튼, 어깨를 으쓱이며 사과를 받아들인 나에게 홉킨스는 다시 정중하게 말했다.

"제임스 홉킨스입니다. 만나 뵙게 되어 영광입니다."

"잘 부탁드립니다."

그 때, 아서 코난 도일이 옆에서 말해 왔다.

"아차, 짐을 든 사람을 너무 오래 잡고 있었군. 한슬, 괜찮다면 도와줄 테니 청취 조사 좀 할 수 있겠는가? 만난 김에 회포도 풀 겸 말일세."

"아, 얼마든지요."

"고맙네. 그러면 홉킨스, 다녀오겠네."

"알겠습니다. 그러면 부탁드리지요."

흠, 보기보다 선생님의 재량이 넓은 것 같다.

청취 조사라는 거, 원래는 외부인인 일개 탐정이 할 수 있는 일은 아니잖아?

그렇게 의문을 품는 내게, 아서 코난 도일은 목소리를

낮추고 속삭였다.

"홉킨스 형사니까 가능한 걸세. 저 친구, 사실 내 열렬한 팬이거든. 덕분에 사건 조사나, 이런저런 곳에서 많은 도움을 받고 있지."

"아, 역시."

어쩐지 〈셜록 홈스〉에서 등장한 경찰 중에 유난히 홈스바라기인 그 형사랑 겹쳐 보이더라.

은근히 PPL을 많이 넣으셨네, 이분.

아무튼, 나와 코난 도일은 은행원 찰리의 안내를 받아 몬티가 기다리고 있을 방으로 들어갔다.

"사실은 나도 도착한 지 얼마 안 됐는데, 이 저택은 참으로 볼만하군. 오래된 색유리 장식의 높고 좁은 창문들, 떡갈나무 창틀, 벽에 붙은 수퇘지 머리 모양의 문장들…… 하나하나가 비범한 역사를 느끼게 해."

"뭐, 확실히 오래된 곳이긴 하죠. 저도 이 근처에는 많이 들린 게 아니라 정확히는 모르지만요."

아무리 옆 동네라고 해도 여기까지 나올 일은 많지 않으니까.

"아, 그건 제가 설명해 드리지요."

그러자 옆에 있던 찰리가 가볍게 목을 다듬더니 설명을 시작했다.

"원래 이 집안의 조상은 고대의 어느 전사 귀족(warrior aristocrats)이었다고 합니다. 노르만 시기에 정복왕 윌리엄을 따라 들어왔다더군요. 저택 자체는 17세기부터 지어졌는데, 엘리자베스 1세 시절에 크게 돈을 벌어 증축했다 하고요."

흐음, 그건 나도 몰랐는데. 흥미롭네.

매매를 담당하는 은행의 직원답게 찰리는 나조차 몰랐던 스태플턴 저택의 자세한 정보를 천천히 늘어놓았다.

설명 자체는 아서 코난 도일 선생님에게 하는 것이지만, 눈치를 보아하니 내게도 간간이 시선이 닿는다.

하긴, 이쪽도 경매 참가자니까. 그것도 돈이 무척 많아, 낙찰 받을 걸로 유력한.

근데 미안해요, 찰리. 이쪽의 목적은 순전히 그림이라고. 나한텐 말해 봐야 소용이 없어.

"그러고 보니 찰리, 원래 칼라일 남작은 일가친척이 없었잖아요? 그런데 상속인들이 와 있다는 건 무슨 얘기죠?"

"응? 아, 그 지점이군. 일가친척은 없지만, 남작님 개인이 미리 써둔 유언장에서 지정해 둔 별개의 상속인이야. 개인적으로 친분이 있던 사람들도 있고, 오랫동안 가문을 섬긴 하인들도 있고, 두 아랫마을의 금고 책임자도 있지."

세상에, 뭐가 그렇게 많아?

직간접적으로 혜택을 보는 사람만 수백 명이다.

심지어 듣다 보니 찰리도 그중 하나였다. 정확히 말하

면 죽은 칼라일 남작의 주거래 은행이었던 만큼, 엑시터 지방 은행도 사회에 환원한다는 조건으로 얼마간의 유산이 예치된다는 것이다.

어이구야, 이제 이해가 되는군. 확실히 은행이 빨리 사건을 종결시키고 싶을 만했다.

"자, 이 방일세."

"알겠습니다. 감사합니다, 찰리."

"뭘, 물어볼 게 있으면 언제든지 불러 주게."

은행원 찰리는 그렇게 떠나갔다. 아서 코난 도일은 신비하다는 듯 나와 그의 뒷모습을 번갈아 보더니 말했다.

"은행원이라고 들었는데 상당히 친하군. 이게 시골 민심이라는 건가?"

"에, 뭐. 음. 그렇다고 치죠."

도시 사람의 흔한 시골에 대한 착각이다. 세세하게 설명하면 여러모로 지저분한 얘기가 될 테니, 나는 그저 입을 다물었다.

폐쇄적인 향촌 사회도 의외로 음습하다구요. 왕립 문학회가 오히려 순수해 보일 지경이니 말 다 했다.

"몬티 도련님, 기다리셨습니까?"

"한슬, 이제 와? 그쪽은······."

"반갑소, 도령."

"아, 처음 뵙겠습니다."

몬티의 신분을 존중해서인지, 아서 코난 도일은 어린

나이임에도 몬티에게 정중하게 인사를 해 주었다.

몬티 역시 예절 바르게 그 인사를 받았다. 나는 고개를 끄덕이며 몬티에게 말했다.

"도련님, 이쪽은 아서 코난 도일 선생님이십니다. 선생님, 이쪽은 제가 모시는 밀러 씨 댁의 장남, 루이스 몬태규 밀러 도련님입니다."

"아서 코난 도일……! 설마 그 〈셜록 홈스〉의?!"

오, 역시 몬티. 책 좋아하는 아이답게 바로바로 알아본다.

나는 고개를 끄덕였고, 아서 코난 도일도 뿌듯한지 미소를 지으며 화답했다.

"그렇다네, 도령. 내가 바로……."

"홈스는 왜 죽이셨어요!?"

"쿨럭!!"

아이쿠야. 그래, 셜록을 알면 당연히 그것도 물어봐야 국룰이지.

나는 어린아이의 순수한, 그래서 더 딜량이 높은 질문 한 방에 격침된 아서 코난 도일을 딱하고 가여운 눈으로 보며 말했다.

"선생님, 죄송하지만 이건 제가 실드 못 쳐 드립니다. 아시죠?"

"크흑…… 알고 있네. 동양 말로는 카르마(karma)라지. 이해하고 있다네."

아니, 그건 인도 쪽 개념이고. 물론 한국에도 연기론으로 상륙했으니 뭐 크게 다르진 않은데…….

아무튼 조금 불쌍해 보이니 조금 도와 줘 볼까?

난 손짓을 하며 그에게 의견을 전했다. 전에 환담으로 나눴던, 홈스 관련 대책 작전. 그 C(Children)에 해당하는 사인이었다.

이내 코난 도일도 사인을 알아듣고는 큼큼하며 목을 다듬더니, 잠시 주변을 둘러보는 척을 하다가 조심스레 몬티의 곁으로 다가갔다.

그리곤 비밀스러운 이야기를 하려는 듯 입가의 손을 대곤 속삭였다.

"으음, 도령. 한슬로 진과 관련이 깊다고 하니 몰래 알려 주지. 사실…… 셜록은 죽지 않았다네."

"그, 그게 무슨 말씀이시죠?"

순간 침을 꼴깍 삼키는 몬티.

코난 도일은 마치 정부의 비밀 임무를 행하는 요원처럼 빙긋 웃으며 마저 답해 주었다.

"말 그대로지. 잘못하다간 모리어티와 그 일당에게 들킬 수 있거든."

"헉! 그 말은?"

"그래, 조만간 화려하게 귀환할 거라는 얘기야. 절대, 아무에게도 이야기하지 말게."

"물론이죠!!"

몬티는 눈을 반짝반짝 빛내며 열성적으로 고개를 끄덕였다.

그래, 저 나이대 애들한테 제일 좋은 당근은 역시 '은밀한 비밀'이지.

난 몬티의 등 뒤에서 코난 도일에게 엄지를 내밀어 보였다. 그러자 그도 몬티의 어깨너머로 가볍게 엄지를 보였다.

"그런데 아서 코난 도일 작가님, 작가님은 어쩐 일로 여기 계신 거예요? 그리고 한슬이랑은 왜?"

"아, 그건······."

"흠, 마침 잘됐군. 한슬, 도령에게 설명해 주는 김에 사정 청취도 할 수 있겠나? 될 수 있으면 칼라일 남작이나, 이 근방에 대해 아는 게 있다면 말해 줬으면 좋겠는데."

"아, 예. 저도 아는 바가 많지는 않지만, 최대한 성실히 말씀드리겠습니다."

그렇게 나는 몬티에게 아서 코난 도일과의 인연, 그리고 그가 칼라일 남작의 실종 사건에 대해 조사하러 왔다는 것을 쭉 설명했다.

그런 한편으로는, 아서 코난 도일에게 이웃 영지의 주민으로서 칼라일 남작과 다트무어에 대해 아는 바를 쭉 읊었지만, 솔직히 말해 꽤 단편적인 지식이고 사건에 대해서는 그다지 도움이 되진 않는 평범한 내용이었다.

"요컨대, 워낙 척박하고 외진 땅곳이다 보니 옛날 봉건 제도식 영주와 그 영지민의 전통을 간직한 마을들이라는 거군."

"일단 그렇게 이해하시면 됩니다."

덧붙여 말하자면 애쉬필드 쪽도 비슷하긴 하다.

작위는 없어졌지만, 베이머 가문과 그 뒤를 이은 밀러 가문의 재력과 입지는 칼라일 가문에 버금가니까.

"그래서 저로서는 웬만하면 이번 일이 원만하게 흘러갔으면 좋겠습니다. 옆 동네기도 하고 작고하신 칼라일 남작님을 보아서도요."

"흐음, 무슨 말인지 알겠네."

애향심은 중요하지.

아서 코난 도일은 그렇게 말하며 고개를 끄덕였다.

"다만 그걸 위해선 일단 모두의 결백이 명명백백 밝혀질 필요가 있네. 걱정 마시게, 내가 보기에도 이 사건은…… 자네들 같은 외부인의 소행이라고 보기엔 지극히 어려워. 아마도 내부인이거나, 정말 운이 좋으면 그저 사고사겠지."

"저로선 후자이길 빕니다."

살인범이 활보하는 동네에 몬티를 머물게 하고 싶진 않으니까.

게다가 지금도 봐라, 중2병이 아직 완전히 가시지 않은 피 끓는 10대가 기대감 만빵인 눈을 빛내고 있지 않은가.

"그럼 선생님은 앞으로 어쩌실 생각이십니까?"

"아, 그러잖아도 자네에게 부탁하고 싶은 것이 있었지."

"뭔데요?"

"이런 경매가 이루어진다면, 참가자들끼리 모이는 자리가 있지 않겠는가? 거기에 들여보내 주었으면 좋겠군. 경찰로서 들어가는 것과 참가자의 지인으로서 들어가는 건 아무래도 정보의 질이 달라진단 말이지."

흠, 틀린 말은 아니다.

게다가 말 한마디만 하면 되는, 간단한 일이니까.

"알겠습니다. 뭐, 어려운 일도 아니니까요."

"고맙네, 한슬. 그러면 도령, 앞으로 함께 다닐 건데 잘 부탁하지."

"여, 영광입니다! 아서 코난 도일 작가님!"

빠밤빠밤! 아서 코난 도일이(가) 동료로 합류했습니다.

자 그럼 슬슬…… 저녁 식사의 탈을 쓴 탐색전을 하러 가 볼까.

오랜만에 본업에 들어간 나는 머리를 넘기며 눈을 빛냈다.

10장 다트무어 실종 사건 : 해결 편

다트무어 실종 사건 : 해결 편

나와 몬티는 이번 경매의 호스트라 할 수 있는 은행에서 초대한 연회에 참석했다.

게임으로 치면 탐색전이라고 할 수 있다.

그 왜, 데스 게임 보면 주최자가 서로 확인하라고 모아 놓는 자리 같은 거 있지 않나. 대충 그런 거다.

"다들, 처음 뵙겠습니다. 루이스 몬태규 밀러입니다."

그 자리에서 당연히 몬티는 상석에 앉았다. 재력으로 보나 격으로 보나 최상위니까.

대리인 겸 가정교사로 소개된 나는 몬티의 오른쪽에, 왼쪽에는 조금 전부터 우리 일행이 된 아서 코난 도일 선생님이 앉았다.

"반갑습니다! 크리스토퍼 카스테어스입니다. 춘부장께

신세를 많이 졌지요, 하하하!"

말에 뼈가 있구만.

나는 카스테어스 화상의 주인, 크리스토퍼 카스테어스를 바라보았다.

미끈한 대머리에 웃음기가 많은 활기찬 인상.

사실 이 시대에는 독특한 양반이다. 웬만하면 가발을 쓸 텐데 말이지.

물론, 대머리 상인이 늘 그렇듯, 절대 방심해선 안 되는 인물이기도 했다.

굳이 자신의 약점을 드러내서 상대를 낚아채는 영악한 방식을 활용하는 자인 만큼.

자본금이 애매해서 세력이 약할 뿐이지, 수완만 따지면 밀러 씨보다 위일걸.

"디미트리어스 데스먼드요. 이야기는 많이 들었소이다. 헌앙한 아드님을 둔 밀러 씨가 부럽군요."

반면, 늙은 상인인 디미트리어스는 정반대. 저물어가는 해다.

밀러 씨가 부럽다는 말은 그냥 빈말이 아니다.

아들내미가 둘 있었는데 하나는 사고로 죽었고, 남은 하나는 경마에 돈을 탕진하고 있거든.

물론 그렇다고 해서 방심해도 좋다는 의미는 아니었다. 상인 바닥에서 늙었단 얘기는 오래 묵었다는 뜻이니까.

겉으론 표하지 않는 능구렁이 같은 인물인데다, 자금도 아마 우리 쪽을 제외하면, 저 양반이 제일 많을 거다.

독특한 건.

"셀레나 셸먼이에요. 남편을 대신해서 왔습니다. 잘 부탁드려요."

고혹적인 미소를 짓고 있는 셸먼 가문의 며느리였다.

여태까지 몇 번이고 얼굴을 나눴던 인물들과는 다른 뉴 페이스.

뭐지? 셸먼 가문의 후계자는 내가 알기론 그냥 평범한 부농 아재였는데? 언제 재혼했대?

게다가 저 라틴계 아줌마, 눈빛이 보통이 아니다. 무슨 먹음직한 개구리 고르는 뱀 같은 눈빛이 만만치 않아 보인다.

'우선 요주의 체크…….'

그리고 마지막으로 초대된 펀스비 쪽은…….

"하, 하하. 죄송합니다. 조금 늦었습니다."

중역 출근이라, 웬일이지? 나는 보석 전문상, 패트릭 펀스비를 기이하게 보았다.

분야가 달라서 친분은 없지만, 보석상으로서는 꽤 잔뼈가 있는 인물로, 성실함이 장점이던 사람이었다. 그런데 이렇게 늦다니.

흠, 아니다. 얼굴이 하얗고 손이 떨리는 걸 보니 꽤 컨디션이 안 좋은 모양.

그래, 상인도 사람인데 그럴 수 있지.

'자, 그러면.'

수완.

자금.

분위기.

전문성.

오랜만에 전장에 서니 감각이 쭈뼛쭈뼛 오르는 게 느껴진다.

공기로 알게 모르게 전해지는 수 싸움은 과연 그간 얼마나 편하게 지내고 있었는가를 다시금 떠오르게 만들었다.

고작 몇 년 전만 해도 이런 복마전에서, 어떻게든 살아보겠다고 독하게 지냈는데…… 어느새 안락한 삶에 적응한 나 자신이 반성 된다.

물론, 그렇다고 해서.

"그러면."

내가 할 일이 크게 달라지진 않지만.

난 이럴 때마다 지었던 무표정한 눈빛으로 좌중을 쓸어봤다.

그리고는.

"미리 통보하겠습니다. 카탈로그는 다들 확인하셨죠? 6번, 9번, 11번, 17번하고 18번, 20번부터 32번. 그리고 40번부터 46번까지. 이것들이 이번에 저희 애쉬필드에서 매입할 물건입니다. 나머지는 알아서들 고르시지요."

"음……."

"후."

"……허허."

"……무례하시군요."

카스테어스가 말문을 잃고, 펀스비는 안도한다. 데스먼드는 그저 허허로이 웃음만 짓는 가운데, 셸먼에서 온 셀레나만이 불쾌한 표정으로 이쪽을 노려봤다.

"이 자리가 어떤 자리라고, 감히 그런 소리를 하시는 거죠?"

"어떤 자리라…… 거참."

즉, 애송이란 뜻이다.

나는 피식 웃으면서 그녀에게 말해 주었다.

"아직도 상황 파악이 안 되십니까?"

"뭐…… 라구요?"

"아니, 이런 자리 자체가 처음인 것 같군요. 후, 그 가문도 대체 무슨 생각인지……."

난 절레절레 고개를 흔들고는 가볍게 그녀를 쏘아보았다. 순간 움찔하는 그녀.

"무례하다라…… 왜 이걸 무례하다 느끼시는지 모르겠군요. 이쪽은 당연히 해야 할 것을 했고, 그쪽은 당연히 들어야 할 것을 들었는데 말입니다."

"뭐, 뭐……."

"애초에 왜, 저 두 분은 가만히 있었던 거 같습니까? 눈치가 없어서? 무례를 알아보지도 못할 정도로 멍청해서?"

정말 그렇게 생각하십니까?

내 목소리에 주변을 두리번거리는 셸먼. 나머지 인원들은 그런 그녀를 싸늘한 눈빛으로 쳐다봤다.

"애초에 저희는 이번 경매엔 그리 큰 흥미도 없습니다. 어찌 보면 칼라일 남작님과 엑시터 은행과의 친분에 대한 의리를 다한 거기도 하지요. 그런데, 거기에 목소리를 높이신다…… 어느 쪽이 더 무례한지 모르겠군."

그래, 다시 한번 말하지만 진짜 중요하고 의미 깊은 경매였다면 아무리 믿음직스러워도 밀러 씨가 나 혼자 보낼 리가 있을까? 그것도 명백하게 흑인 아들까지 붙여서?

우리에게 이번 일은, 말 그대로 상갓집에 와서 부의금을 내는 것과 다름없다는 거다.

겸사겸사 근처 사람들과 얼굴도 보고.

이것도 일종의 지방 커뮤니티라는 거지.

그러니 당연하게도 평소 칼라일 남작과 제일 친하게 지냈고, 근방에서 영향력도 강한 우리가 선점권을 이야기한 것에 불과하다.

그런데 그런 것도 모르고 경거망동하다니…….

참, 셸먼 그 오늘내일하는 늙은네, 유산이라도 제대로

남겨 주려면 인망이라도 좋은 사람을 골라야 할 텐데. 틀렸네, 틀렸어.

"오늘 일은 공식으로 서한을 보내도록 하지요."

분위기밖에 없는 초짜 아줌마는…… 뭐, 밥이라도 맛있게 먹다 가시고.

"하인 주제에 건방지게……!"

그러자 나를 향해서 이빨을 들이미는 그녀. 이게 논리로 안 되면 메신저를 공격하라는 그런 건가?

뭐, 그렇지. 하인도 맞고 건방진 것도 맞다. 그런데 말이다.

그럼 어쩔 건데? 당신이 지금 뭘 할 수 있지?

전에도 말했듯, 이 시기는 '느그 서장 남포동 살지?'가 먹히는 시대다. 아니, 먹히는 것을 넘어 때론 전부기도 하다.

그리고 목줄에 묶인 치와와가 아무리 짖는다고 해도 무서울 사람은 없다는 거다.

나는 그저 씨익 웃으면서 그녀에게 말했다.

"제 말이 기분 나쁘셨다면, 방금 말씀드린 물품들에 입찰해 보시면 됩니다."

할 수 있다면 말이지.

당연히 뒷말은 하지 않았다.

필요하다면 힘의 차이를 보여 주면 될 뿐.

그리고 최소한, 돈을 놀릴 줄 아는 사람이라면 이 말만으로도 모든 내용을 이해했을 거다.

"……큭!"

다행히 셸리나 셸먼은 미숙할 뿐, 상인이긴 한 모양이다. 스스로의 기를 꺾고 고개를 푹 숙이는 걸 보니.

"하하하. 역시 자네는 거침이 없군."

"뭐, 솔직한 성격이라."

"정말이지, 밀러 씨가 부럽다니까. 한슬, 역시 자네…… 지난번 제안에 대해 다시 한번 생각해 줄 수 없겠나?"

이야기가 소강상태에 접어들자 대머리 아재, 크리스토퍼 카스테어스가 입맛을 다시며 그렇게 말했다.

나는 질색하면서 고개를 저었다.

"죄송하지만, 전 아직 밀러 씨에게 은혜를 갚아야 하는지라."

"하하하하! 좋아, 뜻대로 하게. 대신 내가 먼저 순번을 떼어 뒀다는 건 언제나 기억해 두고."

"그건 뭐, 상관없지요."

아마 내가 누군가의 밑으로 들어갈 일은 없을 테니까. 이뤄질 일 없는 약속이다.

그래도 나는 유들유들한 카스테어스의 말에 고개를 끄덕여 주었다.

어쨌든 저쪽과 친해 둬서 나쁠 건 없으니까. 그러자 저쪽도 만족한 듯 고개를 끄덕이며 물러섰다.

그런 우리 사이로 디미트리어스 데스먼드가 콜록 하고 잠시 기침을 하더니 말했다.

"콜록, 크흠. 이야기가 끝났다면 슬슬 저녁을 먹어도 되겠나? 미안하네. 나이가 들었더니……."

"얼마든지요. 이게 다 먹고 살자고 하는 일 아닙니까."

나는 대기하고 있던 직원들에게 손짓했다.

흠. 이태리 풍이라. 괜찮네.

"죄, 죄송합니다만, 저는 이만 제 방으로 돌아가봐도 되겠습니까?"

"펀스비 씨, 괜찮으십니까?"

"아, 하하. 예. 제가 좀, 물이 좀 안 맞는지 속이 안 좋아서……."

다만 펀스비는 뭐 하나 먹지를 못하고 도망치듯 방을 나갔다. 저런, 불쌍하게. 맛도 괜찮은데.

실제로 나 뿐 아니라, 코난 도일과 식성 풍부한 10대인 몬티도 꽤 만족스럽게 식사한 듯했으니, 나만의 감상은 아닐 것이다.

"자, 그러면 두 번째겠군요. 저희는 먼저 일어나 보겠습니다."

"아, 한슬. 혹시 괜찮으면 이따가 응접실로 와주겠나? 디미트리어스 영감님이랑, 카드 게임이나 한판 하고 싶은데."

"시간이 나면 그렇게 하겠습니다."

"크흠. 그러면 나중에 보세나."

마지막까지도 망신당했던 게 여전히 꽁한 건지, 셀리나 셀먼은 마지막까지 입을 다물었다.

그쪽을 이어받을 생각이라면, 이 커뮤니티에 빨리 들어와서 자리를 잡아야 할 텐데 글렀네, 글렀어.

난 그런 생각을 하며 몬티와 코난 도일 선생님과 함께 일어났다.

그리고 복도를 지나치는 사이.

"자네, 이쪽 일을 할 때는 분위기가 상당히 다르군."

"어? 그랬나요?"

"응, 한슬. 뭔가 평소보다 더 날카롭고 무겁다고 해야 하나…… 다른 사람을 보는 거 같았어. 기선 제압치곤 너무 셌던 거 아니야?"

뭐, 그거야 이쪽은 얕보이면 당하는 세상이니까.

아무튼 그건 그거고 무엇보다 몬티가 오해하고 있는 부분이 있다.

"오늘 있던 일, 그거 기선 제압 같은 게 아닙니다."

"어? 그럼 뭔데?"

"그냥 현실을 알려준 거죠."

"으……응?"

난 무슨 말인지 모르겠다는 듯이 고개를 갸웃거리는 몬티를 보면서 빙긋 웃어 보였다.

"도련님이 이 업계에 모르셔서 그렇습니다만, 저 넷은

그리 큰 상회들은 아닙니다. 그나마 이 데번 주니까 저희랑 말이라도 붙여 볼 수 있는 거죠."

밀러 씨가 워낙 평상시 소탈하고 사람 좋은 인상이라 그렇지, 기본적으로 '그' 로스차일드와 교섭할 힘이 있는 사람이다.

오히려 이쪽에서 배려를 많이 해 준 거라는 거지.

게다가.

"저쪽은 오히려 큰 득을 본 겁니다."

"응? 왜?"

"가장 큰손인 우리가 원하는 물건이 뭔지를 알았다는 것. 이것만으로도 저쪽으로선 엄청난 소득이죠."

무작정 하는 갑질이 아니라는 것이다.

원래 이쪽 고위층 일이라는 게 다 그렇다.

체급이 높을수록 부상을 더 조심하게 되는 법. 무턱대고 피 터지게 싸워 봤자 득을 보는 사람은 없다.

그렇기에 가능한 합의로 이야기를 진행시킨다.

요컨대 이쪽에서 말한 것은 일종의 답안지였다. 이쪽만 피하면 손해는 안 봐요~ 라는 그런 거지.

"되려 저들은 크게 안도하고 있을 겁니다. 저희가 이번에 선택한 것도 결국 인사치레나 할 정도인 일본 그림 몇 점. 제일 격전지가 될 귀금속이나 부동산 쪽엔 손을 대지 않겠다고 했으니까요."

"음, 복잡해……."

"급할 필요는 없어요. 몬티도 차차 알게 될 겁니다."

원래 높으신 분들은 이리저리 돌려 말하길 좋아하니까.

그나저나, 셸먼 쪽은 어쩌다가 저런 며느리에게 홀라당 먹힌 것일까?

그런 생각을 하는 와중.

"아무튼 인상적이었네."

묵묵하게 곁을 걷던 아서 코난 도일 역시 천천히 고개를 끄덕이며 말했다.

"자네, 생각보다 꽤 수완이 좋군. 나 역시 적지 않은 사람을 만나 봤네만…… 이렇게 매끄럽게 판을 정리하는 건 처음 봤다네. 나름대로 참고가 되겠어."

"과찬이십니다. 뭐, 이번엔 저쪽에서 보기 좋게 나왔으니까요. 아무튼."

큼큼, 나는 목을 가다듬으며 물었다.

그래서 어땠느냐고, 저들 중 범인이 있는 거 같냐고.

그 말에 몬티가 생각도 못 했다는 듯 눈을 똥그랗게 떴으나, 아서 코난 도일은 고개를 가볍게 절레절레 흔들며 답하였다.

"역시 그것 때문에 일부러 도발해 준 거였군. 아쉽게도 아직까진 잘 모르겠네. 반응만 보면 혐의는 없어 보이더군."

그는 하나하나 손가락으로 꼽으며 말했다.

"우선 셸먼. 그녀는 한눈에 봐도 혈기가 강한 라틴계고, 실제로 그러하더군. 자네가 건드니 확 하고 달아오르지 않나. 그런 사람이 체계적인 음모를 꾸미는 건 힘들지."

"게다가 최근에 들어온 사람이고요. 아마 칼라일 남작이 누군지도 모를 겁니다."

"맞아, 그리고 디미트리어스. 사실 그 노인은 나보다 늦게 도착하는 걸 봤네. 직접 보니 더더욱 뭔가를 꾸밀 인물이 아니더군. 마치 다 타고 남은 잿더미 같은 노인이었네."

"예, 음…… 그럴 만한 사연이 있는 분이죠."

"그나마 수상한 자라면 카스테어스인데, 신원도 확실하고 자네랑도 잘 아는 사이 같더군? 혹시 무슨 관계인지 물어봐도 되겠나?"

"별 건 아니고, 스카웃 제의를 좀 받았을 뿐입니다. 저보고 독립하고 나와서 동업을 하자더군요."

"뭐?! 한슬, 나가는 거야?!"

"그럴 리가 없잖습니까."

나는 어이를 잃고 몬티의 머리를 꽁, 하고 때려 주었다.

애초에 저 사람이 돈이 많긴 해도, 지금 내가 버는 금액도 만만치 않다.

조금씩 모아 놓은 명화 컬렉션까지 합하면 아마 내가

더 많을지도 모르는데 굳이?

 앞으로 잘 나갈 이무기의 여의주가 굳이 뱀의 꼬리가 되어야 할 이유가 있겠는가.

 ─컹!! 컹컹!! 컹!!

 "흐, 흐어억!!"

 그때였다. 창밖에서 웬, 천둥소리로 착각될 법한 갯과 특유의 우짖는 소리가 귀를 때렸다.

 뭐야, 양치기 개인가? 거, 밤에는 개 짖는 소리 좀 안 나게 해야지.

 "……소리가 꽤 크게 울리는군."

 "안 그래도 분지인데, 바위산도 많으니까요."

 소리를 흡수할 만한 수풀이 없단 말이지. 소리가 꽤 크게 울린다.

 우리 몬티 봐. 겁내면서 달라 붙잖냐.

 "죄송합니다! 괜찮으십니까?"

 그렇게 말하며 달려온 것은 칼라일 남작가의 늙은 집사였다.

 "해럴드 씨? 무슨 일이죠?"

 "아, 미안합니다. 원래 이 시간에 양들을 들여놓는데, 그때 이처럼 소음이 발생하는지라……."

 "흠흠, 괜찮다네. 다만 도시에선 못 느껴 본 색다른 경험이군."

 "안 괜찮은 사람도 하나 있는 것 같지만요."

난 내 뒤에서 짐짓 기운찬 척하는 몬티를 보며 말했다. 그러자 가볍게 미소를 지은 해럴드는 다른 사람들에게도 알리러 가겠다며 멀어졌다.

"그나저나 양이 상당해 보이는데, 저걸 다 이쪽에서 키우는 건가?"

"네, 아무래도 이 근방은 늪지가 꽤 있어서 목장을 저택과 가까이 지었더라고요. 전에 보니까 마구간지기가 함께 돌보는 듯했습니다."

"특이하긴 하군."

아서 코난 도일은 노트를 꺼내 관련 내용을 적기 시작했다.

"저래 보여도, 저것도 상당한 자산이니까요. 실상 이 지역에서 나는 수입의 3할 정도는 저 양과 말을 키우면서 나는 거라 봐도 좋습니다."

"하긴, 농사도 잘 안되는 지역이니, 목축업이라도 해야겠지."

고개를 끄덕이는 그를 보자, 나는 문득 무언가가 떠올랐다.

흠, 그러고 보니.

"이런 지역이라 그런지, 블랙 독(Black dog) 같은 전설도 많이 퍼져 있지요."

"호오, 블랙 독(Black dog)이라니 오랜만에 들어 보는군. 하지만 이곳은 벌판이 많은 곳인데 그런 민화가 있나?"

뭐, 그의 의문도 당연했다.

보통 블랙 독(Black dog) 설화에서 나오는 요소 중 하나는 십자로, 좁은 길과 같은 곳에서 등장한다는 것이니까.

이곳은 십자로는커녕 길도 많이 없는 데다 사방이 뻥 뚫린 게 대다수였으니 이상할 만도 하지.

하지만 이 블랙독에 대한 설화가 단순히 그런 것만 있는 게 아니거든요.

나는 나름 저명한 대학에서 인정한 신화, 설화 전문가로서의 잡지식을 뽐내기로 했다.

"네, 이 근처는 어두운 날, 번개와 같이 나타나서는 인간의 영혼을 앗아 간다는 식의 설화로 유명합니다. 일견에서는 지옥의 개(Hellhound)라고도 부르지요."

"헬 하운드라. 이름 한번 살벌하군."

"뭐, 이 근방이 목장을 하는 경우가 많은지라 홀로 돌아다니는 개를 만났다가 생긴 이야기가 아닐까 싶네요. 비 오는 날 갑자기 눈앞에 큰 개가 나타나면 깜짝 놀라지 않겠습니까?"

"그렇군. 과연, 그러고 보니 자네도 〈피터 페리〉에서 바게스트(Barghest)의 전승을 등장시켰지, 아마?"

"아, 그랬죠. 그것도 사실 제가 들은 이야기를 레퍼런스로 쓴 거였는데……."

원래 다트무어 지역은 분지 지형인 데다가 바위산이 많

아, 방금과 같이 이런저런 소리가 울려서 들리는 케이스가 많았다.

오컬트란 미지에 대한 것에서 오는 공포다.

그런 것들은 자연스럽게 기기묘묘한 괴담으로 발전하기 마련이고, 그 괴담은 내가 잘 수집했다가 글 쓸 때도 잘 써먹었지.

"아침저녁으로 안개가 끼는 데다, 기암괴석 때문에 왜곡되는 소리가 보다시피 음산하니까요. 사실 알고 보면 별것 아닌 이야깁니다."

"흠, 그렇군. 그런 식으로 지역적 특성과 연결을 해 보니 재미있기도 하구먼."

그렇게 이런저런 이야기를 나누는 사이 우리는 어느새 각자의 방 앞까지 도달했다.

"음…… 뭔가 잡힐 듯 안 잡히는군. 그럼, 내일 다시 보도록 하지. 일단 좋은 저녁 되시게나."

"예에. 내일 뵙죠."

우리는 그렇게 가볍게 인사를 나눈 뒤 멀어졌다.

그리고.

"한슬…… 오, 오늘은 같이 잘 거지? 응?"

뒤에서 옷자락을 잡더니 조심스럽게 말을 거는 몬티.

아하. 아무래도 방금 소리가 또 다른 괴담 신앙자를 만든 모양이다.

"글쎄요, 어쩔까요?"

"아앗! 그러지 마!"

* * *

다음 날, 코난 도일과는 식당에서 만나게 되었다. 그는 숙면했는지 여느 때처럼 말끔한 모습이었다.

밤새 잠을 설친 몬티와는 딴판이다.

"아침 동안, 홉킨스 형사와 만나 하인들과 다른 손님들을 조사한 결과를 취합해 봤네."

"어떻던가요?"

"일단 손님들은 대부분 백이야. 거의 모두가 알리바이가 있고, 없는 이들도 칼라일 남작을 죽여야 할 이유는 없었지. 별도의 증거가 나오지 않는 이상, 수사선상에서 제외해도 될 듯하네."

"하인들은요?"

"그게……."

아서 코난 도일은 그의 거침없는 성격에 드물게, 확신하지 못하는 모습을 보이며 우물대었다.

그리고, 그럴 만했다.

"굉장히 애매하네."

"어떻길래요."

"우리의 인식이 부족했네. 이 집은 단순히 칼라일 남작의 저택이 아니라, 성이기도 했어."

스태플턴 저택은 다트무어 분지의 두 아랫마을과 가깝다.

하지만 길이 문제였는데, 낮에는 걸어서 산책하는 정도면 도착할 수 있었지만, 밤에는 조금만 길에서 벗어나도 늪에 빠질 위험이 커서 웬만하면 드나들지 않는다.

그래서 칼라일 남작은 생전 대략 스무 명 정도 되는 하인들의 숙식을 저택에서 직접 제공했다.

그 애쉬필드조차 사용인 대부분은 항구마을인 토키에서 출퇴근하고, 같이 사는 사람은 나 포함해서 서너 명밖에 안 되는데 말이다.

그리하여 하인들은 스태플턴 저택에서 상주하며 저택뿐 아니라, 남작 개인 소유의 목장과 숲도 관리했다.

마을하고 통하는 길의 가로등을 켜는 일 등을 맡았다는데, 그럼 뭐 사실상 공무원이네.

"일종의 작은 마을 수준인 거군요."

"그렇지. 게다가 오면서 본 양 떼도 있지 않나? 그것도 칼라일 남작 소유일세. 97만 파운드라는 자산은 괜히 나온 게 아냐. 그럴 만한 부가 있었단 얘기지."

"우와……."

몬티가 옆에서 감탄했지만, 나는 피식 웃으면서 그 녀석의 머리를 쓰다듬었다.

제가 상속할 금액이 얼말 줄 알고 저러는 건지.

"그래서 그들은 결백을 주장할 알리바이가 없네. 사실

상 한 가족이나 다름없는 이들이고, 서로에 대한 결속력도 강하더군."

"칼라일 남작은 생전 평이 좋은 편이었으니까요."

"으음...... 그건 또 미묘하긴 한데."

"예?"

내가 본 그 양반은 그냥 성격 좋은 지역 유지였는데?

나와 몬티가 깜짝 놀라고 있자, 아서 코난 도일은 팔짱을 끼며 씁쓸하게 말했다.

"비교적 젊은이들은 자네처럼 남작에 대한 평이 좋았어. 하지만 어렸을 때부터 그를 모신 나이 든 이들, 특히 집사는 젊었을 적의 그를 굉장한 난봉꾼으로 기억하더군."

"허어."

"뭐, 엄청난 것까진 아니지만 그래도 젊었을 땐 자신의 성공에 취해서 여기저기 손을 대고 다녔다더군. 그것 때문에 여자 문제가 끊이질 않았다는 거 같아."

그 사람 좋은 자선가한테 그런 과거가 있었다고? 세상 참 모르는 거구먼. 어쩐지 그 나이에 결혼했었단 얘기도 없더라니.

뜻밖의 일면이었다.

아무튼 그렇다면…….

"원한을 가진 마을 사람들의 짓일 수도 있겠다는 얘기군요."

"뭐, 그 경우엔 정말 답이 없지만 말일세."

아서 코난 도일은 입맛을 다시며 그렇게 말했다.

하긴, 이 좁은 폐쇄 사회에서 누구 하나 각 잡고 묻어 버리려고 들면 아예 영영 묻어 버리는 것도 가능하지.

"참, 자네. 경매는 오늘 밤이었지?"

"예. 그래서 오늘 저녁부터는 조사에 함께하기 어려울 것 같습니다."

"아, 괜찮네. 어차피 오늘은 탐문 조사를 나설 생각이었거든."

"아, 그러신가요?"

"음, 뭔가 흐릿한 부분이 있어서, 그 부분을 확인해 볼 생각이라네. 홉킨스 형사가 함께 가기로 했네."

"이래저래 고생이 많으시네요."

"하하, 자네만 하겠는가? 아무튼 그럼 서로 볼일 끝내고 보도록 하지."

"알겠습니다."

나는 아서 코난 도일의 손을 맞잡았다. 그렇게, 우리는 서로의 건승을 빌며 각자의 전장으로 향했다.

* * *

"그러면, 이 작자 미상의 〈폭포〉 목판화 시리즈, 마지막 8번째까지! 100파운드에 애쉬필드로 낙찰되었습니다!"

"감사합니다!"

나는 히죽 웃으면서 고개를 숙였다. 별생각을 안 하고 왔는데 생각보다 더 좋은 것을 얻어 버렸다.

작자 미상이라고? 앵글로색슨 놈들 무식한 게 이렇게 도움이 될 줄이야, 이걸 이런 헐값에 얻다니.

옆에 있던 몬티는 그런 내 모습에 의아해하면서 물었다.

"한슬, 이게 그렇게 좋은 그림이야? 내가 보기엔 그냥, 이상할 정도로 색 많이 쓴 폭포 그림으로밖에 안 보이는데? 뭔가 입체감도 없고."

"글쎄요?"

"엥?"

"도련님, 이런 건 원래 아름답냐, 아니냐가 아닙니다."

나는 당당하게 말했다.

"원하느냐, 원하지 않느냐죠."

이전 몽크의 그림을 구매할 적 밀러 씨가 떠오르는구면, 누가 부자 아니랄까 봐.

그때 밀러 씨가 짓던 표정을 딱 몬티가 짓고 있었다.

나는 히죽히죽 웃으면서 좀 더 알기 쉽게 설명했다.

물론, 다른 사람이 들을세라 목소리 낮추고.

"아직 동양화에 익숙하지 않은 시골 깡촌의 경매인들이라 잘 모르지만, 이 그림은 지금 대륙 미술계를 강타하는 〈카나가와 앞바다의 대파도(The Great Wave off

Kanagawa)〉라는 작품과 같은 작가의 목판화입니다."

"호, 그래?"

몬티의 눈이 번뜩인다.

그래, 이 정도면 알겠지. 원래 예술계에는 같은 작가의 시리즈라는 것만으로도 어마어마한 프리미엄이 붙는 법이다.

하물며 이건 '시리즈 작'이다.

같은 시리즈라는 것만으로도 값어치가 상승한다.

이건 지금 관련 그림이 유행하는 파리에 가져가기만 해도 값이 몇십 배는 뛰겠지.

"축하하네, 한슬. 오늘도 좋은 거래였군."

"하하, 양보해 주신 덕분이죠. 그러는 카스테어스 씨도 조각상을 괜찮은 가격에 입수하셨잖습니까."

"음, 이런 그리스 풍의 조각들은 찾는 사람들이 많으니 말일세. 칼라일 남작은 보는 눈이 높아서 질도 좋으니…… 나도 이번 기회에 집에 하나 둘 생각이야."

아하, 겸사겸사 덕질도 했다 이거군. 나하고 별 다를 바는 없긴 했다.

그러는 사이 경매는 점차 보석류로 넘어가기 시작했다.

시골 귀족의 수집품이라 이름난 물건은 없었지만, 적어도 그 커팅이나 크기가 범상치 않은 것들은 가끔 있었다.

흠. 역시 칼라일 남작님이야. 수집품도 보통은 아

니…… 잠깐만.

"……흠?"

"한슬?"

"왜 그러나, 자네?"

몬티와 카스테어스 씨가 의아해하는 사이, 나는 낙찰되는 보석들을 멀리서나마 자세히 보기 시작했다.

카스테어스는 나와 같은 그림 전문이고, 디미트리어스는 이상하게 발을 빼고 있었다.

따라서 보석류에서는 셀먼과 펀스비의 경쟁이 되고 있었다.

"120파운드!"

"125파운드."

"135파운드 내겠어요!"

"150."

현재 경쟁은 펀스비의 우세.

그리고, 이건…… 내가 보기엔 지극히 이상한 일이었다.

'대체 왜?'

내가 고심하는 사이, 보석은 하나둘 낙찰되기 시작한다.

펀스비가 하나, 셀먼이 하나, 또다시 펀스비가 하나, 그리고 또…….

'……아하.'

아까부터 이상하다 느껴지던 낌새의 정체를 깨달은 순간, 내가 해야 할 일은 하나밖에 없었다.

확인해 봐야 한다.

"200! 200파운드요……"

"흥, 그럼 난 210파운드 내겠어요!"

새우 둘 사이를 비집고 들어간다.

"500파운드."

"……?!"

"한슬?!"

"500파운드. 이 자리에서 낙찰하겠습니다."

"한슬, 그게 무슨 소리야!?"

"몬티 도련님, 이건 제 사비로 하는 거니 걱정하지 않으셔도 됩니다."

나는 내가 생각해도 싸늘하게, 몬티에게 고개조차 돌리지 않고 말했다.

그러자 경매를 주관하던 은행원은 밝은 표정으로 경매를 재개하기 시작했다.

"자, 500파운드! 두 분, 더 내시겠습니까?"

"아니, 당신 대체 그게 무슨 소리예요!?"

셀먼이 항의했다. 그럴 만하지, 만찬장에서 그 개 쪽을 당했는데 정작 내가 룰을 어기고 들어왔으니까.

게다가 제아무리 미얀마산 최고급 루비라도 2.5캐럿에 5백 파운드(약 1억)는 너무 터무니없는 가격이었다.

"지금, 지금 어제의 복수를 하는 건가요?"

손에 들고 있는 부채가 부러질 듯이 손을 부들거리는 셀먼. 하지만 난 지금 그런 사소한 것에 대응할 생각이 없었다.

"잠깐, 이게 지금 무슨 경우……!"

뒤늦게 사태를 파악한 펀스비도 항의를 해 보았지만.

"경매사. 진행하시죠."

난 무시하고 경매를 그대로 속행시켰다.

"아, 알겠습니다. 500파운드! 500파운드 나왔습니다! 더 없습니까?"

"으으…… 510파운드!"

패트릭 펀스비가 비명을 지르듯 말한다. 그의 얼굴엔 땀이 비 오듯 흐르고 있었다.

"펀스비 씨, 510파운드 맞습니까?"

"그, 그렇, 그렇습니다."

"그렇군요. 알겠습니다."

나는 고개를 돌렸다.

경매사는 어안이 벙벙한 눈치였지만, 그래도 프로페셔널답게 최대한 딱딱한 표정을 유지하고 있었다.

난 그런 그를 향해 담담히 말했다.

"600파운드."

"허……!"

"6, 625파운드!!"

곧바로 쫓아오는 펀스비.

물론 이쪽도.

"700파운드 내겠습니다."

"자, 잠깐……!"

"저와 돈 싸움을 하실 생각이라면, 얼마든지요."

내 사적인 돈으로도 그 정도는 얼마든지 낼 수 있다.

그러자 싸늘하게 쏘아붙인 내 눈빛을 이겨 내지 못하고, 펀스비는 서서히 시선을 내리깔았다.

"……미얀마 루비, 2.5캐럿. 애쉬필드에 낙찰되었습니다."

"그렇군요. 그럼 이제부터 저 루비는 제 거죠?"

"낙찰액을 지불하시면요."

"그러면 바로 수표를 쓰지요."

나는 단상으로 올라갔다.

그러고는 방금 갈겨 쓴 수표를 경매사에게 내민 뒤, 방금 내게 낙찰된 루비를 보았다.

그리고 싸늘하게 웃으며.

"어, 어어!?"

"아니!"

그것을 바닥에 세게 내리쳤다.

쨍그랑!!

"맙소사! 700파운드를…… 이 무슨……!"

유리 조각마냥 산산이 조각나는 루비.

눈앞에서 700파운드를 가루로 만들어 버리는 내 모습에 모두들 어안이 벙벙하며 이쪽으로 시선을 향했지만, 난 눈 깜짝도 하지 않고 한 곳만을 응시하였다.

"보셨습니까?"

"뭐, 뭐를······."

"방금 루비가 부서지는 거, 보셨냐 말입니다."

"어, 어?"

루비는 강옥(鋼玉)을 말한다. 강(鋼)은 금강석, 다이아몬드에도 쓰이는 말이며, 실제 경도 또한 9.

즉, 어마어마하게 단단하다.

설사 이게 강옥이 아니라 유사한 스피넬(Red spinel)이라 해도 경도 8에 버금가는 수준.

물론 경도와 강도는 다르긴 하지만, 대체적으로 비례하는 경우가 많다. 어쨌든 중요한 건, 제대로 된 루비라면 겨우 대리석 바닥에 떨어트린다고 유리 깨지듯 산산조각이 나진 않는다는 거다.

그러니까.

"가짭니다."

그건 보석을 전문으로 취급하지 않는 나라도 잘 아는 사실이다.

그리고, 내가 아는 걸 이 사람이 모르지 않겠지.

"펀스비 씨."

이 자리에서 보석으로는 나보다 더 뛰어난 사람.

"하, 하하……."

"당신은 분명 이걸 510파운드라고 했습니다."

나는 그를 향해, 손에 남아 있던 모조 루비 가루를 뿌리며 싸늘하게 물었다.

"이게 정말, 510파운드의 가치가 있습니까?"

칼라일 남작의 수집품이었다고는 도저히 믿어지지 않는 가품, 혹은 덜떨어진 하품.

그런 것만 의도적으로 사들여?

"당신, 대체 무슨 꿍꿍이를 꾸미고 있는 겁니까."

"꾸, 꿍꿍이라니! 그, 그게 대체 무, 무슨……!"

펀스비가 하얗게 질리다 못해, 시퍼런 얼굴로 나를 노려보았다. 숨을 쌕쌕 들이마시는 게 몹시 당황한 기색이다.

나는 말없이 그런 펀스비에게 다가갔다. 그는 벌컥 화를 내며 소리쳤다.

"내, 내가 실수할 수도 있지! 고, 고작 실수 한 번 한 거로 이렇게……!"

"한 번이 아니던데요."

"으, 으응?!"

내가 부순 모조 루비뿐만이 아니다.

펀스비가 셸먼을 이기고 낙찰해간 보석 대부분이 내가 먼 거리에서 봤음에도 색감이 흐릿하거나 광택이 애매했다.

"한번은 실수라고 할 수 있죠. 두 번째부터는 쇠퇴입니다."

하지만, 그것도 결국 전체 중 일부에 불과할 뿐.

원래 전문가가 갈고닦은 실력이란 그렇게 쉽게 녹스는 것이 아니다.

심지어 보석이란 고대부터 영구불변한 가치를 표방하는 재화.

"그런데, 한둘도 아니고 전부가 그렇다면?"

의도라고 볼 수밖에 없지.

문제는 그 의도가 뭐냐는 건데…… 지금 돌아가는 상황 꼬락서니를 보면, 여러모로 수상할 수밖에 없잖아?

그때였다.

"역시 한슬이군, 수고했네."

벌컥, 하고 경매장을 닫고 있던 문이 열렸다. 그 문을 열고 들어온 것은, 다름 아닌.

"선생님!"

"상황은 전부 파악했네."

아서 코난 도일. 그가 홉킨스 형사가 이끄는 스코틀랜드 야드와 함께, 누군가를 끌고 들어오고 있었다.

그건 다름 아닌 칼라일 남작가의 집사였다.

"짧게 결론을 내지. 칼라일 남작은 실종된 게 아냐. 여기, 집사 해럴드과 거기 있는 상인 펀스비에게 모살(謀殺)당한 게지."

"아, 아니오! 그렇지 않아!!"

펀스비가 비명을 지르듯 소리쳤다.

나는 벌떡 일어나려는 그의 어깨를 잡아챘고, 이내 순경 둘이 와서는 그를 쓰러트렸다.

"펀스비 씨, 당신은 보석상이면서도 최근 몇 년간 정기적으로 도축업자와 거래를 했더군. 그것도 고기를 매입한 게 아니라, 판매하는 방식으로. 그리고 그 품목은⋯⋯ 양."

"양이요?"

나는 어이가 없다는 투로 아서 코난 도일을 보았다.

아서 코난 도일은 고개를 끄덕이더니, 파이프에 담뱃불을 붙이며 나에게 물었다.

"그렇다네. 이게 무슨 말인지 알겠나?"

"⋯⋯혹시."

아니, 잠깐. 설마?

나는 집사 쪽으로 눈을 돌렸다. 그러자 그는 고개를 돌리며 눈을 질끈 감았다.

"빼돌린 겁니까? 보석을 양에게 먹여서?"

"빙고일세."

후우, 하고 한숨과 함께 담배 연기를 내뱉은 아서 코난 도일은 천천히 설명을 이어 갔다.

"그렇다면 당연히 남작의 보석에 손을 댈 수 있는 자가 범인이겠지? 저 집사는 보석의 가치도 알고 위치도 알아, 심지어 성 내의 비밀통로도 줄줄이 꿰고 있어서, 남작의 눈길에서도 쉽게 벗어날 수 있지. 그러면서 양치기에게 교섭도 할 수 있는 인물이지."

"그, 그건 모함이요! 이 성에 그럴 수 있는 사람이 어디 한둘인가!?"

"하지만 그중에 갑자기 씀씀이가 헤퍼지는 날이 있거나, 출처 모를 급전이 튀어나오는 사람은 당신뿐이더군."

뭔가 추리라기보단 정황 증거에 가까운 내용들이다. 하지만 심증도 결국 물증으로 발전하기 위한 간접 증거.

이번 경우도 마찬가지다. 홉킨스 형사가 들고 있는 수첩이 그것을 증명했다.

"코난 도일 선생님 말씀대로였습니다. 펀스비 씨가 가져갔던 경매 카탈로그에서 가짜 보석들을 직접 보지도 않고 체크했더군요."

"그, 그건!"

과연, 가짜 보석임을 알고도 사 모았던 것은 자신들의 범행을 들키지 않기 위해서였군.

다른 곳에 팔려 나간 보석이 가짜임이 드러났다간, 그리고 그게 한둘이 아니었다간 그 이유를 추적할 테니까.

그리고.

"게다가 집사와의 거래 내역이 적힌 비밀 장부도 발견했습니다."

결정인 증거까지.

"더 발뺌하시겠습니까?"

"……죽일 생각은 없었소."

부들부들 떨던 집사가, 천천히 말했다.

"나, 난 그저. 내가 받아야 할 상속을 정당하게 받고 싶었을 뿐이라고! 그런데, 그런데 빌어먹을! 명색이 삼촌이란 사람이, 자기가 죽으면 재산을 사회에 환원하겠다는 소리나 하고!!"

"……삼촌이요?"

이건 또 무슨 소리래.

그렇게 생각한 순간이었다. 문밖에서 경찰 중 일부가 달려들어 왔다.

"홉킨스 형사님!! 죄, 죄송하지만 지원 요청입니다!!"

"무슨 일인가? 잡으라고 했던 양치기는 어디 있고!"

"개, 개입니다! 아니, 늑대인가? 아무튼 웬 맹수가……!"

개? 웬 개?

그리고 그 의문에 화답하듯, 밖에서 예의 그 커다란 개 울음소리가 크게 울렸다.

─컹!! 커컹!! 컹컹컹컹!!

그리고.

─크와앙!!

"으, 으아악!!"

그 순간 검은 무언가가 들어오더니 문 앞에 있던 경찰의 팔을 물어 비틀었다. 그래, 방금까지 집사를 잡고 있던 그 경찰이었다.

"괴물!?"

아니, 괴물은 아니다. 그건 시커먼 개였다.

그것도 꽤 큰 놈이다.

생긴 것은 마스티프처럼 생겼는데, 다른 것과의 교잡종인지 무척이나 사나워 보인다.

거기에 험악한 분위기가 주는 위압감이 상당했다.

시뻘건 눈동자에서 뿜어져 나오는 살기. 입가에서 뚝뚝 떨어지는 군침. 귀밑까지 찢어져 대놓고 위협을 드러내는 송곳니까지.

―으르르릉……!

새하얀 이빨을 드러내는 녀석의 뒤에 열린 문 근처에는 발을 부여잡은 채 피를 흘리면 뒹구는 사람이 이미 둘이나 있었다.

그리고 그들을 지나서 들어온 한 남자.

"아버지!"

아버지? 나는 눈살을 찌푸리고 경관들을 쫓아 들어온 남자를 보았다.

행색이 남루해서 바로 떠오르진 않았지만, 이목구비가 집사 해럴드와 많이 닮아 있었다. 혹시 양치기가 집사의 아들이었던 건가?

"재, 잭!"

포박돼 있던 집사가 아들의 부축을 받아 헐레벌떡 일어

섰다.

그 순간 양치기가 가방에서 고약한 냄새가 나는 무언가를 던지며 소리친다.

"알렉! 막아!"

—컹, 컹컹!!

순식간에 도망치는 둘의 뒤를 막으며 이를 드러내는 개. 양치기와 집사는 그사이 도망가기 시작했다.

젠장, 갑자기 이게 무슨 일이야.

"놈이 도망친다!"

"젠장, 범인을 잡아!"

"안 되겠소, 쏩시다!"

"기다려! 그러다 다른 사람들이 맞으면……!"

그때였다. 놈이 주변을 쓱 훑더니, 내 뒤에 있던 몬티에게 시선이 꽂힌다.

그리고 몬티 근처에 있는…… 젠장! 아까 놈이 던진 주머니가 그 근처에 있었다.

그 순간.

—크르르릉!!

놈이 순식간에 앞으로 쏘아졌다.

하지만 여기서 물러서면 사냥감으로 인식 당할 뿐이다. 개는 뒤를 노리는 습성이 있는 동물이니까.

나는 달려드는 놈에게 순간적으로 테이블 위에 있던 과일 접시를 냅다 집어 던졌다.

쨍그랑!!

접시가 깨지고, 과일들이 사방으로 비산한다.

놈은 그것을 얼굴에 맞고 조금 뒤로 물러났다. 그리고 이윽고 더욱 화가 난 표정으로 으르렁댄다.

고개를 돌린 것을 보니 이쪽으로 어그로가 제대로 먹힌 모양이다.

나는 이를 악물고, 입고 있던 코트를 벗어 양손에 들고 크게 펼쳤다.

"후우우……."

"하, 한슬? 뭐 하려는 겐가?"

"선생님, 몬티 데리고 물러나세요."

일촉즉발의 상황. 나는 놈을 위협하듯 정면에서 노려보았다.

사자의 용기 같은 편견과 달리, 살아남은 맹수들은 겁쟁이다. 겁쟁이로 진화하지 않았다면 멸종했을 테니까.

미지의 적을 발견하면, 바로 달려들지 않고 상대에 대한 정보를 먼저 수집하도록 유전자가 진화했다.

난 없는 용기를 쥐어짜 내 녀석의 앞에 섰다.

후, 침착하자.

─컹! 컹!

저 녀석 역시 마찬가지다. 아무리 크다 하지만 나 역시 21세기 한국인 중에서도 꽤 큰 편이었다. 19세기 영국에선 더 말할 것도 없으리라.

―으, 으르르릉……!

그래서, 놈은 이쪽으로 어그로가 끌렸으면서도 쉽사리 내게 덤벼들지 못하고 있다. 하지만 이빨을 들이대고 있지.

놈의 꼬리가 바싹 치켜지더니 빠르게 흔들리기 시작했다.

그리고.

―카르르릉!!

예상대로 놈이 달려든다. 나는 이를 악물고 펼치고 있던 코트를 양옆으로 확 당겼다.

그와 동시에 놈이 입을 벌린다. 나는 그 벌려진 입을 향해 팽팽하게 당겨진 코트를 쑤셔 넣었다.

"크……!!"

―크릉, 크르르릉……!

"가만히 있어!!"

힘 싸움으론 내가 밀린다. 하지만 절대 넘어져선 안 된다. 나는 어떻게든 힘을 흘리려 하며 놈이 코트를 빼놓지 못하도록 뒤로 이동했다.

그리고.

꽈악―!

떨어져 있던 레몬을 주워다 놈의 얼굴 앞에다 터트렸다.

개의 후각은 인간의 1,000배 이상, 인간에게도 약하지 않은 이 자극은 개에겐 치명적으로 작용한다.

　난 그렇게 놈이 켁켁거리며 정신을 못 차리는 틈을 타.

"끄으으응!!"

　땅을 박차고, 온 체중을 양팔에 실었다. 내 몸무게가 통째로 실린 양팔이 목을, 양손으로 여전히 쥐고 있는 코트가 입과 코를.

　양쪽에서 완전히 틀어막는다.

　―으릉, 크릉, 카우우웅!!!

"가만, 히, 좀 있어!!"

　얼굴에 침이 튄다.

　지독한 냄새에 코가 찔렸다. 치악력까지 더한 개의 힘에 내가 나가떨어지려는 순간.

　멀리서 나를 바라보는 몬티와 눈이 마주친다.

"끄으으으응!!"

　―아우우우우!!

　그렇게 얼마나 시간이 지났을까.

　―끄륵…….

　놈의 몸이 스르륵 쓰러진다.

　다행히, 성공했다.

"후, 후……."

　크기만큼이나 힘이 상당한 놈이다. 나도 모르게 거친 숨을 삼켰다.

　후, 어렵네. 등 뒤로 땀이 비 오듯 흐르는 것이 느껴진다.

그리고 서둘러 뒤에 있는 인물들에게 외쳤다.

"빨리! 놈들을 쫓으세요!!"

"아, 알겠습니다."

내 말에 정신을 차린 몇 명이 서둘러 도망친 범인들의 뒤를 쫓기 시작한다.

"한슬! 괜찮은가?"

그리고 그사이 몬티를 카스테어스 씨에게 맡긴 코난 도일 선생님이 다가와 말을 걸었다.

아, 잠깐.

"잠깐, 당장은 위험하니 우선은 이 개부터 처리하도록 하죠. 빨리 이 녀석을 묶을 것이나 좀 가져다주세요."

"아, 알겠네!"

제압된 상태지만 언제 일어날지 모른다. 나도 개를 상대로 트라이앵글 초크를 걸어 본 것은 처음이니까.

그래서 나는 여전히 몸에 힘을 힘껏 준 채, 놈에게서 시선을 떼지 않았다.

이후 그물을 가져온 경찰들이 개를 둘러싸며, 놈을 완전히 포박한 뒤에야 그 자리에서 벗어날 수 있었다.

그렇게 완전히 긴장을 풀고 주저앉자, 그제야 내게 다가온 코난 도일은 한숨을 내쉬며 말했다.

"대단했네! 마치 케르베로스를 잡는 헤라클레스 같더군!!"

"제가, 헥. 무슨 그런…… 운이 좋았던 거죠."

"운이라니! 자네가 개를 그리 잘 다룰 줄은 몰랐군."

"이건 개를 다루는 것과는 좀 다른데……."

음, 그가 보기엔 거기서 거기로 보였나 보다.

그나저나 예전에 주짓수를 조금 배우긴 했는데, 그때의 경험이 이렇게 쓰일 줄은 상상도 못 했네.

"아무튼, 피곤하네요. 우선은 좀 쉬어야 할 거 같아요."

"그래. 정말 수고했네. 뒤는 우리에게 맡기게."

"네, 그럼 뒤는 부탁드립니다."

아서 코난 도일이 멀어져갔다. 그리고 그를 대신하듯 몬티가 다가와 울고불고 난리를 피우기 시작했다.

나는 몸에서 힘을 쭉 빼고 몬티의 머리를 가볍게 두드렸다.

아이고, 삭신이야.

그냥 육개장이나 먹을까 하고 와서 이게 뭔 고생이래.

* * *

"수렁이요?"

"그래, 도망치다가 총에 맞아 길을 잃어 잘못 들어 버렸다더군. 다행히 구출은 했다네. 이후 수색을 통해 칼라일 남작의 시신도 찾았지."

며칠 후, 애쉬필드로 돌아가는 마차 안.

난 거기서 근육통이 생긴 어깨를 주무르며 사건의 마무

리를 들었다.

자백한 집사의 설명에 따르면, 집사 부자는 처음엔 보석을 훔쳤던 게 전부였단다.

집사는 비밀 통로를 이용해 보석을 밖으로 옮기고, 그걸 양치기가 회수해서 양에게 먹인다.

그리고 양을 펀스비에게 갖다 팔면? 완전 범죄 성립.

"문제는 그 도둑질을 하면서 양에게 보석을 먹이는 장면을, 보석이 가짜로 바뀌고 있었다는 걸 눈치채고 있던 칼라일 남작에게 들켰다는 것이었네."

당연한 소리지만 칼라일 남작은 집사와 양치기에게 화를 내면서 길길이 날뛰었는데, 이때 제 주인을 공격했다 여긴 양치기 개가 남작을 공격하는 바람에 일이 커졌다고 한다.

아니, 애초에 양치기의 목적으로 키운 개가 아니었다는 듯하다. 하긴 누가 그런 맹견을 양치기 개로 써. 사냥개로 쓰면 썼겠지.

아마 보석을 거래하면서 방해가 될 만한 다른 하인들을 제거하기 위함이 아니었을까.

"아하…… 그러면 그 삼촌이라는 건 무슨 소리예요?"

"아, 칼라일 남작에게는 나이 차가 나는 사생아 형이 있었다고 하네. 그자는 꽤 예전에 죽었지만, 자식이 한 명 있었던 거지. 그가 바로 집사 해럴드였던 걸세."

"허, 참."

"남작의 난봉꾼 소문도 그 제 배다른 형제의 뒤처리를

해 주는 것에서 나온 오해라는 듯해. 솔직히 그렇지 않나? 갑자기 결혼하지도 않은 사람이 애들을 몰래 만난다고 하면 사생아를 키우는 것처럼 보이겠지."

"남작님도 고생이 많았군요."

새삼 오해해서 죄송해지네. 하긴, 그 사람은 진짜 털어서 먼지 하나 안 나올 것 같았다니까.

"아무튼, 뭔가 문제가 생겼다는 것을 어렴풋이 눈치채고도 집사를 직접 대놓고 추궁할 수 없던 것도 그런 이유에서였겠지. 애초에 집안일로 큰 문제를 만들고 싶지 않았던 거야."

근데 그걸 선을 넘어 버렸다 그거구먼. 착하던 양반이 그리 가 버리다니 나름 씁쓸하게 느껴진다.

나는 마차에 등을 쭉 기댔다.

그러면 대충 수수께끼는 다 풀린 셈인가? 여러모로 엉망진창인 출장이었다.

아서 코난 도일은 그런 내 어깨를 두드리며 말했다.

"아무튼, 이번 일은 자칫하다간 미궁에 빠질 수도 있었는데…… 자네 덕분에 쉬이 해결할 수 있었군. 고맙네, 아마 스코틀랜드 야드에서도 감사패가 갈 걸세."

"에이, 뭐 별로 한 것도 없는데요…… 주신다면야 감사히 받겠습니다만."

"빼지 않아도 될 때 빼지 않는 것도 좋은 시민의 덕목이지.

나와 아서 코난 도일 선생님은 서로를 보며 지친 전우들끼리의 웃음을 지어 보였다.

"흠, 그리고 보니 말일세. 이대로 잠시 자네 집에서 방을 좀 빌릴 수 있나?"

"예? 뭐, 상관은 없습니다만…… 뭔가 급한 데라도 있으신가요?"

"아니, 별건 아니고 뭔가 영감이 떠올라서 말이지. 흠, 이걸 최대한 빨리 원고로 옮기고 싶구먼."

"예!?"

갑자기…… 가 아니라, 마침내요?

설마, 지금 우리 집에서 홈스의 신작을 쓰겠다는 건가?

(대영 제국에서 작가로 살아남기 3권에서 계속)

환상이 숨쉬는 공간 파피루스 blog.naver.com/gnpdl7

poo 판타지 장편소설

회귀한 대마법사의 용사생활

마왕을 강림시키려는 악의 조직, 네크로를 거의 궤멸시킨 용사 파티
하지만 용사의 우유부단함으로 마왕이 강림하고 만다

그리고 그때 주어진 시간 회귀의 기적

"답답해서 내가 뛴다!"

소년일 때로 돌아온 네자르
그는 용사가 되기로 결심한다

"다시는 후회하지 않겠어."

압도적인 마법 재능, 유쾌한 언변술, 화려한 계략까지
마왕의 강림을 막고 세계를 구원하는 용사의 행보가 시작된다!